ERWACHT

EDEN SUMMERS

KAPITEL EINS

„*E*inen Himbeer-Wodka, bitte. Und diesmal in einem großen Glas."

Shay Porter bestätigte die Bestellung mit einem Nicken und bereitete den Drink des Mannes mit dem letzten Schuss Wodka in der Flasche zu. Der Mann war ein Einzelgänger. Drei Nächte die Woche, jede Woche, besuchte er *Shot of Sin*, bestellte das gleiche mädchenhafte Getränk, quatschte dieselben hochklassigen Frauen an und ging dann gekränkt nach Hause, als wäre er der einzige hier, der nicht mit einer Abweisung gerechnet hatte.

Dämlicher Idiot.

„Wollen Sie einen Strohhalm dazu?", rief sie mit aufgesetztem Lächeln über die laute Clubmusik hinweg.

Seine haselnussbraunen Augen verengten sich. „Der Drink ist für mich", schnauzte er und gab ihr den passenden Betrag.

Sie drehte ihm mit einem Schulterzucken den Rücken zu und legte das Geld in die Kasse. „Immer noch eine legitime Frage, Arschloch", murmelte sie und nahm die leere Wodkaflasche aus der Dosieranlage.

„Verspottest du wieder die Kunden, Shay?"

Ihre Wirbelsäule kribbelte beim Klang der rauen Stimme. Leo Petrova, alias Mr. Boss Man, war ein Bild von sexy Maskulinität. Braungebrannt durch den endlosen Kuss der

Sonne in Beaumont, Texas, das Haar lang genug, um es zu einem kurzen Pferdeschwanz zusammenzubinden, und Strähnen, die um sein Gesicht fielen und seine intensiven blaugrünen Augen hervorhoben.

Höschenwechsel an der Hauptbar, bitte.

„Er kann nicht erwarten, jemanden abzuschleppen, wenn er solche Mädchendrinks bestellt." Sie warf die leere Flasche in den Mülleimer neben Leos muskulösen Beinen, die in kohlefarbenen Chinohosen steckten. Als sie ihren Blick über sein weißes, zugeknöpftes Hemd wandern ließ, um ihm in die Augen zu sehen, leckte sie sich dezent die Lippen und jauchzte innerlich über seine zusammengekniffenen Augen. Sie musste diese kleinen Dinge tun – verführerisch lächeln, ihren Busen hervorheben, versehentlich über unsichtbare Gegenstände stolpern und sich in seinen starken Armen wiederfinden. Wie sonst konnte sie seine Verteidigung durchbrechen? „Die alleinstehenden Frauen denken, er sei schwul. Ich kann mir das Grauen nicht länger ansehen."

Sie drehte sich auf dem Absatz um und ging zum Lagerraum, in der Hoffnung, dass Leo ihr folgte. Als sie das Licht in dem dunklen Raum hinter der Bar einschaltete, lächelte sie, weil sie seine dominante Anwesenheit in ihrem Rücken spürte.

„Dann kündige." Er schloss die Tür hinter ihnen und dämpfte so das laute Dröhnen der Musik.

Kündigen? Nein.

Unter den dicken Schichten seines knallharten, draufgängerischen Benehmens scherzte er, das wusste sie. Und er wusste, dass sie niemals gehen würde. Sie liebte die Arbeit im *Shot of Sin* und dem angrenzenden Restaurant *Taste of Sin*. Dieser Ort war ihr zweites Zuhause. Das Barpersonal, das sie managte, mochte ihre temperamentvolle Art nicht immer zu schätzen wissen, doch ihre drei Chefs schätzten ihre Beiträge ... die meiste Zeit zumindest.

Wichtiger noch, sie hörten sich ihre Vorschläge zur Verbesserung des Geschäfts an. Nach fünf Jahren, in denen sie von einem Arbeitgeber zum nächsten gesprungen war, hatte sie endlich einen Ort gefunden, an dem es sich zu bleiben lohnte. Der Augenschmaus, den ihr Boss ihr bereitete, war ein zusätzlicher Bonus.

Sie sah mit hochgezogener Augenbraue über ihre Schulter. Ihr Körper summte in seiner Nähe. Was sie nicht dafür geben würde, sich von ihm gegen die Regale pressen und vor Lust zum Keuchen bringen zu lassen.

Er lehnte an der Wand, die Arme über der Brust verschränkt. „Wir haben schon mal über dein freches Mundwerk gesprochen. Entweder passt du besser auf oder du verschwindest."

Sie räusperte sich, um ein Glucksen zu überspielen. „Willst du so den Mit-dem-Personal-wird-nicht-geschlafen-Grundsatz umgehen?" Auf der Suche nach einer weiteren Wodkaflasche drehte sie sich zu den Regalen. „Mich feuern, damit du mit mir machen kannst, was du willst? Damit hätte ich kein Problem, solange ich ausgehalten werde."

Sein Knurren hallte von den Wänden wider und ließ ihre Nippel brennen.

„Stell mich heute Nacht nicht auf die Probe, Shayna."

Kein Spitzname? Zwei Punkte dafür, ihm unter die Haut gegangen zu sein.

„Sonst was?" Sie holte eine Flasche aus dem hohen Regal und wandte sich ihm zu. „Du weißt, dass du mich nicht feuern wirst. Ich bin die fleißigste Mitarbeiterin, die ihr habt." Und hoffentlich die einzige, zu der er sich hingezogen fühlte.

Sie trat ihm direkt gegenüber. Sein durchdringender Blick hielt sie gefangen und sie wusste, er würde die Verbindung nicht unterbrechen. Erstens, weil Mr. Dominant sich wohl niemals einer Frau beugte. Und zweitens, weil sie den Eindruck hatte, seine Aversion sie zu küssen würde schwächer werden, wenn er jetzt auf ihre Lippen sah. Oder noch besser, auf ihr Dekolleté, das er gerne blickfickte, wann immer er glaubte, sie würde es nicht bemerken. „Ich bin sicher, du könntest diesen frechen Mund auch ohne die

Drohung, mich entlassen zu müssen, zum Schweigen bringen."

Seine Nasenflügel bebten. Es lag Anziehung in seinen ozeanblauen Augen, kein Zweifel. Allerdings wusste sie, dass er nicht nachgeben würde. Jedenfalls noch nicht. Er hatte ihr klargemacht, dass ihr erstes heißes Intermezzo ein Fehler gewesen war. Das hielt sie aber nicht davon ab, ihn mit etwas zu locken, das sie mehr als bereit war zu geben. Eines Tages durchbrach sie seine Keine-Beziehungen-Barriere, sie musste nur Geduld haben.

Er beugte sich vor und positionierte seinen Mund herrlich nahe an ihrem Ohr, was ihre Haut spürbar zum Kribbeln brachte. „Ich könnte dich zum Schweigen bringen, kleines Mädchen, aber ich hätte Angst, dich mit meinem großen Schwanz zu ersticken."

Mit zusammengepressten Lippen kämpfte Shay gegen das Gelächter an, das auszubrechen drohte. „Ich habe einen außergewöhnlichen Würgereflex." Sie ließ die Wodkaflasche zwischen sie sinken, wobei das schwere Gewicht seinen Schritt streifte.

Stimmen hallten von der Bar zu ihnen. Leo versteifte sich und bewegte sich außer Reichweite, kurz bevor der zweite Boss des Trios grüblerischer Männer die Tür öffnete. T.J. runzelte die Stirn, als er den Raum betrat. Sein braunäugiger Blick richtete sich auf Leo, bevor er sich an Shay wandte.

„Das sieht ja gar nicht unangemessen aus", sagte er gedehnt. „Was macht ihr beide hier hinten?"

Shay hielt die Wodkaflasche in ihrer Hand hoch. „Ich bin hier, um eine neue Flasche zu holen. Ich bin mir nicht ganz sicher, wieso er mir gefolgt ist."

Leo rollte mit den Augen. „Was willst du?"

T.J. schüttelte mit einem wissenden Grinsen den Kopf und richtete seine Aufmerksamkeit auf Leo. „Tracy hat sich den Arm gebrochen. Sie wird eine Weile ausfallen."

„Tracy?", fragte Shay stirnrunzelnd.

„Sie arbeitet unten."

Ahh. Die geheimnisvolle VIP-Lounge, die sie noch nie

betreten durfte. Offenbar war es nicht ausreichend, die meistgeschätzte Angestellte im Obergeschoss zu sein, um sehen zu dürfen, wo die ganzen gutaussehenden Leute jeden Samstagabend hingingen.

„Wir haben niemanden, der ihre Schicht nächste Woche übernimmt, wenn Travis weg ist", fuhr T.J. fort. „Bryan und ich dachten, Shay könnte ihren Platz einnehmen."

Shays Augen wurden groß, nicht nur aufgrund der neuen Herausforderung, sondern auch, weil schockierenderweise ausgerechnet Bryan, alias Brute, sie für so eine begehrte Position vorgeschlagen hatte. Seinen Spitznamen hatte er nicht von ungefähr. Er war gnadenlos, abgestumpft und zeigte selten Emotionen. Meistens war er ein ziemlicher Griesgram, der jede Begeisterung gerne unter bissigen Beleidigungen verbarg. Sein Vorschlag bewies ihre Theorie, dass sich unter der ganzen Grimmigkeit tatsächlich ein warmherziger, knuddeliger Bär versteckte.

Sie würde allerdings den Teufel tun, auf den für ihn untypischen Kommentar einzugehen. Das Untergeschoss faszinierte sie. Es hatte sie bereits Monate gekostet, sich im angrenzenden Restaurant *Taste of Sin* den Respekt der Herren zu verdienen, bevor sie sie im Tanzclub des Betriebs hatten arbeiten lassen. Jetzt wollte sie den großen Durchbruch. Die Tür, die zum privaten Teil des Clubs führte, wurde jeden Samstag von einem Sicherheitsmann bewacht. Nicht einmal langjährige Angestellte von *Shot of Sin* durften dorthin, und sie hatte noch nie jemanden getroffen, der hinter den geheimnisvollen Wänden arbeitete.

„Nein." Leos Tonfall ließ keine Widerrede zu.

„Wie bitte?" Sie war weder Papas Mädchen, noch Angehörige der wohlhabenden Gesellschaftsschicht, die erwartete, dass man jeder ihrer Launen Folge leistete, doch wenn man sie in irgendeiner Form herabwürdigte, stellten sich sofort ihre Nackenhaare auf.

„Ich sagte nein." Er wandte sich an T.J.: „Ich will sie nicht da unten haben."

„Was ist dein Problem?", entfuhr es ihr. Ja, er war ihr

dickköpfiger, fast schon ekelhaft gutaussehender Boss, aber sie waren dazu bestimmt, Freunde zu sein. Sogar mehr, würde er endlich seine Abwehr herunterfahren und es zulassen. Und jetzt behandelte er sie, als ob sie eine einfache Nachtschicht in einer anderen Bar nicht verkraften würde.

„Sie hat nicht die Ausbildung, in so einem Umfeld zu arbeiten." Er beachtete ihre Anwesenheit nicht länger. „Wir werden jemand anderen finden."

T.J. runzelte die Stirn. „Shay, gibst du uns eine Sekunde?"

Sie umklammerte die Wodkaflasche mit ihrer Faust. „Schön." Mit zusammengebissenen Zähnen fixierte sie ihre arrogante Fantasie mit einem finsteren Blick und schob sich dann an ihm vorbei zur offenen Tür. „Überzeuge ihn, T.J. Sonst seid ihr nachher gezwungen, mehr als einen Mitarbeiter zu ersetzen."

* * *

Leo verfolgte Shays Hintern, der aus dem Lagerraum stürmte, und zuckte zusammen, als sie die Schiebetür zuknallte. Die Frau machte ihn wahnsinnig. Sie war wild und frech und hatte einen bezaubernden Körper, der seinen Schwanz im Handumdrehen in einen angespannten Zustand versetzen konnte. Und sie war berechenbar. Jetzt, nachdem sie einen tosenden Wutanfall gehabt hatte, wusste er, dass sie wieder an die Arbeit gehen und für jedes anmaßende Arschloch im Gebäude mit den Wimpern klimpern würde, nur, um ihn zu ärgern.

Mit anderen Worten, sie war Trouble. Und so sehr er sich auch zu ihr hingezogen fühlte, brauchte er keine weitere Komplikation in seinem Leben. Das Restaurant und die Bar hielten ihn, T.J. und Brute auf Trab, und weil auch der Privatclub im Untergeschoss immer mehr Kundschaft anzog, konnte keiner von ihnen eine Ablenkung gebrauchen. Vor allem nicht eine mit wunderschönen, hellbraunen Augen und dunklem, welligen Haar.

„Nenn mir einen guten Grund, wieso sie da unten nicht arbeiten kann“, brummte T.J., dessen Augenringe dunkler waren als früher am Abend.

„Wie ich schon sagte, sie ist dafür nicht ausgebildet.“

„Und wie ich schon sagte, nenn mir einen guten Grund.“

Fuck. Leo atmete schwer aus und wischte sich mit der Hand durchs Gesicht. „Ich will sie einfach nicht da unten haben, okay?“

T.J. und Brute wussten nicht, dass er einmal ihrem unverfrorenen Charme erlegen war. Sie hatten in diesem Raum praktisch Trockensex – seine Zunge in ihrem Hals, seine Finger in ihrem Slip, die durch ihre schlüpfrige Feuchtigkeit glitten. Kurz nachdem sie um seine Finger herum ihren Höhepunkt erreicht hatte, war er weggegangen, sein Kiefer angespannt vor Reue. Ohne dass Shay es wusste, hatte sie bewiesen, dass sie nicht das war, was er brauchte, ganz gleich, wie sehr sie selbst das von sich dachte. Sein sexueller Appetit war grob, fordernd und nicht geeignet für jemanden mit einem begrenzten Verständnis von Lust.

In den wenigen Momenten, die sie geteilt hatten, hatte er ihre Unschuld gesehen. Sie war keineswegs eine Jungfrau, aber sie war auch keine Frau, die in der Lage wäre, mit seinen Begierden umzugehen. Sie hatte bei seiner Wildheit nach Luft geschnappt, hatte ihn angestarrt, als wäre er ein komplett fremder Mann, und er hatte vor langer Zeit gelernt, sich zurückzuziehen, wenn seine Bedürfnisse nicht mit denen der Frau, für die er sich interessierte, übereinstimmten. Es würde später nur kompliziert werden. Das hatte er bereits hinter sich.

Und er hatte die emotionalen Narben, die das bewiesen.

Also war er weggelaufen und hoffte, T.J. und Brute erfuhren nichts von seinem Ausrutscher. Wochenlang hatte er die Hoffnung auf ein Einsehen in ihren Augen ignoriert. Er hatte es gehasst, die Verteidigung einer so willensstarken Frau durchbrechen zu müssen, aber hatte er keine Wahl gehabt. Mit ihrem Hang zu Ausrastern hatte er ihrer Verbindung auf der Stelle ein Ende setzen müssen. Oder zumindest so tun müssen, als ob.

„Leider haben wir mit dem wenigen Personal, das unten beschäftigt ist, keine andere Wahl. Travis hat seinen Jahresurlaub bereits geplant, und ich werde meine Zusage nicht zurückziehen, wenn es um den Todesjahrestag seines Vaters geht." T.J. schnaubte frustriert. „Schau, ich weiß, dass du etwas für sie übrig hast, aber du musst dich entscheiden – bist du ihr Manager oder der Typ, der ihr an die Wäsche will?"

Leos Miene verfinsterte sich. „Ich will ihr nicht an die Wäsche." Auch das hatte er schon hinter sich.

„Wieso ist es dann eine so harte Entscheidung?"

Wenn es um die freche Barmanagerin ging, war leider alles hart. Jedenfalls für Leo. Das Problem war, dass er keine legitime Entschuldigung hatte, um zu verhindern, dass sie ihnen bei ihrem Personalengpass aushalf.

„Na schön." Er fuhr sich durch die Haare und lockerte seinen Pferdeschwanz. „Aber ich werde derjenige sein, der sie herumführt. Brute kann nächsten Samstag meine Schicht hier oben übernehmen und ich übernehme seine unten."

T.J. zuckte mit den Schultern. „Ist für mich kein Problem. Du könntest sie heute Abend mit runter nehmen, wenn du willst. Wir werden hier oben schon nicht überrannt werden."

Leos Handflächen begannen zu schwitzen. „Ja, okay."

Er schloss die Augen und rieb sich über die Lider. Shay war nicht gerade bekannt dafür, mit professioneller Gelassenheit zu reagieren, wenn man sie überraschte. Und die konträre Umgebung im Untergeschoss würde definitiv einschlagen wie eine Bombe.

Eines seiner Lieblingsärgernisse war die Verurteilung durch andere, insbesondere durch Freunde und Familie. Ja, es lag in der menschlichen Natur eines jeden einzelnen, eine Meinung zu haben, selbst wenn die Umstände, die sie kritisierten, sie verdammt nochmal nichts angingen. Er hatte einfach die Nase voll davon, dass engstirnige Menschen den Mund aufmachten und Hass auf Dinge spien, die sie nicht verstanden. Er wusste nicht, wie er diese Art von Kommentaren von Shay verkraften würde. Und sie hätte definitiv eine Meinung zu den Aktivitäten dort unten.

„Bist du sicher, dass das alles nichts damit zu tun hat, dass du ihr deinen Schwanz in den Hals rammen willst?"

„Mein Gott, T.J." Leo machte ein finsteres Gesicht. „Meinst du nicht, dass ich sie dann erst recht mit nach unten nehmen würde?"

„Ich frag ja nur." Er hielt kapitulierend die Hände hoch und zog sich zur Tür zurück.

„Lass es einfach." Leo deutete mit seinem Kopf in Richtung Flur und hoffte, dass T.J. ihn verdammt nochmal in Ruhe ließ, damit er gründlich über den ganzen Mist nachdenken konnte. „Kümmere du dich heute Abend um die Hauptbar. Überlasse Shay mir."

KAPITEL ZWEI

Shay warf T.J. einen fragenden Blick zu, als er hinter die Bar und auf sie zu ging. Er wartete, bis sie einen der platinblonden Stammgäste bedient hatte, bevor er neben sie trat.

„Alles in Ordnung?", fragte er, wie immer ein Gentleman.

Sie mochte T.J. Er war freundlich, einfühlsam und stand immer hinter ihr, selbst wenn sie es nicht verdient hatte. Seine dunklen Züge und sein anbetungswürdiges Aussehen schadeten ihrer Zuneigung für ihn ebenfalls nicht. Sie bezweifelte, dass es eine Frau in *Shot of Sin* gab, die nicht von ihm oder einem der anderen beiden Besitzer fantasiert hatte. Und falls die Damen ähnlich kreativ waren wie Shay, hatten sie von allen drei Männern gleichzeitig geträumt. Allerdings war sie momentan zu sauer, um die Schönheit von T.J.s dunkelbraunen Augen würdigen zu können.

„Ich würde sagen, das kommt ganz darauf an." Sie wischte ihre Hände an ihrer Jeans ab und hielt das Barpersonal im Auge, damit es nicht mit Getränkebestellungen überrannt wurde. „Hat sich Leo dazu verpflichtet, immer ein Idiot zu sein?"

„Er sorgt sich nur um dich."

„Schwachsinn." Sie begegnete seinem Blick mit finsterer

Miene. Sie hatte es schon mehr als einmal durchgemacht, mit einem Manager zu arbeiten, der sie für weniger fähig hielt als ihre männlichen Kollegen. Auf keinen Fall ließ sie zu, dass ihre Zeit hier wieder demselben Schema folgte. „Ich habe euch nie enttäuscht. Nicht ein einziges Mal. Und doch ist Leos instinktive Reaktion, mich nicht für fähig zu halten, neue Aufgaben zu übernehmen. Mein Gott, T.J., wie schwer kann es schon sein? Ich sehe kaum jemanden da runter gehen."

T.J. verzog das Gesicht, während sein Blick über ihre Schulter wanderte. Sekunden später tauchte Brute neben ihnen auf und lehnte sich gegen den Tresen, während die Angestellten um sie herumschwirrten.

„Was ist los?" Seine blauen Augen waren ausdruckslos. Wie immer. Auch der dunkelblonde, sauber geschnittene Bart half dabei, die Gefühle auf seinem störrischen Gesicht zu verbergen. „Habt ihr Shay gefragt, ob sie unten arbeiten würde?"

„Wir haben gerade darüber geredet", brummte T.J. über die Musik hinweg. „Leo war ein wenig unglücklich mit dem Vorschlag, aber ich glaube, ich habe ihn überzeugt."

„Ihn überzeugt?", stieß Shay hervor. „Er sollte nicht überzeugt werden müssen. Ich bin die fähigste Barkeeperin, die ihr habt."

T.J. und Brute tauschten einen Blick aus, von dem sie vermutete, dass er eine verborgene Bedeutung hatte.

„Was?", fragte sie. „Seid ihr nicht zufrieden mit mir?"

„Nein. Das ist es nicht", entgegnete T.J. umgehend. „Leo ist nur fürsorglich. Da unten ist es nicht so ..."

„Einfach", ergänzte Brute. „Dort wird man definitiv auf Trab gehalten."

Shay fixierte beide abwechselnd. T.J. suchte nicht länger Augenkontakt zu ihr. Seine Aufmerksamkeit richtete sich auf alles außer ihrem Gesicht, als hätte er Bedenken oder wäre nervös. Brute begegnete ihrem Blick offen, doch seine ausdruckslose Miene verriet nichts.

„Ich kann mit sowas umgehen." Zumindest hatte sie die Chance verdient sich zu beweisen. Sie wünschte nur, Leo hätte so viel Vertrauen in sie wie T.J. und Brute.

„Ich weiß das." T.J. drückte ihre Schulter. „Leo weiß das auch. Er ist nur ein wenig empfindlich, wenn es um den Keller geht."

Mit *empfindlich* konnte sie umgehen. Was sie nicht ertragen konnte, war der Angriff auf ihren Stolz von einem Kerl, für den sie einen weiblichen Ständer hatte.

„Ich sollte besser los, damit *Taste of Sin* ordnungsgemäß schließt. Wir sehen uns später." T.J. drückte ihre Schulter noch einmal leicht und ging dann um die Bar herum.

Shay sah zu, wie er in der Menge der tanzenden Körper verschwand, und verfluchte sich dafür, sich in den falschen Barbesitzer verknallt zu haben. Leo war zu stur. Das große Problem war, dass er genau das war, was sie in einem Mann wollte. Abgesehen davon, dass er die Fähigkeit besaß, ihr Innerstes mit einem einzigen Blick zum Schmelzen zu bringen, war er selbstbewusst, talentiert und herrlich sexy, wenn er sie anknurrte.

Ihre eine heiße Session im Lagerraum der Bar hatte ausgereicht, um seine Anziehungskraft auf sie zu zementieren. Selbstbewusst und talentiert, strahlte Leo stets Dominanz und Kontrolle aus. Shay war sich sicher, dass er genau so auch im Bett war. Eine sündhafte Versuchung für eine Frau, die nie wirklich vom anderen Geschlecht befriedigt worden war ... vom gleichen ebenso wenig, wenn sie ehrlich war.

„Also, was ist hier wirklich das Problem? Ärgerst du dich über Leo, weil er dir eine berufliche Chance verweigert, oder bist du angepisst, weil er nicht mir dir schlafen will?"

Shay klappte die Kinnlade herunter. „Du musst dich wirklich mal mit sozialen Filtern auseinandersetzen."

„Warum? Wir stehen uns nah genug, direkt sein zu können, und ich werde meine Zeit nicht damit verschwenden, um den heißen Brei herumzureden."

Natürlich würde er das nicht. Brute war der Typ, der Freude daran hatte, Fragen zu stellen, die niemand sonst äußerte. „Seine Abneigung dagegen, mit mir zu schlafen, hat nichts mit meiner Verärgerung zu tun." Sie nutzte den Begriff lose. Sie wussten beide, dass sie dazu neigte, das Verärgerungsstadium zu überspringen und direkt zur Wut überzugehen. „Ich kann an jeder Bar arbeiten. Leo ist einfach nur ein Arsch."

„Also gut." Brute zuckte wenig überzeugt die Achseln. „Ich lasse dich jetzt in Ruhe, Liebes. Sollte er bis zum Feierabend seine Meinung nicht geändert haben, werden ich und Mr. Attitüde ein Gespräch führen."

Auch wenn er nicht der Mann war, nach dem sich ihre Libido sehnte, ließ der Kosename ihr Herz flattern. Er mochte zwar aufgrund seiner Brutalität zu seinem Spitznamen gekommen sein, doch das hielt sie nicht davon ab, nach der weichen, rührseligen Seite an ihm zu suchen, die er vorgab, nicht zu haben. Der Mann hatte ein Herz. Irgendwo. Er wollte es nur nicht zeigen.

Brute entfernte sich mit schnellen Schritten im selben Moment, in dem sie Leo in der Tür zum Lagerraum bemerkte. Sein Blick war auf sie gerichtet, sein Kiefer angespannt, das Kinn erhoben. Sofort begann ihr flatterndes Herz zu pochen. Ob aus Wut oder Anziehung, konnte sie nicht sagen.

Sie drehte sich weg, unfähig, ihn anzuschauen, ohne den letzten kümmerlichen Rest ihrer Professionalität zu verlieren. Verdammtes Arschloch. Seine Anziehungskraft widersprach jeder Logik. Er hatte nicht nur das Recht, die Namensrechte an ihrem Vibrator zu beanspruchen, sie war sich auch ziemlich sicher, dass die Sextoy-Industrie töten würde, um einen Abguss von dem Paket machen zu dürfen, das sich im Schritt seiner gesäßbetonenden Chinos abzeichnete. Und er war nicht ausschließlich wegen seines Aussehens ein Herzensbrecher. Er hatte tatsächlich auch eine überraschend angenehme Persönlichkeit ... für einen Mann. Nun, früher einmal. Er war immer ausgelassen und flirtend und charmant gewesen ... bis zu der Nacht, in der er seine Hand in ihren Slip geschoben hatte und danach zurückgeschreckt war, als hätte er eine Bombe scharf gemacht.

„Jetzt bin ich nur noch ein einfaches Barmädchen.“

„Wie bitte?“ Sein Schatten fiel über ihre Schulter, als er hinter ihr auftauchte.

Mit einem Todesblick drehte sie sich zu ihm um. „Ich sagte, geh mir aus dem Weg.“

Er hob eine Braue und ein Winkel seines atemberaubenden Mundes hob sich. „Heute Abend hast du eine kurze Zündschnur, was mich betrifft.“

Sie schnaubte und quetschte sich an ihm vorbei. „Ja, und komischerweise bist du derjenige, der so tut, als hätte er PMS.“ Sie ging um die Bar herum und in die tanzende, in violettes Licht getauchte Menge hinein. Diesmal würde er ihr hoffentlich nicht folgen. Sie brauchte Abstand von seiner selbstsicheren Attraktivität und hatte sich ihre zwanzigminütige Pause verdient.

Sie tastete nach dem Telefon in ihrer Hosentasche, um sicherzugehen, dass es nicht herausfiel, während sie sich durch die hüpfende Menge schlängelte und auf die gegenüberliegende Seite des Clubs zuging. Als sie sich dem bewachten Eingang des Schickimicki-Privatclubs näherte, warf sie einen düsteren Blick auf den Sicherheitsmann an der Tür. Es war nicht seine Schuld, dass sie mürrisch war, doch es kümmerte sie gerade einen Scheißdreck, wer den Großteil ihrer Wut zu spüren bekam.

„*Shay*“, brüllte Leo über den heftigen Puls der Musik. „Warte.“

Wie ein bockiges Kind verschränkte sie die Arme vor der Brust und wartete.

„Willst du wirklich da runter gehen?“, fragte er über ihre Schulter.

Sie drehte sich zu ihm um. „Es geht nicht darum, ob ich da runter will.“ Sie erhob die Stimme, um ein Zittern darin zu überspielen. „Es geht darum, dass es dir scheißegal ist, wie hart ich arbeite. Ich bin diejenige, die nachts lange bleibt, um beim Aufräumen zu helfen." Sie deutete mit dem Finger auf sich. „Ich bin diejenige, die im Restaurant Überstunden macht, wenn sich jemand krankmeldet." *Fingerzeig.* „Ich bin diejenige, zu der alle Stammgäste kommen, weil sie wissen, dass ich mich an ihre Getränkebestellung erinnere." Sie stieß ihm in die Brust. „Dein Verhalten ist ein Tritt ins Gesicht für die ganze Mühe, die ich mir mache."

Leo schaute sich desinteressiert um. „Bist du fertig?"

„Sehe ich aus, als wäre ich fertig?", knirschte sie, überlegte es sich dann aber anders, da ihr Wutausbruch ihm offensichtlich egal war. „Vergiss es."

Sie drehte sich um und stürmte an einem herummachenden Pärchen vorbei und auf den nächstgelegenen Ausgang zu. Als sie an der Security am Privateingang vorbeistiefelte, packte eine Hand ihren Oberarm und zog sie zurück.

„Hey, Jeff, würdest du uns bitte reinlassen?", fragte Leo.

Die Augenbrauen des kolossalen Wachmanns zogen sich zusammen, als sein Blick auf den Klammergriff um ihren Arm fiel. „Aber sicher, Boss."

Er drückte die sperrige Tür auf und trat zur Seite, nicht ohne sie besorgt zu mustern, als Leo sie in die Dunkelheit zerrte. Shay schlug das Herz bis zum Hals.

Hier war es fast schon unangenehm leise, der schwache Beat des Basses erreichte kaum die Wände. Das Licht im Club war so stark gedimmt, dass sich ihre Augen an eine noch dunklere Umgebung gewöhnen mussten.

Ein flüchtiger Seitenblick offenbarte eine schmale Treppe mit purpurroter Tapete an den Wänden und einem Plüschteppich auf dem Boden. Der Bereich war kleiner, als sie sich ihn vorgestellt hatte, intimer, besonders wenn sie sich auf Augenhöhe mit dem Mann befand, der ihr den Atem raubte.

„Weißt du, dein Griff grenzt an Belästigung."

Seine Hand ließ von ihr ab, als sie in sein verdunkeltes Gesicht sah.

„Sorry", murmelte er. „Ich habe nicht damit gerechnet, dass du ausflippst."

Wie bitte? „Wäre ich gerade nicht so wütend, würden jetzt eine Unmenge an Beleidigungen auf dich herabregnen."

Mit der Schulter stieß sie ihn aus dem Weg und scherte sich nicht länger darum, welche Schätze hier unten lauerten. Er konnte seinen Privatclub nehmen und ihn sich dorthin schieben, wo die Sonne niemals schien. Sie war eine brillante Barkeeperin, und wenn Leo ihre Fähigkeiten nicht zu schätzen wusste, blieb ihr eventuell nichts anderes übrig, als zu gehen und einen Barbesitzer zu suchen, der es tat.

Dumme lustvolle Schwärmerei hin oder her.

Sie griff nach der Türklinke und drückte sie runter, doch sobald sie daran zog, schlang Leo einen starken Arm um ihre Taille. Die Zeit stoppte, genau wie ihre Atmung, während sich die Hitze seiner Brust in ihr ausbreitete. Sie konnte sein süßes, exotisches Aftershave riechen. Konnte seinen warmen Atem fühlen, der ihren Nacken kitzelte, während sie darum kämpfte, ihre aufrechte und trotzige Haltung zu bewahren.

„Eine gute Angestellte zu sein hat nichts mit meinen Gründen zu tun, dich da unten nicht haben zu wollen", zischte er.

Sie hob ihr Kinn und hasste es, wie sich ihr Innerstes und ihre Brustwarzen unter ihrem BH zusammenzogen. „Warum dann?"

Er ließ ihre Taille los und die Hitze seines Körpers verschwand. Schweigend drehte sie sich um und wünschte, sie könnte sein Gesicht besser erkennen, als er zurücktrat.

„Warum, Leo?"

Das spärliche, schwummrige Licht, das sich entlang der Decke erstreckte, kam nicht bis in die Ecke, in der er stand. Sie konnte seine Augen nicht sehen, nur sein leicht hervorgerecktes Kinn und seine angespannten Schultern. Der Draufgänger in ihm erwachte, das spürte sie, aber sie hatte keine Ahnung, warum.

„Dieses Spiel, das wir spielen …", begann er und lehnte sich zurück gegen die Wand. „Ich genieße es. Die Neckerei, die Anspannung. Sogar die Art und Weise, wie deine Flirterei mich bei den Weichteilen packt und nicht mehr loslässt." Er hielt inne, als ob er spürte, dass sie einen Moment brauchte, um seine Worte zu verdauen. „Ich will das nicht ruinieren."

Ihr Herz geriet ins Taumeln. „Okay …"

Sie hatte noch nie mit jemandem ihr Spiel getrieben. Jedes Mal, wenn sie geflirtet hatte, hatte sie es in der Absicht getan, nicht nur sein Bett, sondern auch sein Herz zu erobern. Doch sie würde ihn auf keinen Fall korrigieren. Nicht, wenn er so ein Arsch war. „Was soll diese Rede bewirken? Du hast mir schon glasklar zu verstehen gegeben, dass du nicht mit mir zusammen sein willst. Warum also das ganze Drama?"

Stille. Dann ein langer, ausgedehnter Seufzer, der ihre Kehle austrocknete.

„Folge mir."

Er ging die Treppe hinunter, und sie verfluchte sich selbst, ihm so schnell hinterher zu sprinten. Auch wenn sie bereit gewesen war, zu verschwinden, gewann nun doch ihre Neugier. Sie musste wissen, was sich am Ende der Treppe befand.

Als sie hinabstiegen, wehte ihnen frische, kühle Luft aus den Luftschächten am Boden um die Füße. Die Atmosphäre war anders als das lebendige Violett und Silber im Hauptbereich von *Shot of Sin*. Hier drin kämpfte sie gegen Unbehagen. Bilderrahmen säumten die Wände, und als sie den ersten erreichten, musste sie zweimal hinsehen. Sie hatte Landschaften oder vielleicht signierte Fotos von Menschen erwartet, die diesen exklusiven Teil des Clubs besucht hatten. Doch es war keines von beiden.

Der erste Rahmen enthielt ein Schwarz-Weiß-Foto eines nackten Paares, das sich eng umschlang. Es war erotisch, grafisch, und als Leo über seine Schulter schaute, fühlte sie sich, als hätte man sie mit der Hand in ihrer eigenen privaten Keksdose erwischt.

Die Ästhetik des Bildes ließ sie sich unzulänglich fühlen. Sie, in einem engen schwarzen *Shot-of-Sin*-Tanktop und Jeans, während diese Personen ihre Körper und Seelen für die Kunst entblößt hatten. Es war spektakulär und seltsam verwirrend. Warum sollten Leo, T.J. oder gar Brute sich etwas so Grafisches aussuchen, um damit ihren Privatclub zu dekorieren?

Sie schüttelte die Verwirrung ab und folgte den wohlgeformten Schultern, die weiter die Treppe hinuntergingen. Sie liefen an weiteren Fotos vorbei, alle mit Paaren in erotischen Posen – Männer mit Frauen, Frauen mit Frauen, und viel anziehender, als sie es sich je vorgestellt hatte, muskulöse Männer mit anderen sexy muskulösen Männern. Jede Aufnahme war auf ihre eigene eindrucksvolle Weise schön, doch mittlerweile war Shay jenseits von Fassungslosigkeit und auf dem besten Weg, vollkommen wahnsinnig zu werden.

Die Dunkelheit, die Stille, der Sex, der die Wände bedeckte, ließen ihren fruchtbaren Verstand auf einige ziemlich wilde Ideen kommen. Als sie die letzte Stufe erreichte, starrte sie nachdenklich auf Leos Rücken. Ihre Handflächen schwitzten, und nicht vor Anstrengung. Nun endlich verstand sie seine Warnungen und war sich nicht länger sicher, ob es so gut gewesen war, ihn so weit zu treiben, sie mit hier runter zu nehmen. Zum ersten Mal, seit sie eine unabhängige Erwachsene war, war sie besorgt.

„Hier sind die Spinde."

Leos Stimme erschreckte sie, und sie sah von seinem Rücken auf eine geschlossene Tür, die durch ein kleines Licht über dem Rahmen beleuchtet wurde.

„Die Gäste sind angehalten, Wertsachen zu Hause zu lassen, aber alles andere wird dort eingeschlossen."

„Alles andere?" Sie folgte ihm.

Er ignorierte sie und ging unbeirrt weiter, während er auf eine andere geschlossene Tür zeigte. „Und das ist der Umkleideraum."

„Umkleideraum?", fragte sie lauter. „Wozu das alles?"

Er ging weiter bis zum Ende des Flurs, zu einer Polstertür, die in gleißendes Licht getaucht war. An der Wand war in Brusthöhe ein Tastenfeld angebracht, die Zahlen erstrahlten in leuchtendem Blau. Mit wachsender Besorgnis sah sie vom Tastenfeld zu Leos Hinterkopf. Was machte all diese Geheimhaltung und Sicherheit notwendig?

„Würdest du mir antworten?" Ihre Stimme zitterte.

Sonst hatte er immer etwas zu sagen. Tatsächlich hatte er normalerweise bei jedem Gespräch das letzte Wort, und doch schwieg er jetzt. *Tut, tut.* Alle einsteigen in den Zug der Wahnsinnigen.

„Leo?"

Er drehte sich zu ihr um und zeigte träge mit einem Arm auf die Tür. „Das ist doch, was du wolltest."

Sie konnte ihren Blick nicht von ihm losreißen. Sie suchte nach einem Hinweis, einem winzigen Detail, um den bevorstehenden Herzinfarkt weglachen zu können. Nur konnte sie in dem helleren Licht die Sorge um seine Augen und die beunruhigende Furche in seiner Stirn sehen.

„Ladies first."

Er bedeutete ihr, vor ihn zu treten, und sie fügte sich widerwillig. Sobald sie vor der Tür stand, stellte er sich über sie gebeugt hinter sie und ließ seine Finger über dem Tastenfeld schweben.

„Auf der anderen Seite befindet sich nicht nur eine VIP-Lounge. Es ist ein exklusiver Club der Art, die jemandem wie dir nicht geläufig sein dürfte."

Jemandem wie mir?

Versucht er, ihr das Gefühl zu geben, minderwertig zu sein, weil sie nicht wohlhabend oder berühmt war? Sie drehte den Kopf und starrte sein Profil an. „Wenn du mich noch ein weiteres Mal beleidigst …"

„Dann was?" Er begegnete ihrem Starren mit einer hochgezogenen Augenbraue, seine Mundwinkel zuckten.

Sie kam seinem Gesicht gefährlich nahe, so nahe, dass sie nicht wusste, ob sie ihm lieber einen Fausthieb gegen seine perfekte Nase verpassen oder ihren Mund auf seinen drücken wollte. „Dann werde ich ...“ Sie schluckte ihre verängstigte Antwort runter. „Keine Sorge, Leo.“ Sein Namen war ein Knurren. „Ich werde dich vor den überheblichen, hochrangigen Leuten da drinnen nicht in Verlegenheit bringen.“

Er gluckste leise und tief. „Um die mache ich mir keine Sorgen.“

Bevor sie seinen Kommentar hinterfragen konnte, waren seine Finger auf dem Tastenfeld und gaben eine vierstellige Zahl ein. Die Tür summte und wurde von ihm weit geöffnet. Ein frischer, kühler Luftschwall wehte ihnen entgegen, und ihre Augen wurden groß, nicht nur wegen des Pornos, der auf dem riesigen Fernseher vor ihr lief, sondern auch wegen der unverkennbaren Sexgeräusche, die keine Dolby-Digital-Qualität hatten. Oh, nein, die Geräusche, die sie hörte, waren lebensechtes, skriptloses weibliches Stöhnen und heftige Grunzlaute, die aus einem anderen Raum kamen.

Heilige Scheiße.

„Willkommen im Keller der Sünde, unserem *Vault of Sin*, Shay“, sagte er gedehnt.

Sie schluckte schwer, unfähig, Worte zu bilden, während ihr Blick auf die Suche nach dem Ursprung der lusterfüllten Laute ging. „Ist das hier ein Bordell?“, platzte es aus ihr heraus, während ihr Fokus an dem Bildschirm festklebte, auf dem gerade eine Frau von zwei Männern hart rangenommen wurde.

„Nein.“

„Ein Sexclub?“ Ihre Stimme war plötzlich eine Oktave höher.

„Überraschung.“ Er stupste sie in den Raum und schloss die Tür hinter ihnen.

Heiliger Hormonüberschuss.

Ihr stand der Mund offen. Wie hatte sie nicht wissen können, was direkt unter ihren Füßen vor sich ging? Und seit wann? Shay sah sich wie betäubt um und betrachtete den kleinen Raum mit einem Torbogen an der gegenüberliegenden Wand gründlich. Außer dem Bildschirm mit orgasmischen Bewegungen gab es noch ein Ledersofa, eine schwach eingestellte Lampe und einen Korb in der Ecke mit Gegenständen, die sie sich lieber nicht genauer anschauen wollte.

„Das ist der Chill-Out-Raum." Leo ging weiter, auf den Torbogen zu. „Hier können sich Neulinge einleben, bevor sie sich dem Spaß anschließen."

Spaß?

Ihr entfuhr ein unbeholfenes Glucksen.

Leos entspannter Schritt verstärkte ihr Entsetzen bloß. Sie versuchte nicht darüber nachzudenken, wie viele Stunden es dauerte, bis man in einer solchen Umgebung nonchalant bleiben konnte. Wie viele Frauen er gesehen hatte. Wie viele Orgasmen er gehört hatte. Kopfschüttelnd ignorierte sie das Stechen der Eifersucht in ihren Rippen, das süßliche Adrenalin, das durch ihre Adern floss, und das leichte Summen der Erregung.

„Kommst du?" Er stand mit herausfordernder Miene am Torbogen.

„Offensichtlich nicht gerade in diesem Moment." Sie straffte ihre Schultern und freute sich, als sich Leos Blick auf ihren Busen senkte. Er war klug genug zu wissen, dass sie ihr Unbehagen mit Sarkasmus bekämpfte, doch das kümmerte sie gerade herzlich wenig. Es war die einzige verlässliche Strategie, die sie hatte, sich zu beruhigen und davon abzuhalten, die Treppe wieder hinauf zu hechten. „Es braucht mehr als Pornos, meinen Motor ans Laufen zu bringen."

„Wenn ich mich richtig erinnere, kann es auch viel weniger brauchen."

Argh.

Wie machte er das? Er nahm all die rasenden Emotionen, die durch ihren Körper strömten, und ersetzte sie augenblicklich durch das Bedürfnis, ihn erwürgen zu wollen.

Sie ignorierte sein tiefes Glucksen, knirschte mit den Zähnen und folgte ihm mit gestärkter Entschlossenheit. Gemeinsam traten sie in einen größeren Raum. Ihre Knie drohten nachzugeben. Sie hatte versucht, sich auf alles einzustellen, doch ihre Fantasie war nicht imstande gewesen, eine Höhle derartiger Fleischeslust zu kreieren.

Es gab Betten. Eine Hängematte. Ledersofas. Eine Sexschaukel. Und die Hälfte davon war mit sich windenden nackten Körpern besetzt. Zahlreiche Bildschirme zeigten verschiedene Pornoszenen, während die Bar in der hinteren Ecke komplett verlassen und die einzige Oberfläche im Raum war, die derzeit von Kopulation verschont war.

Das Wimmern, Stöhnen, Grunzen und Schreien traf sie wie körperliche Schläge und ließ sie schwindlig vor Adrenalin einen Schritt zurückweichen. Sie wusste nicht, wo sie hinsehen sollte – auf den riesigen Schwanz, der die Frau zu ihrer Rechten bearbeitete, zu den gespreizten Schenkeln der Frau, die einem muskelbepackten Schwarzen einen blies, oder auf den sicheren Barkeeper, der ein Glas polierte, unbeeindruckt von dem Geruch von Sex und Schweiß um sich herum.

„Bereit, den Schwanz einzuziehen und wieder nach oben zu laufen?", stichelte Leo.

Sie hob ihr Kinn. „Leck mich."

Arschloch.

Er gluckste raubtierhaft und lehnte sich zu ihr, seine Lippen streichelten ihr Ohr. „Du bist jetzt in meinem Revier, Shay. Führe mich nicht in Versuchung mit Herausforderungen, die ich nur zu gerne annehme."

Ihre Knie wurden weich und ihr Atem ging schwerer, als er sich umdrehte und wie ein verdammter Pfau zur Bar stolzierte. Das gefiel ihr nicht. Nicht ein Bisschen. Oben hatte sie die Oberhand. Die Bar war ihre Domäne. Sie war die verdammte Königin da oben.

Hier unten war das Gegenteil der Fall. Das hier war Leos Territorium. Er köderte sie, was nur bewies, wie wohl er sich in dieser Umgebung fühlte, während sie sich zu ihrem Unglück völlig überfordert fühlte.

„Leo", schimpfte sie und versuchte, die Gäste nicht von ihren ... Gastaufgaben abzulenken.

Er ignorierte sie und ließ ihr keine Wahl, als ihm wie ein

verlorener Welpe zu folgen. Sie stellte sich neben ihn an die Bar, immer noch zitternd und schreckhaft, als er eine Hand auf ihren Rücken legte und auf den Barkeeper deutete, der den Geschirrspüler unter dem Tresen ausräumte.

„Travis, das ist Shay."

Der mokkahäutige Mann warf sein Geschirrtuch auf die Theke und schenkte ihr ein verführerisches Grinsen. „Hey, Shay." Er streckte eine Hand aus. „Willkommen im Haus der Freude."

Sie schüttelte ihm die Hand, ließ sich von der Wärme seiner Handfläche beruhigen, die sie länger als nötig zur Stütze festhielt.

„Schau nicht so verängstigt." Sein Lächeln erwärmte sich. „Alles wird gut."

Sie wollte klarstellen, ihm sagen, dass jeder entsetzte Ausdruck auf ihrem Gesicht auf Schock zurückzuführen war, nicht auf Angst, doch ihr verwirrter Verstand hatte sich zurückgezogen und das Gebäude verlassen.

„Shay ist die Barmanagerin oben", unterbrach Leo in unwirschem Ton. „Sie wird nicht dauerhaft hier sein, nur den Rest des heutigen Abends und nächsten Samstag, um Tracys Schicht zu übernehmen." Der Druck seiner Hand auf ihrem Rücken wurde stärker. „Kein Herumlungern nach Feierabend heute, Travis. Alles klar?"

Der Barkeeper erstarrte und ließ Shays Hand los. „Kein Problem." Dann drehte er sich um und ging zur Mitte der Bar zurück, um seine Arbeit an der Spülmaschine fortzusetzen.

Erst als sie Leo ansah, wurde ihr klar, wieso Travis geflohen war. Ihr Boss fixierte ihn immer noch, sein laserscharfer Fokus unerschütterlich und wild. „Keine Spielchen zwischen Mitarbeitern." Er richtete seine harten ozeanblauen Augen auf sie. „Verstanden?"

„Du denkst, ich würde mit ihm schlafen?", knirschte sie. „Mein Gott, Leo, halt dich zurück." Sie versuchte ihr Bestes, beim Wechsel von Tanzclub-Barkeeperin zu einer Getränkemischerin an einem Porno-Set gelassen zu bleiben. Doch auch sie hatte ein Limit. Und das war offensichtlich nicht so hoch wie das der Frau in der Ecke, die mit vollem Mund stöhnte. Einen Kerl hatte sie tief in ihrer Kehle, ein weiterer nahm sie im Doggie-Style, während ein letzter ihre Brüste streichelte und mitzumischen versuchte.

„Ich meine es ernst, Shay." Er drehte sich zu ihr und packte ihr Kinn, um ihre volle Aufmerksamkeit zu bekommen. „Keiner wird dich anfassen."

Warum gelten diese Regeln nicht für dich?, wollte sie fragen, biss sich aber lieber auf die Zunge.

„Ich werde mich einmal in den Zimmern umsehen und schauen, ob alles in Ordnung ist. Wenn du die Basics verdaut hast, bekommst du die volle Tour. Ich will dich nicht fürs Leben zeichnen."

„Ich hatte schon mal Sex, Leo. Nichts davon ist neu für mich."

Er feixte. „Das weiß ich aus Erfahrung, erinnerst du dich? Aber hattest du schon einmal solchen Sex?" Mit erhobener Augenbraue wartete er auf ihre Reaktion, obwohl der arrogante Bastard die Antwort bereits kannte. „Ja, das dachte ich mir schon."

Sie beugte sich zu ihm vor und sagte mit gesenkter Stimme in bedrohlichem Ton: „Naja, vielleicht überzeuge ich T.J., mich als Gast nach hier unten zu lassen. So kann ich Erfahrung sammeln, die du scheinbar für so wichtig hältst." Die Lüge ging ihr ganz leicht von den Lippen. Er köderte sie unaufhörlich. Ihre einzige Verteidigung war, zurückzuschlagen, besonders, wenn ihr eigener Körper sie vor Lust verriet.

Seine Augen funkelten. „Du wirst niemals ohne mich hierherkommen. Hast du verstanden? Niemals."

Ihre Brustwarzen kribbelten bei seiner Anweisung. *Verräterische Scheiß-Nippel.* „Du kannst mich sooft du willst die Treppe hinunterbegleiten, aber du hast deutlich gemacht, dass du mich nie wieder zum Kommen bringen wirst. Das hier ist der perfekte Ort, um jemanden zu finden, der genau das tut." Wieder fielen ihr die Unwahrheiten einfach von den

Lippen, und diesmal konnte sie das dazugehörige Grinsen nicht unterdrücken.

Er ließ sie los, die Wut in seinen Augen war nicht zu übersehen. „Niemals, Shay." Und dann war er weg und schritt mit hoch erhobenem Kopf und arrogant aufgerichteten Schultern davon.

KAPITEL DREI

*L*eo ging weiter durch den Hauptbereich und in eines der Privatzimmer, in dem Shays Blick seinen Nacken nicht länger kitzeln konnte.

Verdammt nochmal.

Das hatte er nicht erwartet. Sie sollte davonrennen, ihn angewidert anstarren, ihn ein perverses Arschloch nennen und schwören, nie wieder einen Fuß in den Keller zu setzen. Stattdessen war sie nach wie vor ein Frechdachs und die Lust in ihren Augen war nicht erloschen. Sie war extrem schockiert, so viel war klar, doch sie war nicht geflohen. Und jetzt wusste er nicht, was er tun sollte.

Das war eine Premiere für ihn. Jede Frau, der er diesen Teil von sich selbst offenbart hatte, war geflüchtet. Ganz gleich, ob er es in einem Gespräch erwähnte hatte, um sie schonend darauf vorzubereiten, oder ob sie die ganze Strecke bis zur Clubtür auf sich genommen hatten, sie alle entflohen schließlich seinem Leben. Und doch war Shay geblieben und hatte ihre übliche Reaktion auf Schock an den Tag gelegt, indem sie ihn mit einer gesunden Portion Sarkasmus überschüttete.

Vielleicht hatte er sie falsch eingeschätzt. Oder vielleicht war sie zu stolz, ihre Niederlage anzuerkennen, nachdem sie stampfenden Fußes darauf bestanden hatte, hier unten zu arbeiten. So oder so, er war weiter gekommen als mit jeder anderen Frau, die ihm je etwas bedeutet hatte. Er sollte erleichtert sein, oder nicht?

„Leo?"

Blinzelnd brachte er den halbleeren Raum zurück in den Fokus und lächelte die langbeinige Blondine an, die auf ihn zuschlenderte. Kurvig, mit tiefbraunen Augen und makelloser Haut, war Pamela ein Augenschmaus. Und doch war sie eine Anomalie in ihrer Umgebung. Für eine attraktive Frau war sie schüchtern, nervös und stellte nicht gerne die Vorzüge zur Schau, die sich unter ihrem glänzend roten Korsett und ihrem Höschen verbargen. Tatsächlich hatte er sie noch nie irgendwo mitmachen sehen. Wie T.J. schaute sie immer nur zu.

„Wirst du heute Abend spielen?" Sie stellte sich neben ihn.

„Nein, Liebes." Er konnte nicht spielen. Nicht, wenn Shays Bild immer noch fest in seinem Kopf verankert war. „Aber amüsiere dich ohne mich."

Sie senkte den Blick, nickte und begann davonzuschleichen.

„Pamela? Geht es dir gut?"

Sie hielt inne und sah mit feuchten Augen über ihre Schulter.

„Pamela?"

„Ich bin nur frustriert", murmelte sie. „Ich möchte mitmachen."

Er überbrückte die Distanz zwischen ihnen in zwei Schritten und berührte ihre Oberarme mit einem ermutigenden Lächeln. „Dann tu es."

„So einfach ist das nicht. Ich war seit dem Tod meines Ehemannes mit keinem Mann mehr zusammen."

Ehemann? Leo wich zurück. Die Schönheit konnte nicht älter sein als achtundzwanzig. Wie zum Teufel konnte sie Witwe sein?

„Schau mich nicht so an." Sie lachte halbherzig. „Es ist fast zwei Jahre her, aber ich habe mich bisher nicht überzeugen können ...", sie zuckte mit den Achseln, „... wieder aufs Pferd zu steigen." Ihre Augen glitzerten und ein sanftes Lächeln umspielte ihre Lippen. „Könntest du mir helfen?"

Scheiße. Er war so unsensibel. Er hatte keine Ahnung, was er sagen sollte. Shay hatte ihn aus der Fassung gebracht. „Was brauchst du?"

„Führung." Sie sah ihn hoffnungsvoll an. „Ich weiß, dass du nicht spielen willst, aber könntest du mich mit jemandem zusammenbringen? Vielleicht neben mir stehen und mir Anweisungen geben? Mein Mann war sehr ...", sie stockte und biss sich auf die Lippe, „... wegweisend. Ich habe es geliebt, wenn er die Kontrolle übernahm."

Leo rieb sich mit einer Hand über den Unterkiefer und versuchte Shay aus seinem Kopf zu verbannen. Der heutige Abend wurde von Minute zu Minute komplizierter. „Natürlich." Er überflog den kleinen Raum und suchte nach einem unbeschäftigten Mann. Zwei Heteropaare befanden sich in der abgedunkelten hinteren Ecke. Der Mann beugte sich über seine Partnerin und massierte sie. Seine Hände lagen auf ihrem Rücken, während er sein Becken an ihrem nackten Arsch rieb. Das andere Pärchen saß auf einem Ledersofa und flüsterte sich zwischen langsamen Küssen zu.

„Eine Sekunde." Er verließ den Raum, wobei sein Blick erneut zu Shay wanderte. Sie unterhielt sich mit Travis, ein Grinsen auf ihrem schönen Gesicht. Als ihr Blick auf seinen traf, sah er weg und fand auf der Chaiselongue links vom Eingang, was er brauchte.

„Jack", rief er.

Der Mann rieb weiter über seinen Ständer, während er seine Aufmerksamkeit von den beiden Männern losriss, die eine vollbusige Blondine in der Sexschaukel befriedigten. „Ja?"

„Ich brauche hier drin ein wenig Hilfe."

„Aber sicher." Jack stand auf, unbefangen trotz seiner Nacktheit und dem steifen Penis in seiner Hand.

Leo deutete mit dem Daumen in Pamelas Richtung und

wartete, bis der Mann an ihm vorbeigegangen war, bevor er einen weiteren flüchtigen Blick zu Shay riskierte. *Scheiße.* Ihre Blicke kollidierten und ihre Stirn legte sich in einer stummen Frage in Falten. *Großartig.* Genau das, was er brauchte – ein neugieriges, freches Weibsbild. Er ignorierte sie und drehte sich auf dem Absatz um, wobei er sich vergewisserte, die Frustration aus seinem Ausdruck verbannt zu haben, bevor er Pamelas Seite erreichte.

„Was steht an?", fragte Jack.

Leo räusperte sich, um einen dummen Spruch zu unterdrücken, und deutete auf Pamela. „Ich möchte, dass du mir mit dieser schönen Dame hier hilfst."

Pamelas Wangen färbten sich in ein dunkleres Rosa.

„Es wäre mir eine Freude. Was soll ich tun?"

Leo zeigte auf das Bett zu ihrer Rechten. „Knie dich auf die Matratze und lass dich mitreißen."

Jack tat, was ihm aufgetragen worden war, und musterte seine baldige Eroberung mit hungrigen Augen.

„Hast du irgendwelche Regeln?" Leo wandte sich Pamela zu.

Obwohl den Mitgliedern Paddles, Nippelklammern, Fesseln und Flogger zur Verfügung standen, war dies kein BDSM-Club. Safe Words waren nicht nötig. Aber Leo respektierte die Grenzen eines jeden und wollte, dass Pamelas erster Schritt zurück in die Welt der Lust erfreulich war.

Sie riss sich vom Anblick des Bettes los und begegnete Leos Blick. „Keine Küsse auf den Mund. Dafür bin ich noch nicht bereit."

„Kein Problem", entgegnete Jack. „Wir tun, womit auch immer du dich wohlfühlst. Und hab keine Angst, wir können jederzeit aufhören."

Leo betrachtete den Mann und nickte ihm unauffällig dankbar zu. Jack konnte Pamelas Geschichte nicht kennen, aber seine Reaktion war genau das, was den Club ausmachte. Hier ging es nicht nur um hartes Ficken und Erfüllung. Es ging darum, durch Erfahrung zu wachsen, Gleichgesinnte zu finden und über sich selbst oder andere zu lernen. Und noch wichtiger, es ging um Respekt.

Die meisten Leute urteilten vorschnell über den weniger gehemmten Lebensstil und nahmen sich nicht die Zeit, zu verstehen, mit welcher Sicherheit eine so kontrollierte Umgebung einherging. Frauen mussten sich nicht verletzlich machen und einen Fremden mit nach Hause nehmen, um einen One-Night-Stand zu erleben. Männer mussten ihre Eroberung nicht verletzen, indem sie morgens fortgingen, ohne ihre Telefonnummer zu hinterlassen. Und es war ein Ort, an dem sich Menschen wie Pamela sicher genug fühlen konnten, den ersten Schritt zu wagen.

„Leg dich aufs Bett, Liebes", raunte Leo.

Sie gehorchte und kletterte auf die Matratze, den Kopf legte sie auf die Kissen.

„Ich weiß, dass du um Anweisungen gebeten hast, aber zuerst möchte ich, dass Jack dafür sorgt, dass du dich wohlfühlst." Leo richtete sich an den anderen Mann. „Leck sie. Nutze deine Hände und deinen Mund, um sie an die Klippe zu bringen. Aber lass sie nicht kommen."

Pamela wimmerte und biss sich auf die Unterlippe, während sie die Oberschenkel zusammenpresste.

Jack grinste und rutschte zu ihr, um mit seinen großen Händen sanft ihre Beine zu spreizen. Er hakte seine Finger unter den Saum ihrer roten Satinunterwäsche und zog sie langsam nach unten, um sie zu entblößen. „Du bist hinreißend." Er war wie gebannt, als er den Stoff neben sich auf die Matratze legte.

Das war sie. Errötet in einem lustvollen Leuchten, mit prallen Brüsten, die sich gegen das eng geschnürte Korsett hoben und senkten, war Pamela ein großartiger Anblick. Einer, von dem er hoffte, dass ihr verstorbener Mann ihn genossen hatte.

Jack lag zwischen ihren gespreizten Knien und sein Mund schwebte dicht über ihrem Zentrum. „Entspann dich", schnurrte er und konzentrierte sich auf Pamela, während er seine Zunge ausstreckte, um über ihre Klitoris zu fahren.

Beim ersten Kontakt keuchte sie auf und wölbte ihren Rücken nach oben.

Fuck.

Der heutige Abend stellte Leo auf zu viele Arten auf die Probe. Er sehnte sich danach, selbst derjenige zu sein, der sich zwischen himmlischen Oberschenkeln befand und den berauschenden Geschmack der Erregung kostete. Er schloss die Augen und stellte sich das Szenario auf dem Bett mit zwei anderen Personen vor. Shay würde an diesen Kissen lehnen, ihre Beine für seine Berührung gespreizt, ihr Saft die Spitze seiner Zunge benetzen. Er würde sie lecken, seine Finger in ihre geschmeidige Wärme tauchen, bis sie wimmerte. Dann würde er aufhören, ihre Oberschenkel küssen, an ihrer Haut nippen, bis sie ihn anflehte weiterzumachen und sich ihre Finger in seinen Haaren vergruben und daran zogen.

Bei dem Gedanken war sein Schwanz hart wie Stein, pochte gegen seinen Reißverschluss und bettelte um Erlösung. Er wollte sie. Nackt. Jetzt. Die Nacht würde er niemals bestehen, ohne dicke Eier zu bekommen.

Als Pamela stöhnte, öffnete er die Augen und grinste, als er sah, wie sie sich unter Jacks Berührung wand. Sie umklammerte die Bettlaken, ihr Becken zuckte auf der Suche nach mehr, während ihre Laute mit jeder Zungenbewegung ihres Liebhabers lauter wurden.

„Genug", befahl Leo, sein Ton härter als erwartet.

Jack knurrte, Pamela wimmerte, und beide sahen ihn verärgert an.

„Hinknien und auf den Händen abstützen, Liebes." Leo milderte seinen nächsten Befehl. „Ich will, dass du seinen Schwanz in den Mund nimmst."

Pamela schluckte, als sie sich aufsetzte und Jack sich hinkniete. Ihr Fokus lag auf der dicken Erektion, die auf sie zeigte, während sich eine große Faust langsam über ihre Länge bewegte.

„Könntest du ...", sie drehte sich zu Leo um und zog eine Grimasse. „Könntest du mir Anweisungen geben?"

Seine Kehle war zu trocken, um sprechen zu können. Er

konnte immer noch Shays Blick auf seiner Haut spüren, konnte spüren, dass sie in der Nähe war, konnte sie beinahe riechen. Sein Blut rauschte vor Lust und Adrenalin, und seine Stirn war von Schweißperlen übersät. Noch nie hatte er so hart um seine Selbstbeherrschung gekämpft. Er wollte an die Bar eilen, ihr die Frechheit aus dem Leib küssen und sich in ihrer Hitze versenken, bis sie schrie.

„N-nimm." *Fuck.* Er räusperte sich. „Nimm die Spitze seines Schafts in den Mund."

Sein eigener Schwanz drohte zu explodieren. Er konnte sich Shays Lippen um seine Länge vorstellen, während ihre Zunge über die Unterseite strich und ihre zarten Hände seine Hoden umfassten. Ohne nachzudenken trat er vor, nahm führend Pamelas Hinterkopf und testete ihren Würgereflex, als sie Jack tief in ihre Kehle aufnahm.

Mit der anderen Hand rückte er seine Erektion zurecht und versuchte, es dem blöden Ding, das hart genug war, sich durch Stein zu bohren, bequemer zu machen. Sein Atem ging schwer und seine Augen verdrehten sich, als er dem Saugen ihres Mundes lauschte.

Jack begann bei jeder sanft geführten Bewegung zu stöhnen, was den Druck in Leos Eiern ins Unermessliche steigerte. Er ließ sie los, öffnete die Augen und taumelte zurück.

„Ist es für dich in Ordnung, wenn Jack von hier an übernimmt?", fragte er. Schuldgefühle machten sich in seiner Brust breit, doch wenn er dieses Zimmer nicht schnellstens verließ und dem ganzen Sex und der Versuchung durch Shay entkam, würde er sich selbst zum Narren machen.

Pamela ließ den Schwanz mit einem Plop aus ihrem Mund gleiten. „Ja." Das Wort war atemlos, ihr Lächeln echt.

Zum Glück. Er strich ihr eine lose Strähne hinters Ohr und ließ das Erfolgserlebnis seine Lust etwas eindämmen. „Wenn du mich brauchst, weißt du, wo du mich findest."

Sie nickte, während Jacks Hand durch ihr Haar glitt und ihren Mund zurück zu seinem Ständer führte.

Leo wirbelte herum, bereit, dem starken Duft von Sex zu

entfliehen, als er Shay an den Türrahmen gelehnt vorfand. Sein Glied zuckte. Sein Herz blieb stehen. Mit erhobenem Kinn stand sie da, ihr Kiefer angespannt, ihre Stirn gerunzelt und die Arme über ihrer Brust verschränkt.

Man will mich wohl verarschen.

Es stand ihr ins Gesicht geschrieben, dass sie angepisst war, und obwohl er dankbar war, dass ihre offenkundige Eifersucht seine Erektion schrumpfen ließ, konnte er eine Szene von ihr nicht gebrauchen. Im *Vault* gab es selten Drama. Jeder, der Ärger machte, wurde kurzerhand rausgeschmissen und durfte den Club nie wieder betreten. Er wollte nicht, dass Shay das passierte, denn T.J. und Brute würden ihm niemals erlauben, für sie eine Ausnahme zu machen. Ganz gleich, wie sehr alle sie mochten. Das Vertrauen ihrer Gäste war das Wichtigste.

Als er sich ihr näherte, teilten sich ihre Lippen. Er schüttelte warnend den Kopf. „Denk nach, bevor du sprichst, Shay.“

Sie kniff die Augen zusammen, drückte sich vom Türrahmen weg und richtete sich auf. „Ich wollte nur eine Frage stellen“, gurrte sie, ihr Ton war süß und doch schwang eindeutig eine Drohung mit. „Geht das in Ordnung?“

„Sicher“, brummte er.

Das Bedürfnis, sie gegen die Wand zu pressen, ihre Wangen zu umfassen und den trotzigen Blick aus ihrem Gesicht zu küssen, war übermächtig. Er wollte sie an den Haaren packen, ihren Kopf nach hinten ziehen und sie wissen lassen, wer hier unten die Kontrolle hatte.

„Ich habe mich gefragt, welche Stellenbeschreibung du bei deiner Steuererklärung angibst“, sagte sie leise. „Vor heute Abend habe ich dich für einen Geschäftsmann gehalten, aber nachdem ich deine kleine Show gesehen habe, könnte man stattdessen auch Zuhäl—“

Er packte ihr Handgelenk und riss sie zu sich, seine Augen brannten vor Wut. „Beende diesen Satz und wir sind fertig.“ Seine Nasenflügel bebten, in seiner Brust hämmerte es, und dennoch wünschte er, sie könnte über ihre Vorurteile hinwegschauen und ihn so sehen, wie er war.

Das war der Grund, wieso er sie hier unten nicht haben wollte. Deshalb hatte er hart darum gekämpft, einen anderen Mitarbeiter die unbesetzte Schicht übernehmen zu lassen. Es kümmerte ihn nicht, was die anderen Barkeeper oben von ihm dachten. Bei Shay war das anders.

„Wage es nicht, über mich zu urteilen", knirschte er.

Ihre Augen funkelten, als er weiterhin ihr Handgelenk festhielt. Er konnte ihren Schmerz fühlen, ihr Gefühl des Verrats verstehen, und doch gab es keine Zukunft für sie bei *Shot of Sin*, wenn sie darüber nicht hinwegkam.

„So bin ich nun einmal", krächzte er. „Ich brauche deine Vorurteile nicht. Wenn es dir nicht passt, weißt du, wo die verdammte Tür ist."

Ihre Stirn legte sich in zahllose Falten und ihre Unterlippe zitterte. Er lockerte seinen Griff, als sie um Fassung rang, ihr Kinn hob und tief durchatmete. Sie riss ihren Arm los, warf ihm einen letzten gequälten Blick zu und stürmte dann in Richtung der Bar davon.

Verfluchter Mist.

„Und deshalb bin ich single", murmelte er und schüttelte den Kopf, als er sich zum nächsten Privatzimmer aufmachte.

KAPITEL VIER

Eine Stunde später schmollte Shay immer noch. Sie wusste es. Travis wusste es. Und wo auch immer Leo war, er wusste es auch. Aber es war nicht ihre Schuld. Monatelang einen Mann anzuhimmeln und ihn dann bei was auch immer er da tat zu erwischen, war für jede Frau mit angebrochenem Herzen Grund genug, etwas die Fassung zu verlieren. Ihr Gesicht verzog sich immer noch zu einer Grimasse, wenn sie das Gespräch in ihrem Kopf durchging. Leos Gesichtsausdruck, als sie ihn beinahe als Zuhälter bezeichnet hatte, würde sie lange verfolgen.

Sie hatte nicht beabsichtigt, so zickig zu werden. Ihre Emotionen waren außer Kontrolle geraten. Sie hatte mitbekommen, wie er von einem nackten und vollständig erregten Mann verlangte, ihm in einen der Räume zu folgen, was ihre Neugier geweckt hatte. Zusammen mit ihrer Eifersucht.

Mit wachsendem Grauen und einem ungesunden Maß an unerwünschter Erregung hatte sie ihn von der Tür aus beobachtet. Ihr Herz hatte gehämmert wie verrückt, während er sich der Pussy einer anderen Frau widmete. Ihre Augen hatten sich von der Erektion, die sich gegen seinen Reißverschluss drückte, kaum losreißen können. Doch es war die Art und Weise, wie er den Kopf der Frau sanft und voller

Ehrfurcht lenkte, während sie einen anderen Mann tief in ihre Kehle aufnahm, die ihre eigene Kehle schmerzhaft verengt hatte.

Shay hatte mit jedem von Leos schweren Atemzügen mehr an Selbstvertrauen verloren, bis in ihrem Kopf außer Beschimpfungen nichts mehr zu finden war. Wieso konnte diese Frau seine Aufmerksamkeit gewinnen, wenn Shay sie nur für wenige Momente hatte halten können? Vielleicht waren ihre Brüste nicht groß genug. Vielleicht war sie zu klein oder wirkte zu begierig. *Verdammter Mann.* Was auch immer es war, sie musste damit fertig werden. Kein Mann hatte das Recht, ihr das Gefühl zu geben, wertlos zu sein.

Scheiß drauf.

Nach nächstem Wochenende würde sie bereitwillig, wenn auch mit eingezogenem Schwanz, an ihre Position oben hinter der Hauptbar zurückkehren und nie wieder schamlos mit ihm flirten.

„Alles in Ordnung?" Travis drehte dem Raum den Rücken zu und lehnte sich an die Theke.

Sie zuckte mit den Schultern. Die Wut hatte es leichter gemacht, den Schock über die Geschehnisse im Raum zu überwinden. Das Blut, das in ihren Ohren rauschte, dämpfte die animalischen Sexgeräusche, und der stetige Fluss an Getränkebestellungen hielt sie auf Trab. Dennoch konnte sie ausschließlich an Leo denken und an das, was ihm durch den Kopf ging.

„Mir geht's gut." Sie deutete mit ihrem Kinn nach links. „Der Typ in der Ecke macht mir allerdings etwas Angst."

Travis spähte über seine Schulter zu dem Mann, der auf einer schwarzen Chaiselongue saß. Der Unbekannte starrte sie seit einer Stunde immer wieder an. Jedes Mal, wenn sie aufsah, war sein Blick auf sie gerichtet und seine Hand lag auf seiner mit Boxershorts bedeckten Erektion.

Travis drehte sich wieder zu ihr um. „Ich kann Leo holen, damit er dafür sorgt, dass das aufhört."

„Nein." Sie schüttelte den Kopf. *Gott, nein.*

Sie wollte den Rest ihrer Schicht überstehen, ohne ihren

Boss noch einmal sehen zu müssen. Sie war ihm eine Entschuldigung schuldig, aber sie war im Moment nicht in der richtigen Verfassung dafür. „Schon okay. Vorhin war da eine Frau, die exakt dasselbe mit dir gemacht hat. Wenn sowas hier normal ist, kann ich damit umgehen." Zumindest für die nächste Stunde, bis ihre Schicht vorbei war. Anschließend würde sie nach Hause gehen, ihre Haut schrubben, bis sie sich nicht länger schmutzig fühlte, und ihre Sorgen in Schokolade ertränken.

Travis' Wangen erröteten leicht.

„Wirst du etwa rot?", grinste sie.

„Das war Melissa." Er unterbrach den Augenkontakt und beschäftigte sich damit, den bereits sauberen Tresen abzuwischen. „Es erregt sie, wenn man ihr dabei zusieht, wie sie sich selbst befriedigt."

Genauso wie dich.

„Aber ich bin daran gewöhnt", fügte er hinzu. „Wenn du dich seinetwegen unwohl fühlst, sag es einfach."

Sie schüttelte abweisend den Kopf und schaute ein letztes Mal zu dem Kerl in der Ecke. Ganz gleich, wie ausgeprägt die Bauchmuskeln des Mannes waren, wie sexy seine Kinnlinie, er verursachte ihr trotzdem eine Gänsehaut. Allerdings war mit Leo zu sprechen keine Option. Sie musste das schmierige Masturbationsstarren einfach ignorieren.

„Also, gib mir einen Überblick über die Regeln." Sie brauchte Ablenkung. „Wie erhält jemand Zugang zu diesem Teil des Clubs? Und warum sehe ich so selten jemanden durch den Hauptbereich das Untergeschoss betreten?"

„Es gibt eine lange Liste von Regeln." Travis warf sein Geschirrtuch in die Spüle und lehnte sich neben ihr an den Tresen. „Es wird keine Werbung für den Club gemacht. Er läuft allein durch Mundpropaganda und ist ausschließlich samstagabends geöffnet. Jeder, der beitreten möchte, muss den von T.J., Leo und Brute festgelegten Richtlinien entsprechen."

„Richtlinien?"

„Hast du nicht bemerkt, dass die meisten Kerle hier

muskelbepackt sind?"

Shay runzelte die Stirn und musterte die Gäste. Er hatte Recht. Es war kein übergewichtiger Mann weit und breit. Sie waren alle relativ durchtrainiert, einige mehr als andere.

„Männer müssen einen gewissen Standard erfüllen. Sie müssen körperlich fit sein und dürfen keine Fettpölsterchen haben. Ich glaube, es gibt sogar eine Regel für Brust- und Rückenbehaarung."

„Und wie wird das kontrolliert? Gehen sie durch den Club, entblößen ihre Brust und bekommen keinen Zugang, wenn sie zu behaart oder übergewichtig sind?"

Travis gluckste. „Jedes Mal, wenn sich jemand neues an dem Spaß beteiligen möchte, muss er einen Antrag per E-Mail stellen. Männer müssen ein Bild von sich lediglich in ihrer Unterwäsche beifügen, Frauen müssen ein Portrait von sich mitschicken. Wenn sie die Kriterien nicht erfüllen, erhalten sie keinen Zutritt, und wenn die mitgeschickten Fotos gefälscht sind, lassen sie entweder die Security an der Tür nicht rein oder der Diensthabende hier unten redet ein Wörtchen mit ihnen."

„Was hat es mit den unterschiedlichen Anforderungen auf sich?" Shay war absolut für die Rechte der Frauen, doch die meisten Frauen hier unten erfüllten nicht denselben Standard wie die Männer. Hier wackelten eine Menge Kurven und volle Brüste herum. „Wie kommt es, dass Frauen nicht die gleichen Kriterien erfüllen müssen?"

„Würdest du es mit einem fetten, haarigen Typen treiben?"

Shay schnitt eine Grimasse. „Ich schätze, darüber habe ich noch nie wirklich nachgedacht." Sie stand nicht auf behaarte Männer, aber wenn sich Wolverine in ihrem Bett wiedergefunden hätte, hätte sie ihn sicher nicht von der Bettkante gestoßen. Dennoch musste sie zugeben, dass sie noch nie mit einem Mann mit Gewichtsproblemen zusammen gewesen war.

„Siehst du? Frauen sind wählerischer als Männer. Jeder zahlt eine stolze Summe, um hier reinzukommen. Also prüft

Brute die Bewerbungen und wählt Kunden aus, die aller Voraussicht nach gut mit den anderen interagieren. Männer neigen dazu, sich mit Frauen egal welcher Größe, Form oder Farbe zu vergnügen, solange sie eine gesunde Dosis Selbstvertrauen und Sexualität besitzen."

Travis nahm ein großes Glas aus der Spülmaschine, schaufelte etwas Eis hinein und füllte es mit Wasser aus dem Sodaautomaten. „Wir haben einen Pärchenabend, bei dem die meisten Teilnehmer in einer Langzeitbeziehung sind, sich aber mit anderen gleichgesinnten Paaren vergnügen wollen. Unsere Ladies Night hat ein Verhältnis von sechzig Prozent weiblichen zu vierzig Prozent männlichen Gästen, und umgekehrt für Leute, die auf der Suche nach mehr Männer-Action sind."

Shay schwirrte der Kopf bei dieser verführerischen Verderbtheit. „Wow, ich fühle mich wie weggeblasen. Nicht nur, weil ich mich in einem voll ausgestatteten Sexclub befinde, sondern auch durch die Vielzahl an Details, die die Jungs hier bedacht haben."

Travis grinste schief. „*Weggeblasen?*"

Bei der Anspielung rollte sie mit den Augen und stieß ihn an die Schulter. „Ich schätze, den habe ich verdient."

Er prustete und zeigte ein umwerfendes Lächeln. Er war ein attraktiver Kerl, glattrasiert, gut gebaut, hellgrüne Augen und ebenmäßige dunkle Haut. Kein Wunder, dass Frauen ihn gerne ansahen, während sie ihre Katze zum Schnurren brachten. Allein durch sein Aussehen war er in der Lage, zu schreiwürdigen Orgasmen zu inspirieren.

„Vergnügst du dich jemals hier unten?" Sie beendete den Blickkontakt, als die Frage wie ein Gesteinsbrocken zwischen ihnen landete. Es war keine Anmache, und doch klang es so, jetzt, da die Worte ihre Lippen verlassen hatten.

„Je länger man hier unten arbeitet, desto aufgeschlossener wird man. Ich würde sagen, es ist fast natürlich, dass das Personal nach einer Zeit an seinen freien Abenden oder nach der letzten Getränkerunde an den Aktivitäten teilnehmen möchte."

„Du hast meine Frage nicht beantwortet." Sie gab seiner Schulter einen weiteren Schubs.

„Oh, das hast du also bemerkt?" Er führte das Wasserglas an seine Lippen und nippte langsam daran.

Botschaft angekommen. „Was ist mit den Betreibern? Gelten die gleichen Regeln für T.J. und Brute?" *Und Leo*, fügte sie lautlos hinzu.

Ihre Eifersucht von vorhin war noch nicht verflogen. Sie hatte noch immer vor Augen, wie der Mann ihrer Träume eine andere Frau streichelte und sie sehnsüchtig betrachtete. *Bitte sag, dass das Management eigene Vorschriften hat, die ihm verbieten, mitzumachen.*

„Willst du die Antwort wirklich hören?" Er stellte sein Glas auf die Theke und sah ihr in die Augen. „Du hast eine Schwäche für Leo."

Es war keine Frage, also machte sie sich nicht die Mühe zu antworten.

„Er ist aktiv hier, Shay." Seine Miene wurde weicher, während er sprach. „Sie alle verbringen viel Zeit hier unten."

Verdammt!

Das tat mehr weh, als sie erwartet hatte. Sie nickte und sah weg. Es war also vorbei. Ihre Schwärmerei, das Flirten, die Herzschlagmomente, von denen sie immer gehofft hatte, sie würden sich in etwas Tieferes verwandeln.

Als hätte er ihre Gedanken gehört, erschien Leo in der Tür eines der Zimmer. Sein Blick suchte ihren, aber bevor sie wegschauen konnte, brach er ihre Verbindung und verschwand im nächsten Zimmer.

Shit.

Nicht einmal beim Wegsehen hatte sie die Oberhand. Wie unangenehm ... Unangenehmer als die schlürfenden Geräusche, die eine Frau in der Ecke um den Schwanz eines Bodybuilders machte.

Der starke Schmerz in ihrer Brust ließ sich nicht länger verleugnen. Es tat weh, an ihn mit anderen Frauen zu denken. Nicht nur, weil sie eifersüchtig war, sondern auch, weil sie ihn wirklich mochte. Leo war ein toller Kerl, seine Vorliebe für den Sexclub hin oder her. Er besaß einen gewissen Charme, den sie noch nie zuvor bei einem Mann gesehen hatte. Sie ging sogar so weit zu sagen, dass er unter den Schichten seiner Arroganz, seiner Sturheit und seiner Unfähigkeit, jemals einzusehen, sich geirrt zu haben, ein wahrer Gentleman war.

Shay war dankbar, als ein Typ in seidenen Boxershorts an die Bar kam und ihrer Mitleidsparty ein Ende setzte. Mit einem stummen Zucken seines Kinns in Travis' Richtung drehte er sich um und konzentrierte sich auf den Dreier, der sich vor dem Riesenbildschirm abspielte.

„Er ist Stammkunde", raunte Travis. „Er ist wahrscheinlich nächste Woche auch hier. Bestellt immer *Bourbon on the Rocks*."

Sie nahm die indirekte Bestellung mit einem Nicken zur Kenntnis, doch ihr Blick schweifte immer wieder zu dem Zimmer, in das Leo gegangen war. Ihr Innerstes war zwiegespalten. Eine Seite von ihr wollte wissen, was er machte, die andere war nicht bereit, es herauszufinden.

„Wo ist die Toilette?", fragte sie flüsternd. Sie brauchte eine Pause vom Live-Porno, musste die Geräusche, den Geruch und die Bilder aus ihrem Kopf bekommen. Zumindest für einen Augenblick.

„Erste Tür links." Er deutete mit seiner Hand auf eine der offenen Türen. „Am Ende des Ganges sind Räumlichkeiten für Damen und Herren mit Duschen und allem anderen, was die Angestellten oder einer unserer Gäste sich sonst noch wünschen könnten."

Shay runzelte die Stirn. Was zum Teufel sollte das bedeuten? „Okay. Ich bin sofort zurück."

„Du solltest für heute Schluss machen." Travis schob den Drink über die Bar zum Seidenboxer-Kerl und sah sie an. „Du siehst blass aus und deine Schicht ist sowieso fast vorbei. Geh nach Hause und sammle dich etwas vor nächstem Wochenende."

Shay stieß einen Seufzer aus. Der Mann, in den sie verknallt war, stand auf versauten Sex abseits der Norm und sie wusste nicht, wie sie den Job, den sie liebte, weiter ausführen sollte. Und jetzt sah sie anscheinend auch noch scheiße aus. „Ja, vielleicht sollte ich das." Sie ging zur ersten Tür auf der linken Seite, während sie ihre Füße anstarrte und sich auf jeden Schritt konzentrierte, damit sie nicht strauchelte und dadurch unerwünschte Aufmerksamkeit auf sich zog.

Als sie den Gang erreichte, lief ihr ein beklemmender Schauer über den Rücken. In diesem Gang war es ruhig, es gab keine orgasmischen Banshee-Rufe oder erhitztes Stöhnen, lediglich das leise Kichern einer Frau und das tiefe Brummen von mehr als einer Männerstimme war zu hören.

Neugier packte sie und ließ nicht los, bis sie ihren Blick hob und die drei Personen auf dem einzigen Bett entdeckte. Gemütlich aussehende Sofas und Ottomane säumten die Wände, doch das Hauptaugenmerk lag auf dem Bett, das von winzigen Lichtern an der Decke beleuchtet wurde. Eine kurvenreiche Blondine lag in der Mitte, ein strahlendes Lächeln im Gesicht, ihr Körper völlig nackt, ihre Beine in einem Winkel, der ihr glattrasiertes Geschlecht entblößte.

Ein Mann lag auf einen Ellenbogen gestützt auf ihrer rechten Seite, sein Blick bewundernd auf sie gerichtet, während er mit seinen Fingern sanfte Kreise auf der glatten Haut ihrer Hüfte zeichnete. Zu ihrer Linken lag ein weiterer Mann, der den Kopf über ihre Brüste gebeugt hatte. Erst, als Shay einen weiteren Schritt machte, konnte sie sehen, wie er zarte Küsse um und auf ihrem Busen verteilte.

Shay hielt den Atem an, überwältigt von Gefühlen, die sie nicht genau beschreiben konnte. Neid? Ekel? Die Szene vor ihr war hypnotisierend. Die sanfte Art, in der die Männer der glücklich wirkenden Frau ihre Aufmerksamkeit schenkten. Die Art, wie ihre Schwänze hart wie Stein hervorragten, und sie doch ihre Eroberung nicht bestiegen wie läufige Hunde. Es wirkte beinahe romantisch ... *In einem Sexclub?* Shay war verwirrt.

„Hey." Der Mann, der in ihre Richtung lag, begrüßte sie mit einem aufrichtigen Lächeln.

Die direkte Anrede reichte aus, um sie ins Stolpern zu bringen. „Äh. Hi."

Sie war mit der Gesprächsetikette in Sexclubs nicht vertraut. Was sollte sie sagen? *Wie geht's, wie steht's* ... wenn offensichtlich alles stand?

Mit einem Stirnrunzeln senkte sie ihren Blick und erhöhte ihr Tempo auf dem Weg zur Toilette. Dort angekommen, stieß sie die Tür zu, lehnte sich an die Wand daneben und atmete tief durch, um sich zu beruhigen.

Es war lächerlich. Sie war eine starke, selbstbewusste erwachsene Frau. Kein unbeholfenes Häufchen Elend. Dieser Mist musste aufhören. Allerdings wusste sie nicht, wie sie das unvertraute Flattern von Schmetterlingen in ihrem Bauch abstellen oder die schmutzigen Gedanken in ihrem Kopf loswerden sollte.

Zu ihrem normalen Job im Hauptbereich zurückzukehren und so zu tun, als wäre nichts gewesen, würde ihr eine oscarreife Leistung abverlangen. Sie würde nicht mehr in der Lage sein, T.J., Brute oder Leo in die Augen zu schauen. Nicht, ohne sie sich verschlungen in einer Massenorgie mit schönen Menschen vorzustellen. Und es ärgerte sie umso mehr, dass ihr Schoß bei dieser Vorstellung zu kribbeln begann.

Normalerweise stand sie zu ihrer Sexualität. Es war ihr nicht peinlich, sich selbst zu befriedigen. Sie besaß Toys, schaute sich Pornos an und hatte gelegentlich einen One-Night-Stand. Aber das hier ... ein Sexclub ... überstieg ihren Horizont bei Weitem. Travis hatte Recht. Früher nach Hause zu gehen, war die beste Option.

Und was zum Teufel lag dort alles auf dem Waschtisch? Sie ging zum Waschtisch, wobei sie ihr Spiegelbild ignorierte. Auf dem Keramiktisch standen etliche Deodorantdosen der unterschiedlichsten Marken ordentlich in einer Reihe. Daneben lagen plüschige, dunkle Badetücher, von denen einige bereits in den dicken Weidenkorb neben dem Waschtisch geworfen worden waren. Vor den Handtüchern war eine laminierte Liste von Regeln auf den Tisch geklebt. Ihr Management-Trio hatte wirklich an alles gedacht. Die Seite listete Privatsphärenanforderungen auf, die Notwendigkeit regelmäßiger Kontrollen auf Geschlechtskrankheiten, Anweisungen zum Waschen nach jeder Session, bis hin zur Notwendigkeit, das Sexspielzeug vor Benutzung mit Kondomen zu überziehen.

Sie stöhnte, bekräftigt in ihrem Entschluss, zu gehen. Ihr Gehirn war Matsch und eine einzige weitere Entdeckung würde sie überreagieren lassen. Sie drehte sich um, bereit zu fliehen, als die Tür aufging und die attraktive Blondine von dem Bett hereinkam.

„Geht es dir gut?" Völlig ungeniert stellte sie vor Shay ihre Titten und ihre Pussy zur Schau.

Ohne es verhindern zu können, musterte Shay den Körper der Frau; von den zusammengezogenen Brustwarzen, dem Glitzern ihres Bauchnabelpiercings, den Furchen ihrer entblößten Vagina zu ihren geschmeidigen Oberschenkeln und schließlich ihren dunkel lackierten Zehennägeln.

Peinlich. Starre einfach weiter auf ihre Zehen. Nur nicht den Blick von diesen verdammten Zehen abwenden.

„Ähm." Shay räusperte sich. „Mir geht es gut."

„Würdest du mir ein Handtuch reichen?"

Shay war dankbar für den Vorwand, ihr den Rücken zuzukehren, und gab der Frau, was sie wollte.

„Ist es so besser?"

Shay sah zu der Frau auf, die nun in das große Handtuch gehüllt war, und war dankbar für die kurze Verschnaufpause von diesem Heilige-Scheiße-hol-mich-hier-raus-Szenario. „Danke", murmelte sie und ignorierte dabei die Hitze, die ihr in den Nacken stieg.

„Jetzt erzähl mir, was wirklich los ist."

Shay runzelte die Stirn.

„Komm schon." Die Frau schlenderte an ihr vorbei und setzte sich mit einem Sprung auf den Waschtisch. „Raus damit. Du siehst aus, als wärst du zwischen Ekel und Schock hin und her gerissen."

Autsch. „Ist das so offensichtlich?"

Die Frau nickte. „Schon irgendwie. Ich bin schon länger Mitglied im Club und habe bereits einige Jungfrauen durch diese Türen gehen sehen."

„Oh, ich bin keine Jungfrau." Shay schüttelte den Kopf. Die Situation wurde immer schlimmer. Nicht nur war ihre Abneigung offensichtlich, sie verhielt sich auch so kindisch, dass die Leute sie für unschuldig hielten.

„Sexclub-Jungfrau, Süße." Sie kicherte. „Kein Grund zur Sorge. Du siehst bloß etwas fehl am Platz aus."

Die Erläuterung half kaum. „Ich glaube nicht, dass ich für diese Szene geeignet bin. Auch nicht beruflich."

„Was beunruhigt dich?"

Shay wusste nicht, wo sie anfangen sollte. Die Liste in ihrem Kopf schien einen Kilometer lang zu sein, und die Tatsache, dass der Mann, auf den sie stand, ein Teilnehmer und der Besitzer war, verkomplizierte das Ganze noch. „Es ist so ... so ..." Sie zuckte mit den Achseln. Sie kannte diese Frau nicht, und sie wollte sie bestimmt nicht noch mehr beleidigen, als sie es wahrscheinlich schon getan hatte.

„Würde es helfen, wenn ich dir erzähle, wieso ich hierherkomme?"

Die Frau musterte sie ehrlich besorgt, als wären sie beste Freunde, die versuchten, eine schwierige Situation zu überstehen. Durch ihre Aufrichtigkeit fühlte Shay eine leichte Verbundenheit mit der Frau. Vielleicht lag es daran, dass sie sich an die einzige Person klammern wollte, die derzeit nicht ihre Vorzüge zur Schau stellte.

„Vielleicht."

„Ich bin single." Die Frau grinste, als wäre ihr Status eine besondere Auszeichnung. „Ich arbeite. Hart. Jeden verdammten Tag, und am Ende der Woche möchte ich jemanden zum Kuscheln haben. Mein Job lässt mir nicht die Zeit, mich zu verabreden, und ich will das dazugehörige Drama gerade nicht unbedingt in meinem Leben haben. Was ich dagegen will, ist ein bisschen Aufmerksamkeit dann und wann."

Die Frau sah sie erwartungsvoll an. Shay konnte nur zustimmend nicken.

„Ich liebe Sex." Das Lächeln der Frau wurde breiter. „Allerdings können Männer egoistische Arschlöcher sein."

Shay gluckste leise. „Wem sagst du das."

„Ich schätze, es ist schwer zu erklären. Und ich nehme an, für einen Außenstehenden noch schwerer zu verstehen. Aber hier unten sind wir wie eine Familie." Sie zog eine Grimasse. „Wow. Falsche Wortwahl."

Shay lehnte sich prustend an den Waschtisch und hörte aufmerksam zu.

„Jeder hier will Sex. Und ich schätze, weil wir alle irgendwo sicher sein können, dass wir bekommen, wonach wir uns sehnen, wird bereitwilliger gegeben. Die Männer hier …", ihre Augen glitzerten, „… sind un-glaub-lich. Sagt man nein, ziehen sie sich sofort zurück. Keine Fragen, keine Schuldzuweisungen, keine Verurteilung."

In der Theorie hörte sich all das wundervoll an. „Aber ist es nicht komisch, wenn einem so viele Leute zugucken?"

„Hat dich jemals jemand beobachtet?" Die Frau hob eine Augenbraue. „Oder hast du dir schon einmal vorgestellt, wie es wäre?"

„Vielleicht." Shay zuckte mit den Schultern und spürte, wie ihr die Hitze erneut in den Nacken stieg. Die Frau grinste.

„Es ist ein Rausch. Und vor allem finde ich es belebend. Zu wissen, dass ein anderer Mann oder eine andere Frau erregt wird durch das, was man tut." Die Frau schlug ihre Beine übereinander, wodurch ihr das Handtuch die Oberschenkel hochrutschte. „Sicherheit ist auch ein großer Bonus. Ich komme hierher und weiß, dass ich nicht angegriffen oder missbraucht werde. Ich muss keinen Mann verführen und meine Sicherheit riskieren, indem ich mit ihm aus der Öffentlichkeit verschwinde und ihn mit in mein Zuhause nehme, das abgeschieden ist und mich verletzlich machen würde. Für mich gibt es keine andere Option, bis ich auf die Suche nach einem Ehemann gehen und mich niederlassen will."

Shay sah weg und starrte auf den polierten Fliesenboden. Es machte Sinn. Männer abzuschleppen war mit Risiken verbunden und lohnte sich meistens nicht.

„Übrigens, ich heiße Zoe."

„Shay."

„Nun, Shay, ich weiß, dass du als Angestellte und nicht als Teilnehmerin hier bist, aber versuche einmal, dir den Club ohne Vorbehalte anzusehen. Stell dir vor, wie es wäre, wenn zwei Männer dich mit Zuneigung überschütten und sich dabei allein auf dein Vergnügen konzentrieren würden."

Die Fantasie reizte ihre Brustwarzen, was sie frustriert die Arme über ihrer Brust verschränken ließ. „Ich bin nicht auf der Suche nach mehr als einem Partner."

„Das ist auch in Ordnung. Und ich wette, du hast bereits jemanden im Sinn." Zoes verführerische Lippen kräuselten sich. „Es geht schon das Gerücht, dass Leo allen untersagt, dich auch nur anzufassen. Er ist ein toller Kerl. Du könntest dich glücklich schätzen, langfristig sein Interesse für dich zu gewinnen."

Sie hatte aber kein Glück. Shay war meilenweit davon entfernt, sein Interesse zu gewinnen.

„Aber er ist ein sehr sexueller Mann. Du müsstest deine Hemmungen überwinden."

Shay stieß schwer den Atem aus, unsicher, ob das für sie eine Option war. Oder ob es sich überhaupt lohnte. Sie wollte Liebe von Leo. Und in diesem Umfeld eine Beziehung aufzubauen, schien unmöglich.

Ein lautes Klopfen ertönte an der Tür und Shay erschrak. „Shit."

„Shay, bist du da drin?", dröhnte Leos Stimme vor der Waschraumtür.

„Wow." Zoe stieß sich vom Waschtisch ab. „Der Boss klang ja beinahe wie ein Höhlenmensch. Willst du dir wirklich die Gelegenheit entgehen lassen, seine ganze ungehobelte Männlichkeit für dich allein zu haben?"

„Aber das ist es ja gerade ...“ Sie wollte ihre Bedenken hinsichtlich Monogamie äußern, doch ein weiteres lautes Klopfen schnitt ihr das Wort ab.

„Shay.“

„Ich lasse euch jetzt allein.“ Zoe zog sich das Handtuch vom Körper und legte es in den Weidenkorb. „Zwei sehr reizende Männer warten auf mich.“

Shay richtete sich auf und musste sich davon abhalten, Zoe anzuflehen, bei ihr zu bleiben. Sie wollte nicht mit Leo allein gelassen werden. Bisher hatten sie sich heute Abend nur gestritten. Sie wollte wieder mit ihm flirten und Spaß haben können, zurück zu den Anspielungen und dem Wimperklimpern, und vergessen, diese Entdeckung jemals gemacht zu haben.

Stattdessen schluckte sie die Übelkeit runter, die ihr den Hals hinaufkroch, und rieb sich über ihren Bauch, in dem unzählige Schmetterlinge herumflatterten. „Vielen Dank.“

„Kein Problem, Süße. Komm zu mir, wenn du weitere Fragen hast.“

Ohne die kurvige Nacktheit ihrer neuen Bekanntschaft wahrzunehmen, umklammerte Shay den Tisch hinter sich und konzentrierte sich auf den Mann, der die Tür offenhielt. Sie hatte Leo noch nie so wütend gesehen. Seine Augen waren zu schmalen Schlitzen verengt, sein Kiefer angespannt, seine Hände an seinen Seiten zu Fäusten geballt und wilde Haarsträhnen hingen ihm im Gesicht.

„Was ist hier los?“ Sein scharfer Ton traf sie härter als die wütende Miene, mit der er sie fixierte.

Shay konnte seine Aggression verstehen. Sie hatte ihn vorhin beleidigt, und es würde mehr als ein paar Stunden dauern, bis er darüber hinwegkam. Es war eine Entschuldigung fällig. Aber sie konnte nicht die notwendige Kraft aufbringen, um sie auszusprechen. Nicht heute Abend. Nicht, wenn ihr Herz blutete und ihre Schläfen pochten.

„Ich muss auf die Toilette.“ Sie verzog das Gesicht. *Duh.*

„Lass den Scheiß, Shay. Du bist schon seit fünfzehn Minuten hier drin.“ Er stolzierte in die Frauentoilette, als hätte er alles Recht, dort zu sein, und ließ die Tür hinter sich zu fallen. „Fühlst du dich imstande, nächste Woche an der Bar zu arbeiten oder nicht?"

Sie richtete sich auf und verstand seine Frage als weitere Beleidigung ihrer Kompetenzen. „Natürlich tue ich das. Das weißt du."

„Weiß ich das? Du hast deutlich gemacht, was du von der Szene hältst. Ich will nicht, dass die Gäste deinen Hass zu spüren bekommen. Sie zahlen gutes Geld, um hier sein zu dürfen."

Fick dich.

Sie erwiderte sein Starren. „Das würden sie niemals." Und außerdem gab es keinen Hass, den sie verbreiten konnte. Mit jeder vergehenden Minute wurde ihr klarer, dass ihre Abscheu daher rührte, dass sie keine Ahnung von dem Lifestyle hatte. Für Singles schien es die perfekte Art zu sein, Spaß zu haben. Sie wusste nicht, ob sie es jemals selbst ausprobieren oder verstehen würde, wieso jemand in einer festen Beziehung sich beteiligen wollte, doch ihr Horizont erweiterte sich ein kleines bisschen.

„Wirklich?" Er zuckte mit den Schultern. „Ich weiß wohl einfach nicht mehr, was ich von dir erwarten kann."

„Von mir? Machst du Witze?" Sie erhob ihre Stimme. „Du bist derjenige, der mich überrumpelt hat, weißt du noch? Du wusstest, dass ich Gefühle für dich habe, und hast mich nur an der Nase herumgeführt. Die ganze Zeit über hatte ich nie eine Chance."

„Weil ich wusste, dass du dich genau so verhalten würdest", knurrte er. „So bin ich nun mal, Shay, und ich wusste, du würdest damit nichts zu tun haben wollen." Er trat vor und kam ihr immer näher. „Ich habe dich nicht an der Nase herumgeführt. Ich habe mein verdammt nochmal Bestes versucht, dir fernzubleiben. Glaubst du, ich habe mir, seitdem du hier arbeitest, nicht schon tausendmal vorgestellt, wie ich deine Beine für mich spreize? Oder mich gefragt, wie es wäre, wenn die Clubszene etwas für dich wäre? Ich lebe die ganze Zeit in meiner eigenen persönlichen Hölle und bin nicht imstande, dich davon abzuhalten, mich am Schwanz herumzuführen.“

Ihr Mund wurde trocken.

„Du hast mir nie eine Chance gegeben.“ Sie schluckte schwer. Er hatte nicht das Recht, Vermutungen über ihre Sexualität anzustellen, so, wie sie zuvor nicht das Recht gehabt hatte, ihn zu beleidigen.

„Doch, habe ich.“ Seine Stimme senkte sich zu einem Flüstern. „Vor Monaten, als ich dich im Lagerraum berührt habe.“

Shay sah durchdringend in seine ozeanblauen Augen. „Ich verstehe nicht.“

„Ich habe dich getestet. Ich wollte endgültig wissen, wie du auf Sex reagierst. Ob du aufgeschlossen genug bist, Dinge außerhalb deiner Komfortzone auszuprobieren. Aber selbst in der Abgeschiedenheit eines Lagerraums wirktest du schockiert und verstört über das, was wir getan haben.“

Wie bitte? Sie blinzelte ihn an und wusste nicht, ob sie ihn zurechtweisen oder ihm die Augen auskratzen sollte. „Ich war nicht verstört.“

Sie war schockiert gewesen, ja, weil es das erste Mal war, dass ein Mann sie selbstlos befriedigt hatte. Normalerweise war sie diejenige, die sexuelle Gefälligkeiten leistete, ohne ihre eigene Befriedigung zu erhalten. Sie war aufgewühlt und hatte versucht, ihre wachsende Verliebtheit und Bewunderung zu verbergen, weil er sie so behandelt hatte, wie sie immer hatte behandelt werden wollen. Damals hatten ihre Gefühle den Punkt der Verliebtheit überschritten und sie hatte sich schwergetan, das zu überspielen.

„Du hättest mir die Chance geben sollen, meine eigenen Entscheidungen zu treffen.“ Sie trat zur Seite. Sie brauchte Abstand von seiner übermächtigen Dominanz. „Ich hätte es vielleicht versucht.“

Er überbrückte die Lücke zwischen ihnen und sah auf sie herab. „Beweise es.“

„Was beweisen?“ Sie erschauderte und versuchte, das beginnende Pochen zwischen ihren Beinen zu ignorieren.

Er machte einen weiteren Schritt, wodurch er sie gegen den Tisch drängte und sich ihre Oberschenkel berührten. „Dass du es versuchen würdest." Seine Miene war dunkel, als er die Härte seiner Erektion gegen ihren Bauch presste. „Versuch es für mich. Jetzt", flüsterte er.

Sie schüttelte den Kopf. Nicht heute Abend. Nicht, wenn ihr Herz kaum noch schlug und ihr Verstand ihre tobenden Gedanken nicht kontrollieren konnte. Er hatte es nicht verdient. Und sie auch nicht. Egal, wie sehr ihr Geschlecht ermutigend pulsierte. „Nein."

Langsam lehnte er sich vor, sein leichter Bartschatten strich über ihre Wange. Sie erzitterte, während ihre Gedanken und ihr Körper schwankten, als er ihr ins Ohr raunte: „Deine Lippen sagen nein, aber dein Körper sagt etwas anderes. Was davon entspricht der Wahrheit?"

Sie schloss die Augen, unfähig, sich zu entscheiden, unfähig, zu atmen. Mit einer Hand strich sie über seinen Nacken, um sich zu erden, und betete, die richtige Wahl möge sich schnell offenbaren. Alles, was sie sich jemals gewünscht hatte, waren seine Aufmerksamkeit und sein Verlangen, aber das Timing und ihre Verunsicherung trübten das nicht jugendfreie Märchen, das sie sich ausgemalt hatte.

„Shay." Ihr Name war ein Flüstern an ihrem Hals, als er eine seiner Hände auf den Tisch legte, die andere auf ihre Hüfte, die sich dann langsam nach oben bewegte. „Bitte quäle mich nicht."

Ihn?

Er quälte sie schon länger, als sie zurückdenken konnte. „Ich weiß nicht, was ich tun soll."

Ihr Körper stand in Flammen, ihre Brustwarzen waren hart, ihr Geschlecht pulsierte. Aber es waren Menschen auf der anderen Seite der Tür. Nackte Menschen. Jemand könnte hereinkommen. Jemand könnte sie sehen und glauben, ihre Intimität wäre eine Show, die man sich ansehen konnte. War das wichtig? Im Moment hatte sie keine verdammte Ahnung. Die Hitze seines Körpers machte es ihr schwer, rational zu denken.

Er spreizte ihre Beine mit seinem Knie und rieb seinen harten Oberschenkel an ihrem Geschlecht, welches daraufhin feucht wurde und massiv zu kribbeln begann. Verdammt sei ihr verräterischer Körper.

Ein Wimmern entwich ihrer Kehle und sie klammerte sich fester an seinen Nacken. Sie wollte ihn so sehr, dass es wehtat, aber sie wollte sich danach nicht noch mehr hassen. Wenn sie es tat, musste es aus den richtigen Gründen geschehen. Und sie musste mit Leib und Seele davon überzeugt sein, nicht nur mit ihrer Vagina.

„Ich kann nicht." Sie ließ ihn los und legte die Hände auf seine Brust. „Ich brauche mehr Zeit."

Er versteifte sich und brachte sie in den folgenden schweigsamen Sekunden beinahe um. „Okay." Mit gesenktem Blick trat er zurück. Sein harter Schwanz presste sich gegen den Schritt seiner Hose, und plötzlich überkam sie der Gedanke, dass er sich vielleicht woanders Erleichterung verschaffte.

„Es ist sowieso fast Zeit für dich, Feierabend zu machen. Am besten gehst du jetzt nach Hause und gönnst dir den Extraschlaf."

Alarmglocken schrillten in ihrem Kopf. Seine unmittelbare Zurückweisung verstärkte nur ihre Theorie, dass er sich eine andere Frau suchen würde. Ihr Magen sank ihr im freien Fall in die Kniekehlen, während sie leise tief Luft holte. Der Kummer musste ihr ins Gesicht geschrieben stehen, denn als er aufsah, wurden seine Züge weicher.

„Ich will dich nicht verletzen."

„Aber das wirst du, oder?", brachte sie hervor. „Ich fahre los, im selben Moment, wie du in eine andere Frau fährst."

Sie bedauerte die Worte augenblicklich, noch bevor der empörte Ausdruck über sein Gesicht huschte. Unter Druck war sie eines gewiss nicht – gelassen.

„Ich bin kein verdammtes Tier", sagte er durch zusammengebissene Zähne, drehte sich von ihr weg und ging zur Tür. „Geh nach Hause, Shay."

KAPITEL FÜNF

*L*eo setzte sich auf einen der Barhocker und hielt den Kopf gesenkt, seine Hände waren unter dem Tresen zu Fäusten geballt. Er stand kurz davor, durchzudrehen. Noch nie in seinem Leben war er so wütend gewesen. Sein Herz raste, in seinem Kopf hämmerte es, und wenn er seine Zähne noch fester zusammenbiss, würde er sich sicher einen Zahn abbrechen.

„Scotch", bellte er in Travis' Richtung.

Shay behielt weiterhin die Oberhand, und er konnte nur sich selbst die Schuld dafür geben. Wegen ihm verhielt sie sich wie ein verwundetes Tier, das in die Ecke gedrängt worden war. Er hätte warten sollen, bis sie aus der Toilette heraus und ins Freie kam, anstatt hineinzustürmen. Nur hatte er seine Sorge nicht im Zaum halten können, als er sie hinter der Bar nicht finden konnte. Seine Panik hatte anstelle des gesunden Menschenverstandes die Führung übernommen, sodass er wieder einmal mit verwundetem Stolz zurückblieb.

„Bitte schön, Boss."

Leo nahm das Glas, das vor ihn geschoben wurde, und kippte seinen Inhalt mit zwei großen Schlucken hinunter. Herr im Himmel, wie das brannte. Er wollte ein weiteres bestellen, sich besaufen und seine Probleme in den Tiefen des Körpers einer anderen Frau vergraben, nur um Shay zu ärgern. Es brauchte nicht viel und er wäre das Arschloch, für das Shay ihn hielt. Doch egal, wie wütend er würde, so tief würde er nicht fallen.

Er hatte ein Herz. Und obwohl er es wollte, konnte er Shay nicht die Schuld für ihre rücksichtslosen Kommentare geben. Sie stand unter Schock und fuhr immer aus der Haut, wenn sie ihre Gefühle nicht unter Kontrolle hatte. Er hatte es unzählige Male mitbekommen. Dass sie verletzt war, zeigte sie, indem sie heftige, unsensible Antworten von sich gab. Es war eine ihrer nicht so reizenden Eigenschaften.

„Ich gehe nach Hause." Ihre Stimme unterbrach seine Gedanken.

Er hielt sich an seinem Glas fest und versuchte krampfhaft, seinen Blick nicht zu heben. Sie redete sowieso nicht mit ihm. Im Augenwinkel beobachtete er, wie sie ihr Handy von der Theke nahm und es in ihre Tasche steckte. „Ich hoffe, wir sehen uns wieder, Travis."

„Dito, süße Shay."

Lass die Schmeicheleien, Travis, oder ich poliere dir die Fresse.

Sie umrundete den Tresen, ohne Leo eines Blickes zu würdigen, ohne sich zu einem *bis dann, Arschloch* herabzulassen, und stürmte davon. Das Bedürfnis ihr hinterherzurennen war übermächtig. Er musste sogar dagegen ankämpfen, über die Schulter zu schauen und ihr mit seinem Blick zu folgen.

„Verflucht nochmal."

Den Scheiß erlebte er nicht zum ersten Mal. Er war stärker als das alles, schließlich war sie nur eine Frau. Niemand sollte seine Libido so fest im Griff haben wie sie. Andererseits war sie immer mehr als irgendeine Frau für ihn gewesen. Er hatte sich zu ihr hingezogen gefühlt, seitdem sie ihre Bewerbung eingereicht hatte.

Außer ihrem verführerischen Aussehen gab es noch viele weitere Gründe für sein Interesse an ihr. Sie arbeitete hart, flirtete noch härter und liebte ihre Unabhängigkeit. Sie nahm jeden ernst und versteckte sich nicht hinter einer

Scheinfassade. Er brauchte eine willensstarke Frau wie sie. Er brauchte sie. Punkt.

„Willst du darüber reden?", fragte Travis.

Leo sah mit finsterer Miene zu ihm hoch.

Der Barkeeper hielt beschwichtigend die Hände hoch. „Schätze nicht." Er fing an, die Bierhähne zu polieren. „Sag mir Bescheid, wenn du dich beruhigt hast. Ich muss wegen eines kleinen Zwischenfalls mit Shay vorhin mit dir sprechen."

Wegen eines Zwischenfalls? Als ob er bei einer solchen Aussage nicht sofort anbeißen würde. „Was für ein Zwischenfall?"

„Es ist nichts Wildes, und sie wollte nicht, dass ich eine große Sache daraus mache." Er zuckte mit den Achseln. „Glenn hat sie immer wieder aus seiner Ecke heraus angestarrt, während er sich einen runterholte. Ich glaube nicht, dass sie auf sowas vorbereitet war. Sie fand das ziemlich unheimlich."

Natürlich war sie schlecht vorbereitet. Leo hatte ihr nicht die Zeit dazu gegeben. Er hatte dem Vorschlag von Brute und T.J. nachgegeben, weil er seine Zuneigung zu ihr nicht offenlegen wollte und dadurch das Ganze völlig vermasselt. Er drückte sich von seinem Stuhl hoch, bereit für … er wusste nicht genau was, und stieß mit einer menschlichen Wand zusammen.

„Ich bin's nur", sagte T.J. von hinten. „Wo ist Shay?"

„Psst", fuhr Leo ihn an und bedeutete Travis mit einem auffordernden Blick fortzufahren.

„Es war kein richtiger Zwischenfall", wiederholte er. „Sie hat es locker genommen und deutlich gemacht, dass sie nicht will, dass euch oder Glenn davon berichtet wird. Ich habe trotzdem kurz mit ihm gesprochen und ihm gesagt, es sei ihre erste Nacht und sie sei etwas nervös."

„Fuck." Leo schnaubte und rieb sich die Stirn. „Wir werden unsere beste Barkeeperin verlieren." Er würde sie verlieren. „Shay dreht völlig am Rad." Er drehte sich zu T.J. „Und es ist alles eure Schuld."

Er ignorierte das verärgerte Stirnrunzeln seines Freundes und suchte den Raum ab. „Wo ist er? Ich will mit ihm reden."

„Weiß ich nicht", antwortete Travis. „Vielleicht ist er gegangen. Aber es war alles in Ordnung. Glenn hat sich entschuldigt. Ihm war nicht bewusst, dass sie neu ist."

„Nun, er hätte es verdammt nochmal bemerken müssen." Leo hoffte inständig, dass Glenn nach Hause gegangen war, anderenfalls würde er das Ziel seiner Frustration werden und sich wünschen, er wäre heute Abend nie hier aufgetaucht.

„Beruhige dich", brummte T.J. „Travis hat sich darum gekümmert."

Aber was war mit Shay? Wer kümmerte sich um sie?

Leo sackte wieder auf den Barhocker. „Heute Abend war ein totaler Reinfall."

„Warum?", fragte T.J. „Konnte sie nicht damit umgehen?"

„Ich finde, sie hat sich großartig gemacht", sagte Travis.

Leo sah über seine Schulter zu T.J. und machte sich nicht die Mühe, seine Verletzlichkeit zu verbergen. „Nein." Er schüttelte den Kopf. „Es ist nicht gut gelaufen. Ich bin mir nicht sicher, ob sie zurückkommt." In den Club oder zurück in sein Leben. Und nach all den Frauen, die ihn wegen seiner sexuellen Neigungen sitzen lassen hatten, war Shays Ablehnung bei Weitem die Schlimmste für ihn.

Shay floh die Treppe hinauf und eilte durch die tanzende Menge im *Shot of Sin*. Ohne ein Wort an ihr Barpersonal zu richten, schnappte sie sich ihre Handtasche aus dem Lagerraum und steuerte auf den Ausgang des Clubs zu. Sie musste diesen Saftladen verlassen, und zwar schnell. Ihre Brust brannte vor Reue, ein Gefühl, das ihr zu vertraut war, das sie aber angesichts ihres beschissenen Temperaments nicht kontrollieren konnte.

Eines Tages wäre es ihr Untergang. Sie konnte ihre Emotionen nicht verbergen. Sie entluden sich entweder in einem Wutanfall oder einem Tränenausbruch; und sie hasste es, zu weinen. Aber sie würde sich entschuldigen. Das tat sie immer. Sie brauchte bloß ein wenig Zeit, das verwirrende, überrumpelte Gefühl loszuwerden, dann würde sie es wiedergutmachen.

Sobald sie einige tiefe Atemzüge sauberer Nachtluft genommen hatte, würde sie sich beruhigen. Dieser Hoffnungsschimmer ließ sie beinahe durch die überfüllte Eingangshalle und nach draußen auf die Straße sprinten.

„Du gehst schon?" Brute entfernte sich von dem Damengrüppchen und versperrte ihr den Weg. Er musterte sie mit etwas wie Besorgnis in den Augen. „Du siehst gereizt aus."

„Ich bin gereizt." *Tief durchatmen. Tief durchatmen.* „Du hättest mich vorwarnen können."

Er hob die Schultern. „Das habe ich. Ich habe dir schon vor Monaten geraten, dich von Leo fernzuhalten. Du hast nicht auf mich gehört."

Was?

„Und heute Abend ging es darum, mir das vor Augen zu führen?" Ihre Augen brannten vor Demütigung. „War Leo eingeweiht?"

„Zweimal nein. Heute Abend ging es darum, einen Ersatz für Tracy zu finden. Aber ich gebe zu, es war ein zusätzlicher Bonus, denn so musste ich nicht weiter ausführen, wieso ihr beide nicht kompatibel seid."

Shay stieß wütend die Luft aus. „Nett, Brute. Wirklich nett." Kopfschüttelnd ging sie um ihn herum.

„Ich sorge mich um dich. Das tun wir alle."

Seine Aussage ließ sie verstummen, trotzdem zog sie es weiter vor, die Straßenlaterne draußen anzustarren. Sie musste sich ihre Niederlage eingestehen. Sie war gedemütigt, erniedrigt und ihr war das Herz gebrochen worden, alles in einer Nacht – von ihrem sinkenden Selbstwertgefühl ganz zu schweigen.

„Glaub mir, Shay, hättet ihr beide eine Chance, zusammen glücklich zu werden, wäre ich der Erste, der euch gratulieren würde. Aber das wird nicht passieren. Leo wird sich mit einer normalen Beziehung nicht zufriedengeben. Das tut keiner von uns."

Sie stieß ein spöttisches Lachen aus. „Mir war nicht bewusst, dass es so abstoßend ist, normal zu sein. Vermutlich sollte ich euch dafür danken, mir die Augen geöffnet zu haben." Sie setzte ein gezwungenes Lächeln auf und drehte sich zu ihm um. Seine Gesichtszüge waren immer noch regungslos. Es gab weder ein tröstliches Lächeln, noch lag ein bittender Ausdruck in seinen Augen. „Gute Nacht, Brute."

Sie ließ ihn stehen und versuchte, ihre zerstörten Mauern wiederaufzubauen. Es war nicht das Ende der Welt. Es war nur das Ende einer Schwärmerei. Es änderte nichts an ihrer Begeisterung für ihren Job. Sie war nicht minderwertig, weil sie sich für die Freuden gemeinschaftlichen Vögelns nicht erwärmen konnte. Sie musste lediglich nach Hause gehen, sich wie ein großes Mädchen benehmen und sich online etwas Gandy-Candy anschauen. Mr. David Gandy würde alles in Ordnung bringen. Das tat er immer.

Die kühle Nachtluft tröstete sie, als sie nach draußen trat. Sie machte sich nicht die Mühe, den Rausschmeißern zuzunicken, die an der Tür standen.

„Soll Sie jemand begleiten?", rief einer von ihnen.

Sie schüttelte den Kopf, unfähig, zu sprechen. Normalerweise sorgten sie dafür, dass sie ihr Auto sicher erreichte, aber heute Abend wollte sie keine Begleitung. Der zweiminütige Fußweg zum Personalparkplatz auf der Rückseite des Gebäudes würde sie nicht umbringen.

Sie wollte endlich nach Hause. Je früher, desto besser. Gerade war ihr alles zu viel – das kratzige Material ihres figurbetonten Oberteils, und selbst die leichte Brise, die sie frösteln ließ.

Was für eine verdammte Katastrophe.

An der Ecke angekommen, wurde sie langsamer. Sie musste sich erst einmal beruhigen, bevor sie hinters Steuer sank.

„Hey, Miss."

Ruckartig drehte sie sich zu der tiefen Stimme um. *Oh,*

Scheiße! Es war der Typ aus *Vault of Sin*. Derjenige, der sie für Gottes Geschenk zur Masturbation gehalten hatte. Sie ignorierte ihn und wurde immer schneller, bis sie beinahe rannte.

„Ich will nur reden.“

Auf dem dunklen Parkplatz? In den frühen Morgenstunden? Nachdem er sich vor ihr einen runtergeholt hatte?

Nein, danke.

„Ich habe kein Interesse.“ Sie umschloss ihre Schlüssel und war zu allem bereit.

Als sie die letzte Ecke des Gebäudes umrundete, riskierte sie einen weiteren Blick über ihre Schulter und stolperte über den losen Asphalt. Ihre Tasche rutschte von der Schulter und fiel zu Boden, was ihre Angst vervielfachte.

Mit einem schrillen Schrei griff sie nach dem Handtaschenriemen und riss ihn an sich, dann sprintete sie zu ihrem Auto. Sie fummelte an dem Knopf in ihrer Hand herum, bis sie schließlich die Türen entriegelt hatte. Er war direkt hinter ihr, sie konnte es spüren. Ihre Sinne waren in höchster Alarmbereitschaft und warteten darauf, jede Sekunde von einer groben Hand gepackt zu werden.

Sie riss die Autotür auf, sprang hinein und schloss ab, so schnell sie konnte. Mit zitternden Händen versuchte sie, den Schlüssel in die Zündung zu stecken und schluchzte fast vor Erleichterung, als er endlich an seinen Platz rutschte. Ohne zu zögern ließ sie den Motor aufheulen, riss den Schalthebel in den Rückwärtsgang und gab Vollgas.

Gott schütze jeden hinter mir.

Als sie ausparkte, nahm sie hinter sich den Schatten des Mannes wahr, der an der Gebäudeecke stand und sie mit erhobener Hand bat, anzuhalten. Auf keinen Fall. Er hatte größere Chancen, sich von einer der Straßenkatzen einen blasen zu lassen, als dass sie auf die Bremse trat.

Bye-bye, Arschloch.

Im Rückspiegel beobachtete sie, wie er ihr hinterherjoggte und ihr bis zur Frontseite des Gebäudes folgte. Sie beschleunigte weiter und fuhr auf die Straße, dankbar, dass kein Gegenverkehr herrschte.

Zwei Straßen weiter atmete sie immer noch schwer, doch ihr Herz sank langsam von ihrer Kehle zurück auf seinen rechtmäßigen Platz. Was ein Depp. Mr. Masturbator war der perfekte Abschluss eines ebenso perfekten Tages. Sie machte sich keine Hoffnung, diese Nacht oder, wenn sie ehrlich war, den Rest der Woche ein Auge zuzubekommen. Ihr graute es davor, Leo am Dienstag zu ihrer Mittagsschicht im Restaurant *Taste of Sin* wiederzusehen. Selbst, wenn sie ihr Selbstbewusstsein bis dahin zurückgewonnen hatte, würde es sehr anstrengend werden, ihren verletzten Stolz zu verbergen.

An einer roten Ampel hielt sie an und setzte den Blinker, während sie innerlich ihre Dummheit verfluchte. Hätte sie bloß ihren Mund gehalten. Leo war kein Arsch, er hatte wahrscheinlich nicht die Absicht gehabt, diese Nacht mit jemandem zu schlafen ... bis sie überreagiert und ihn praktisch dazu getrieben hatte. Und wer wusste schon, ob sie bei Tageslicht betrachtet vielleicht hätte verstehen können, was es mit dieser ganzen Sexclub-Sache auf sich hatte.

Sie war nicht prüde. Ihr Geist war so offen wie die Schenkel einer Prostituierten. Er hatte sie schockiert, das war alles. Sie hatte ihn noch nie mit einer anderen Frau gesehen, und das geistige Bild, wie er Massen von ihnen vögelte, war niederschmetternd.

„Dumm. Dumm. Dumm."

Sie blinzelte gegen das Brennen in ihren Augen an, als in ihrem Rückspiegel die Lichter eines anderen Autos auftauchten. Seine Lichthupe blendete sie und sie sah auf, um sich zu vergewissern, dass die Ampel noch nicht umgesprungen war.

„Nein", grummelte sie. „Was hast du für ein Problem?"

Sie konzentrierte sich wieder auf den Spiegel, und ihre Haut begann zu kribbeln, als sie sich das Auto hinter sich genauer ansah. Das konnte nicht sein. Es war der Typ vom Parkplatz. Er war ihr gefolgt.

„Verdammter Hurensohn."

Ihr blieb vor Angst das Herz stehen, als er seine Autotür öffnete. Auf keinen Fall würde sie sich hier noch länger aufhalten. Es gab keinen Gegenverkehr, also fuhr sie kurzerhand über die rote Ampel und bog ab. Auf der Hauptstraße angekommen, griff sie nach ihrer Handtasche.

Er würde ihr nach Hause folgen und sie dann vergewaltigen und umbringen. Heilige Scheiße, sie würde sterben! Sie durchwühlte ihre Tasche nach ihrem Telefon und entsperrte das Display, während sie fuhr. Leo anzurufen war keine Option. Er hielt sie bereits für schwach und sie wollte ihm nicht die Genugtuung geben, ihn darin zu bestätigen. Also drückte sie auf T.J.s Nummer und biss sich auf die Lippe, als das Telefon zu klingeln begann.

„Hey, Shay, was gibt's?"

Die Lichthupe in ihrem Rückspiegel blendete sie unentwegt, und sie wimmerte. „Bitte hilf mir. Ein Typ aus dem Club ist mir auf den Parkplatz gefolgt. Und jetzt folgt er mir nach Hause. Ich weiß nicht, was ich machen soll."

„Liebes, beruhige dich." Besorgnis lag in seiner Stimme. „Wo bist du?"

„Ich bin auf der Hauptstraße, ein paar Blocks von der Arbeit entfernt, auf dem Weg in die Stadt."

„Kannst du umdrehen und zurückkommen?"

Sie schüttelte den Kopf und stieß angespannt den Atem aus. „Ich will keine Nebenstraße nehmen und riskieren, dass er mich von der Straße drängt. Bitte, T.J., ich weiß nicht, was ich tun soll."

„Keine Bange, ich komme zu dir. Bleib auf der Hauptstraße und fahr langsamer, damit ich dich einholen kann. Aber halte nicht an. Ich bin gleich da."

„Okay." Ihre Stimme bebte. Sie nahm den Fuß vom Gaspedal und verlangsamte das Auto deutlich unter die Geschwindigkeitsbegrenzung. Der Kerl hinter ihr betätigte weiter die Lichthupe, sein Arm winkte nun aus dem Fenster und sein Finger deutete auf den Straßenrand.

Es war Karma. Sie hatte sich Leo gegenüber wie ein tobendes Miststück aufgeführt, und jetzt musste sie den Preis dafür zahlen. Entweder würde ihr Stalker sie rammen und sie aus dem Auto zerren, oder sie würde einen Herzinfarkt erleiden, während sie wartete.

Beruhige dich.

Zittrig sog sie den Atem ein, ließ ihn langsam entweichen und schaltete das Radio ein. Die langsame frühmorgendliche Musik half nicht, sie zu besänftigen. Ihr blieb nichts anderes übrig, als weiter zu hyperventilieren und abzuwarten.

Als sie an ein Vorfahrt-achten-Schild kam, ertönte eine Hupe und erschreckte sie. Ein Auto stoppte abrupt auf der falschen Straßenseite neben ihr, und Leos ernstes Gesicht starrte sie aus dem Beifahrerfenster an. *Shit.* Sie wusste nicht, ob die Hitze in seinen Augen sie erleichtern oder noch mehr verängstigen sollte.

„Fahr an den Rand", formten seine Lippen.

Sie fuhr über die Kreuzung und hielt wie ihr geheißen am Straßenrand an. T.J.s Auto parkte hinter ihr, und der andere Typ dahinter. Bevor sie Zeit hatte, den Motor abzustellen, sah sie Leo in ihrem Rückspiegel. Er warf seine Tür auf und stieg aus dem Auto. Seine breiten Schultern wirkten bedrohlich und seine Gesichtszüge hart, als er sich umdrehte und zum Auto des Unbekannten joggte.

„Oh, Scheiße." Entsetzt sah sie zu, wie er den Kerl an seinem Hemd herauszog und ihn gegen die Seite seines Fahrzeugs schubste.

„Shay."

Sie schrie und schlug sich dann die Hand über ihren Mund. T.J. stand neben ihrem Auto, eine Hand auf dem Türgriff, die andere klopfte an ihr Fenster, bis sie entriegelte. Er öffnete die Tür, während sie ihren Sicherheitsgurt löste, dann beugte er sich zu ihr, um ihr herauszuhelfen.

„Komm her."

Sie konnte Leo herumbrüllen hören, als sie sich bereitwillig in T.J.s Arme begab.

„Das ist alles bloß ein Missverständnis", brummte er ihr ins Ohr.

Ein Missverständnis?

Sie senkte ihren Kopf, als sie hörte, wie Leo den Mann beschimpfte. „Zum Teufel, was fällt dir verdammt nochmal ein, ihr hinterherzufahren? Du hättest die Schlüssel bei den Türstehern abgeben sollen und sie selbst herausfinden lassen, dass sie sie verloren hat. Warum bist du ihr überhaupt auf den Parkplatz gefolgt?"

Ihre Schlüssel?

„Travis kam im Club zu mir und sagte, sie hätte sich wegen mir unwohl gefühlt. Ich habe mich mies gefühlt und wollte mich entschuldigen." Der Mann redete so schnell, dass sie ihn kaum verstehen konnte, und doch fielen die delikaten Puzzleteilchen langsam an ihren Platz. „Ich merkte, dass ich ihr Angst mache, also bin ich ihr nicht weiter gefolgt. Dann ließ sie ihre Handtasche fallen und hat ihre Schlüssel liegenlassen. Es tut mir leid. Meine erste Reaktion war, ihr zu folgen."

Shay verzog das Gesicht. „Ich bin so ein Trottel."

„Nein, bist du nicht." T.J. umarmte sie fest. „Es hätte ihm klar sein müssen, dass es nicht die beste Idee ist, dir zu folgen. Du hattest allen Grund, Angst zu haben."

Sie seufzte und schloss die Augen, wobei sie ihren Kopf an seine Schulter lehnte. Schlüssel klimperten, dann schlug eine Autotür zu. Sie kniff ihre Augen fester zusammen, als das Auto des Fremden davonfuhr und sich schwere Schritte näherten.

Als das Knirschen auf dem Asphalt verstummte, hielt sie in der Stille den Atem an. Sie konnte Leo nicht ansehen, konnte die Wut in seinen Augen oder seine Verärgerung über ihre Dummheit nicht ertragen. Stattdessen klammerte sie sich fester an T.J. und hoffte, er würde sie noch ein wenig länger festhalten, bis sie sich von ihrer Verlegenheit genug erholt hatte, um nach Hause fahren zu können.

„Ich übernehme ab hier", sagte Leo leise.

Ihre Lider schlugen flatternd auf und ihre Lippen bewegten sich und wollten protestieren, als T.J. einen Schritt zurücktrat. Er schenkte ihr ein trauriges Lächeln und strich ihr mit der Hand durchs Haar. „Ich fahre zurück in den Club und schließe ab für heute Nacht. Ruf mich an, wenn du etwas brauchst.“

Nein. Verlass mich nicht.

Sie flehte ihn mit großen Augen schweigend an, sie nicht im Stich zu lassen. Besonders, weil Leo so aussah, als ginge er so schnell nirgendwohin. „Schon okay“, krächzte sie und hoffte, die beiden würden zusammen wegfahren. „Danke euch beiden.“ Sie richtete ihren Fokus auf T.J., ganz gleich, wie sehr Leos Blick sich in die Seite ihres Gesichts bohrte. „Wir sehen uns nächste Woche.“

T.J. wartete und schaute sie prüfend an.

„Ich sagte, ich kümmere mich um sie“, knurrte Leo. „Geh schon.“

Bei seinem Tonfall lief ihr ein Schauer über den Rücken, und sie wandte sich zu ihrem Auto, bereit, zu fliehen. Sie öffnete die Tür zum Klang der sich entfernenden Schritte von T.J., dann verließ die Luft ihre Lungen, als eine schwere Hand sich um ihre Taille schlang und sie wieder zuschlug.

Er war direkt hinter ihr, seine Brust an ihrem Rücken, sein Atem in ihrem Haar. „Ich fahre dich nach Hause“, sagte er leise, was sie beinahe erneut die Kontrolle über ihre kaum zu kontrollierenden Emotionen verlieren ließ.

Sie schüttelte den Kopf. Heute Abend hatten sie genug gestritten. Ihr Herz schmerzte immer noch aufgrund der neuen Narben. Jetzt in seiner Nähe zu sein, machte es zehnmal schwerer die Tränen, die sie so sehr verachtete, in Zaum zu halten. Sie war keine verfluchte Heulsuse. Das letzte Mal, dass sie Tränen vergossen hatte, war Jahre her. Und sie würde verdammt sein, diese Leistung durch eine Heulattacke wegen eines leidenschaftlich masturbierenden Fremden und einer Reihe von Missverständnissen zunichte zu machen.

„Ich bin ein großes Mädchen. Ich kann selbst nach Hause fahren.“ Sie gab nicht nach und wartete darauf, dass er sich zurückzog, hoffte, die Wärme, die sich unter ihrer Haut ausbreitete, würde schnell wieder verschwinden.

„Bitte, Shay.“

Seine Bitte machte sie fertig. Er sagte kein weiteres Wort,

beugte sich lediglich weiter zu ihr runter, sodass sein Atem über ihren Nacken strich und sein Duft sie verrückt machen konnte, während T.J. seinen Wagen zurück auf die Straße lenkte. Leo legte eine Hand auf ihre Hüfte, wodurch ein Schauer durch ihren Unterleib jagte, der dann weiter zu ihren Brustwarzen aufstieg. Sie schloss erneut die Augen und wünschte sich, die Dunkelheit möge ihr Kraft geben. Doch das tat sie nicht. Stattdessen erschien ein Bild von ihm vor ihrem inneren Auge. Sie sah seine leichten Bartstoppeln und die verführerischen Lippen, für die sie auf die Knie fallen würde, um sie schmecken zu dürfen.

Sie konnte es nicht länger aushalten, konnte nicht die Kraft aufbringen, die sie an einem Ort zu finden hoffte, wo es keine Hoffnung mehr gab. Sie drehte sich in seinen Armen um, stützte sich gegen das kalte Metall des Autos und starrte zu ihm hinauf. Seine Augen hatten nun einen dunkleren Blauton angenommen, seine Stirn war leicht gerunzelt.

„Es tut mir leid", flüsterte sie.

Da, sie hatte sich entschuldigt. Wieso fühlte sie sich also immer noch schrecklich?

„Es ist nicht deine Schuld. Glenn sollte es besser wissen und außerhalb des Clubs gar nicht erst auf jemanden zugehen, egal, unter welchen Umständen."

„Nein." Sie schüttelte den Kopf und senkte den Blick auf die freigelegte gebräunte Haut oberhalb seines obersten Hemdknopfes. „Es tut mir leid, dass ich so ein Miststück zu dir war."

„Das muss dir nicht leidtun." Seine Antwort kam prompt und vorbehaltlos, was ihr Schuldgefühl weiter verstärkte.

„Dein Liebesleben ist nicht meine Sache", fuhr sie fort. Sie verdiente seinen Zorn, und wenn sie es jetzt hinter sich brachte, wäre es nächste Woche einfacher, wieder an ihren Arbeitsplatz zurückzukehren.

„Ich habe es irgendwie zu deiner Sache gemacht." Seine Mundwinkel hoben sich zu einem verschmitzten Grinsen.

„Das entschuldigt trotzdem nicht mein Verhalten."

„Nein, tut es nicht." Er wurde ernst. „Aber als dein Boss

hätte ich dich besser darauf vorbereiten müssen. Und ... verdreh vor mir nicht die Augen ..., weil wir Freunde sind, hätte ich dich besser darauf vorbereiten müssen. Ich lasse dich nicht damit durchkommen, dass du ein Miststück warst. Ich sage nur, dass ich dich kenne und mit dem Angriff auf mein Ego hätte rechnen müssen. So reagierst du, wenn du aufgebracht bist."

„So gut kennst du mich gar nicht", entgegnete sie. Er kannte sie überhaupt nicht, wenn er glaubte, ihre Seite ihrer Beziehung basierte auf bloßer Freundschaft. „Ich dachte auch, ich würde dich kennen ..." Sie ließ den Satz unbeendet.

„Aber du kennst mich, Shay." Er legte seine Hände fest um ihre Hüften und zog sie dicht an sich, dass sich ihre Becken berührten. „Es gibt nur einen winzigen Aspekt meines Lebens, von dem du bisher nichts wusstest."

„Einen winzigen Aspekt?" Sie wollte laut losprusten. Ein verstecktes Tattoo war ein winziger Aspekt. Einen Sexclub zu besitzen und aktiv dort mitzumischen war ein so großer Teil seines Lebens, dass er eine eigene Postleitzahl verdiente.

„Mein Sexleben definiert mich nicht. Ich bin immer noch der Mann ..."

Sie hob eine Augenbraue. Wusste er wirklich nicht, was sie fühlte? Oder war es ihm unangenehm, es laut auszusprechen?

„In den ich mich verliebt habe?", beendete sie für ihn. Sie war zu müde für Spielchen, und vielleicht würde ihm die Offenbarung ihrer Gefühle verständlich machen, wieso *Vault of Sin* sie so fundamental erschüttert hatte. Es ging nicht um die ganzen Schwänze, die umherschwangen, oder das ganze Schreien, Ächzen und Stöhnen. Es ging um den Verlust der Liebe, von der sie jetzt wusste, dass sie nie erwidert werden würde.

Leo starrte sie aus zusammengekniffenen Augen an.

Ja, Arschloch. Meine Überreaktionen sind auf Liebe zurückzuführen, nicht darauf, dass ich zu normal bin.

„Ich muss nach Hause." Sie wandte sich von seinem prüfenden Blick ab. „Ich setze dich am Club ab."

„Nein.“

Er ergriff ihre Hand und führte sie auf die andere Seite des Wagens. Sie war hilflos. Ihr Körper sehnte sich so sehr nach seiner Berührung, dass sie nicht protestierte, als er die Tür auf der Beifahrerseite öffnete und darauf wartete, dass sie einstieg. Sie legte den Sicherheitsgurt an, während er auf sie herabschaute und die Entschlossenheit in seiner Miene wuchs.

„Ich bringe dich nach Hause. Hoffentlich habe ich bis dahin einen Hauch meiner geistigen Leistungsfähigkeit zurück nach der Bombe, die du gerade hast platzen lassen. Dann mache ich uns Kaffee, denn unser Gespräch ist hiermit ganz sicher noch nicht beendet.“

eo bog in die Einfahrt zu Shays Stadthaus, nicht ganz sicher, wie er dorthin gefunden hatte. Er hatte sie nur einmal zuvor nach Hause gebracht, nach einer Weihnachtsfeier der Belegschaft. Und heute hatte er ganz automatisch den Weg gefunden. Die Fahrt über hatte keiner von ihnen etwas gesagt, einzig das Rattern seines Gehirns hatte ihm Gesellschaft geleistet.

Liebe. Heilige Scheiße.

Was ein Hieb in die Weichteile. Er wusste nicht, ob er sich freuen oder aus dem Staub machen sollte. Jede Frau, der er bisher seine wahren Neigungen offenbart hatte, hatte ihn schnell zurückgewiesen und damit tief getroffen. Und obwohl Shay praktisch dasselbe getan hatte, konnte er sich kaum gegen das Lächeln wehren, das sich auf seinem Mund ausbreiten wollte. Es gab einen Hoffnungsschimmer in diesem beschissenen Chaos. Ein Schimmer, den er vielleicht zu erforschen bereit war, obwohl er durch den Schmerz aus der Vergangenheit vorsichtiger geworden war.

Er stellte den Motor ab und schaltete die Scheinwerfer aus, während sie sich abschnallte.

„Ich bin total fertig." Ihr leiser Tonfall bestätigte ihre Worte. „Können wir ein andermal darüber sprechen? Oder vielleicht auch nie?"

Oh nein. Liebe war für ihn noch nie so greifbar. So schnell würde er die Sache nicht fallen lassen. „Sorry, kleines Mädchen. Wir reden heute darüber."

Ihr Kopf drehte sich ruckartig zu ihm, ihre hellbraunen Augen verdunkelten sich und ihr Kiefer mahlte.

Na also. Ein zusätzlicher Adrenalinschub, der sie wachhalten würde. Er liebte das Flackern in ihren Augen, wenn er sie neckte, liebte ihre Unverfrorenheit. Fuck. Er himmelte diese Frau tatsächlich an.

Sie schnappte sich ihre Handtasche vom Boden, stieg aus dem Auto und schlug wütend die Tür zu. Er gluckste vor sich hin, während sie zu ihrer Haustür stürmte und anfing, nach ihren Schlüsseln zu suchen. Die Schlüssel, die Glenn am Parkplatz aufgehoben hatte und die sich nun tief in Leos Hosentasche befanden.

Nach einigen Sekunden der Suche wirbelte sie herum und starrte ihn an.

Mit einem Grinsen stieg er aus dem Auto und joggte an ihre Seite.

„Meine Schlüssel?" Sie streckte ihm ihre Handfläche entgegen. *„Bitte."*

Er holte sie aus seiner Tasche und legte sie in ihre Hand, wobei er sie länger als nötig berührte. Ihre Haut war weich, warm und zu verdammt einladend nach dem Groll, den er sich zuvor von ihr zugezogen hatte. So gern er sie auch neckte, er hasste ihren Zorn. Ihre Lippen waren zum Lächeln bestimmt, nicht zum Zähnefletschen. Und er wollte in den hellbraunen Augen nie etwas anderes als Lust und Zuneigung sehen, wenn sie zu ihm aufsahen.

„Danke", grummelte sie und drehte sich wieder um, um die Tür aufzuschließen.

Er folgte ihr durch einen pechschwarzen Flur und blinzelte, als sie das Licht einschaltete und damit den Blick auf einen offenen Küchen-, Ess- und Wohnbereich freigab. Sie ging zum Kühlschrank, entnahm eine Wasserflasche und drehte sich zu ihm, während sie den Deckel öffnete.

„Also ... können wir dieses Gespräch hinter uns bringen?"

Sie runzelte die Stirn. Sie war verunsichert, immer noch die verängstigte Löwin, die mit dem Rücken zur Wand stand.

„Kein Grund, aggressiv zu sein. Ich will nur reden."

„Aggressiv? Nein, ich stehe unter Schock. Ich bin enttäuscht. Ich reagiere wahrscheinlich ein bisschen über, aber ich bin nicht aggressiv. Ich will bloß ins Bett."

Er hob eine Braue und deutete arrogant an, ihr folgen zu wollen.

„Alleine, Leo."

Er unterdrückte ein Glucksen, konnte aber nicht verhindern, dass sich seine Mundwinkel selbstständig machten. Ihre Verwundbarkeit wärmte ihm das Herz, sodass er sich noch mehr danach sehnte, sie zu beschützen. „Mach dir keine Sorgen wegen nächster Woche. Ich kann jemand anderen finden, der die Schicht übernimmt."

„Willst du mich auf den Arm nehmen?" Sie drückte sich von der Arbeitsplatte weg und richtete sich auf. „Die Arbeit da unten ist nicht das Problem. Es ist mir schnurzpiepegal, was namenlose, gesichtslose Leute in ihrer Freizeit tun. Hier geht es darum, dass du mich überrumpelt hast, obwohl ich deutlich gemacht habe, dass ich Gefühle für dich habe."

„Es tut mir leid." Auch wenn ihre Reaktion eine Lawine von Zankereien ausgelöst hatte, war dieses Chaos zwischen ihnen seine Schuld. Er hätte ein Machtwort sprechen sollen, als T.J. vorschlug, sie könnte im *Vault* arbeiten.

„Du hättest mir sagen sollen, dass ich keine Chance habe."

„Ich hab's versucht." Langsam bewegte er sich vorwärts, wollte sie nicht aufscheuchen. „Nach unserer Begegnung im Lagerraum habe ich mich zurückgezogen."

Sie ließ sich gegen die Arbeitsplatte sinken und starrte auf den Boden. „Weißt du, manche Frauen geben sich gerne unnahbar, weil Männer Herausforderungen lieben."

Er runzelte die Stirn. „Ja?"

„Das funktioniert auch andersherum." Sie zuckte mit den Achseln. „Du hast mich nur dazu gebracht, dich noch mehr zu wollen."

„Ich hätte es wissen müssen." Er betrat die Küche und lehnte sich an die Arbeitsplatte ihr gegenüber. „Ich bin irgendwie unwiderstehlich. Manchmal vergesse ich die Wirkung, die ich auf das andere Geschlecht habe."

Sie schaute ihn unter dichten Wimpern hervor an und stieß ein Lachen aus. „Du bist ein Mistkerl", murmelte sie kopfschüttelnd und senkte den Blick wieder auf den Boden.

Es wurde still zwischen ihnen, was ihm Zeit gab, seine Fehler noch einmal zu durchleben. Er hätte ihr Flirten nie erwidern dürfen. Er hätte verdammt nochmal nicht der Versuchung nachgeben und ihr an diesem Tag in den Lagerraum folgen dürfen. Eigentlich hätte er sie gar nicht erst einstellen sollen, nachdem er bei ihrer ersten Begegnung bereits bemerkt hatte, dass er sie begehrte. Jetzt war sie verletzt, ihre Haut bleich, ihre Augen leer und ihr Lächeln versteckte sich hinter den Schichten des Verrats.

Sie hob die Hände und starrte ausdruckslos auf ihre Handflächen.

„Du zitterst." In zwei Schritten überbrückte er die Distanz zwischen ihnen und umfasste ihre Hände mit seinen, wobei er ignorierte, wie sie sich versteifte.

„Es war eine lange Nacht."

Mit jedem Stück, das er sich ihr näherte, richtete sie sich weiter auf und versuchte, den Abstand zwischen ihnen zurückzugewinnen. Nach einer langen Schicht im Club roch sie nach Sünde. Nach heißer, verschwitzter, absolut köstlicher Sünde.

Zum Teufel mit seinen Neigungen. Wieso sollte er in einer normalen Beziehung nicht glücklich werden können? Es war ja nicht so, als könnte er ohne den Nervenkitzel des Exhibitionismus nicht leben. Er hatte schon einmal ohne ihn gelebt. Glücklich war er damals nicht gewesen, andererseits hatte er auch noch nicht die richtige Frau gefunden.

Himmel, wem wollte er etwas vormachen? Er konnte nicht nach Belieben Teile seiner Seele auslöschen. Wenn es nur so wäre, das Leben wäre so viel einfacher. Aber er war endlich mit der harten Realität seines Lebensstils im Reinen.

Er hatte sich seine Akzeptier-es-oder-lass-es-Mentalität verdient und war es sich selbst schuldig, sich nicht abermals dafür zu schämen.

„Ich sollte ein Taxi rufen." Er ließ die Worte zwischen ihnen zu Boden sinken, aber rührte sich nicht. Er konnte es nicht. Ihr Körper war so warm an seinem, die üppigen Rundungen ihrer Brüste zum Greifen nah, ihre weichen Lippen ihm entgegengeneigt.

„Ja, das solltest du." Sie zog ihre Hände nicht weg. Glitt nicht zwischen seinem Körper und dem Tresen hervor.

Es wäre ein Fehler, auf seine Libido zu hören. Er würde sie mit ins Bett nehmen, Liebe mit ihr machen bis die Sonne aufging und anschließend zu noch komplizierteren Problemen aufwachen, denen sich keiner von ihnen stellen wollte. Bloß konnte er nicht die Kraft aufbringen, einen Schritt zurückzutreten.

„Willst du, dass ich über Nacht bleibe?"

Ihre Kehle arbeitete, als sie schwer schluckte. „Das solltest du nicht."

Sie stellte sich direkt vor ihn. Ihre schönen braunen Augen verdunkelten sich vor Lust, die Schwellung ihrer Brüste hob und senkte sich mit so unschuldiger Verführung, dass sich seine Eier zusammenzogen. Er war überwältigt von ihrer Nähe. Davon, dass sie sein schmutziges, kleines Geheimnis kannte und ihm trotzdem erlaubte, ihr so nah zu kommen.

Er ließ ihre Hände los, umfasste ihre Wangen und legte seine Stirn an ihre. „Ich schere mich nicht länger einen Dreck darum, was wir tun und lassen sollten. Ich habe dich gefragt, was du willst, Shay. Alles andere ist unwichtig."

Nervös fuhr sie sich mit der Zunge über ihre Unterlippe. „Ich ..." Sie runzelte die Stirn und schüttelte den Kopf. „Du weißt, was ich für dich empfinde. Aber ich habe nicht vor, mich durch die Gegend zu schlafen. Ich will eine Beziehung."

„Wer sagt, dass ich das nicht auch will?", fragte er, ihre Münder nur wenige Zentimeter voneinander entfernt.

„Eine monogame Beziehung." Sie gluckste, aber es lag kein Humor darin.

Die Hitze ihres Atems traf seine Lippen und ließ sein bereits klopfendes Herz noch schneller schlagen. In diesem Moment würde er schwören, nie wieder mit einer anderen Frau zu schlafen, wenn es bedeutete, zwischen Shays Schenkel zu gelangen. Und er würde es genauso meinen.

„Ich kann monogam leben." Er war in Beziehungen immer treu gewesen. Einen Sexclub zu besitzen und selbst dort mitzumischen bedeutete nicht, dass er ein Arschloch war. Seine Gelüste beobachtet zu werden und andere zu beobachten hatten nichts damit zu tun, lieber mehrere Eisen im Feuer zu haben.

Sie zog eine Braue hoch, auch ein Mundwinkel hob sich. „Es fällt mir schwer zu glauben, dass du bei den ganzen aufreizend zur Schau gestellten nackten Kurven treu bleiben kannst. Mir ist das Zelt in deiner Hose aufgefallen, als du das Pärchen vorhin angeleitet hast."

„Das Zelt war wegen dir", flüsterte er gegen ihre Lippen.

Ihre Augen verengten sich. „Du wusstest nicht einmal, dass ich da war."

„Nein. Aber ich wusste, dass du nicht weit weg warst." Er neigte seinen Kopf und fuhr mit seiner Nasenspitze an der zarten Haut ihrer Wange entlang. „Ich habe Pamela und Jack nicht beobachtet. Ich habe mir vorgestellt, sie wären du und ich." Mit seiner Zunge folgte er ihrer Kinnlinie und spürte bei ihrem kaum hörbaren Stöhnen sein Glied pulsieren. „Es waren deine zierlichen, kleinen Hände auf meinem Körper." Er biss leicht in die Haut unter ihrem Ohr und drückte sein Becken gegen sie, um seiner Erektion die Reibung zu verschaffen, die sie verlangte. „Es war dein frecher Mund, der meinen Schwanz umschloss."

Wimmernd umklammerte sie seine Schultern. „Wir sollten das nicht tun."

„Warum nicht?" Er hatte unzählige Gründe, doch keiner von ihnen durchdrang den berauschenden Duft, der weiterhin in seine Lungen strömte. Sein Mund fand die empfindliche Stelle an ihrem Halsansatz. Er leckte. Er küsste. Er saugte, bis sie sich an seinem Oberschenkel rieb. „Du willst es. Ich will es."

Sie wich ein Stück zurück und blinzelte den Sexschleier aus ihren Augen. „Ich will *uns*."

Und sonst niemanden brauchte sie nicht hinzufügen. Die Worte waren bereits stillschweigend inbegriffen. Er ließ den Kopf hängen und wusste verdammt nochmal nicht, was er tun sollte. Er wollte Shay, körperlich und emotional, jedoch eine Seite seines Lebens komplett zu unterdrücken, um sie zu bekommen, würde nicht funktionieren. Er hatte versucht, sich für andere zu ändern. Hatte die Nullachtfünfzehn-Variante bereits ausprobiert. Sex im Bett mit geschlossenen Jalousien war in Ordnung, um das Bedürfnis kurzfristig zu stillen, aber er konnte nicht leugnen, dass er auf lange Sicht irgendwann mehr wollen würde.

Er liebte schöne Frauen, und er liebte es, wenn man ihm beim Sex mit schönen Frauen zusah. Es war Kunst, eine Fähigkeit, die Technik und Geduld erforderte. Der Rausch, andere Menschen durch sein Liebesspiel mit einer Frau zu erregen, sie zuschauen zu lassen, wenn er sie mit seinen Händen, seinen Lippen, seinem Schwanz zum Orgasmus brachte ... es gab nichts Vergleichbares.

Shay hatte Recht. Sie sollten das nicht tun. Denn sobald er ihren schönen Körper erst einmal hingelegt hatte, würde er sie besinnungslos vögeln. Heute. Morgen. Und jeden weiteren Tag, bis der Drang, sie ins *Vault of Sin* zu locken und vor einem Publikum mit ihr zu schlafen, überhandnehmen würde.

„Ich rufe ein Taxi."

Sie sog stockend den Atem ein und traf ihn mit ihrem Kummer tief in der Brust. „Okay." Ihre Hände fielen von seinem Hals und sie rutschte zwischen ihm und dem Tresen hervor. „Macht es dir etwas aus, wenn ich dich nicht zur Tür begleite? Ich muss duschen, bevor ich zusammenbreche."

Kopfschüttelnd versuchte er, das beklemmende Gefühl loszuwerden, das ihm vermittelte, er würde das absolut Falsche tun. „Kein Problem. Wir sehen uns Dienstag."

Er entfernte sich von ihr, jeder Schritt schwerer, als seine Füße durch Zement zu schleifen. Als er die Tür erreichte, hielt er inne. Seine Hand lag auf dem Knauf, sein Rücken war wie erstarrt. Er wollte sich umdrehen, sich einen letzten Blick gönnen, um sich zu vergewissern, das Richtige zu tun. Aber zu gehen war seine einzige Option.

Einer von ihnen musste bereit sein, sich zu ändern, und aus vergangenen Erfahrungen wusste er, dass er es nicht sein konnte. Und er wollte ganz sicher nicht derjenige sein, der andere dazu brachte, ihre sexuellen Vorlieben anzupassen, wenn er so hart dafür gekämpft hatte, seinen eigenen treu zu bleiben.

Mit einem frustrierten Schnauben öffnete er die Tür und trat mit einem geflüsterten Lebewohl an die einzige Chance auf Glück, die er seit langem gehabt hatte, in die Dunkelheit.

KAPITEL SIEBEN

Shay stützte ihre Hände an der gefliesten Badezimmerwand ab, während sie das heiße Wasser über ihren Rücken laufen ließ. Sie konnte ihre Augen nicht offenhalten, und doch konnte sie, wenn sie sie schloss, nur die Niedergeschlagenheit in Leos Augen sehen, bevor er sich von ihr abwandte.

Warum war es so schwer? Es war ja nicht so, als würde sie jeden Abend Angebote von Männern ausschlagen ... naja, jedenfalls keine anständigen. Sie sollte auf ihre Hormone hören, ein paar Stunden heißen und schmutzigen Sex genießen und ihn dann wie jeden anderen One-Night-Stand vergessen. Exklusivität war nicht nötig.

Bin ich schon so naiv?

Sie rümpfte die Nase. Ihre besitzergreifende Seite würde nicht über Nacht verschwinden. Sobald sie mit ihm ins Bett ging, würde sie mehr wollen. Vielleicht konnten sie sich ein paar Wochen miteinander vergnügen. Mit seiner Erfahrung konnte er ihr sicher das ein oder andere beibringen, während sie sich gegenseitig aus ihren Köpfen vögelten. Anschließend könnte sie endlich weitermachen.

Ja, klar.

Seufzend hob sie ihr Gesicht dem Sprühregen entgegen. Sie

wollte Leo. Wollte ihn so sehr, dass ihr die Brust schmerzte. Falls sie beschließen sollten, Spaß miteinander zu haben, und es nicht klappte, würde sich ihr Verlust sicher nicht weniger schmerzhaft anfühlen als das, was sie gerade durchmachte, oder? Es war besser, geliebt und verloren zu haben, so hieß es doch, richtig?

„Oh Gott." Sie wusste, es würde ein Fehler sein, aber es war ihr egal. Nachdem sie das Wasser abgestellt hatte, schlug sie die Duschtür auf und riss ein Handtuch aus dem Regal. *Bitte sei noch nicht weg.* Ohne sich die Mühe zu machen, sich abzutrocknen, wickelte sie das weiche Frottee um ihren Körper und befestigte es über ihren Brüsten, bevor sie aus dem Badezimmer stürmte.

Mit nassen Haaren, die ihr auf den Rücken tropften, eilte sie zur Haustür und schleuderte sie auf. Es blieb keine Zeit über ein unvermeidliches Scheitern nachzudenken, als sie nach draußen lief und mit drei Schritten ihren Vorgarten erreichte, während sie die Dunkelheit absuchte. „Leo?"

„Ja", kam seine Stimme leise von der Veranda.

Sie wirbelte herum und fand ihn im Schatten, wo er auf ihrem Holzliegestuhl saß, vornübergebeugt und mit seinen Ellbogen auf den Knien, seinen Kopf in die Hände gestützt. Er sah auf, lose Strähnen umrahmten sein Gesicht, während seine gefühlvollen Augen ihr den Atem raubten.

„Oh, gut", quiekte sie und fühlte sich plötzlich wie ein Trottel, weil sie mit nichts als einem Handtuch in die Nacht gelaufen war. „Ich dachte, du wärst schon weg."

„Ich habe den Anruf noch nicht gemacht."

„Oh." Peinlich. Sie war ihm nachgerannt, ohne die Konsequenzen abzuwägen, und hatte nun keine Ahnung, was sie sagen sollte.

„Was willst du, Shay?"

Dich. Diesmal waren ihre Schritte gemächlich, als sie die drei Stufen zurück zum Haus hinaufging, wodurch sie einen Moment Zeit gewann, um sich zu beruhigen.

„Ich dachte, wir könnten es vielleicht mal versuchen. Es langsam angehen lassen und sehen, wohin es führt." Sie zuckte mit den Schultern, um die Bedeutung ihrer Aussage herunterzuspielen.

„Langsam mag ich nicht." Seine Stimme war samtweich und tief genug, dass ihre Nippel Notiz nahmen. „Und du willst nicht mit einem perversen Typen wie mir zusammen sein."

Ihr Herz verkrampfte sich. An seinem gegenwärtigen Selbsthass war sie schuld. Erst jetzt drangen ihr ihre herzlosen Beleidigungen von vorhin richtig ins Bewusstsein, genau wie ihre Ablehnung seines Lebensstils.

„Du bist nicht pervers, Leo. Du bist bloß anders." Sie stand oben am Treppenansatz, ihre nackten Füße badeten im warmen Schein des Wohnzimmerlichts.

Er stand auf und ging auf sie zu, sein Gesicht vollkommen emotionslos. „Und du willst auch anders sein?"

Sie hob wieder die Schultern. Ihre Gefühlslage war gerade alles andere als gleichgültig, doch sie war entschlossen, ihre Angst nicht zu zeigen. „Ich weiß nicht, was ich will. Aber ich bin bereit, meine Grenzen ein wenig auszutesten."

Er stieß ein spöttisches Lachen aus. „Ein wenig?"

Sie erstarrte bei seiner Feindseligkeit. Seine Bitterkeit richtete sich nicht gegen sie, das wusste sie, doch seine forsche Art ließ sie das Selbstvertrauen verlieren.

„Lass das Handtuch fallen."

Oh Mann.

Sie biss eine verängstigte Erwiderung zurück und hob das Kinn. Er stieß sie weg, wollte sie mit seiner Wildheit zu verschrecken. Allerdings hatte das den gegenteiligen Effekt. Sie wollte ihn so schockieren, dass es ihm das böse höhnische Lächeln aus dem Gesicht fegte. Seine Augen sollten groß werden und seine Kinnlade runterklappen. Aber konnte sie ihr Handtuch loslassen und sich vor jedem entblößen, der zu dieser frühen Stunde eventuell wach war? Dies war ihre Nachbarschaft. Der Ort, an den sie jeden Tag nach Hause kommen musste.

„Siehst du", stichelte er und machte einen Schritt um sie

herum, um auf die Treppe zuzusteuern. „Du könntest nicht mit dem umgehen, was ich dich tun lassen würde."

Wie sehr willst du ihn wirklich haben?

Sie verfluchte ihre Nerven und zerrte an dem Handtuch, sodass es sich von ihren Brüsten löste. Er stockte, als sie das Material auf den Holzboden fallen ließ und sich vor der Welt entblößte.

Seine Nasenflügel bebten und seine eiserne Entschlossenheit geriet vor ihren Augen ins Wanken. Mit gerecktem Kinn wartete sie, während es in ihrer Brust mit jeder vergehenden Sekunde stärker pochte. Als die Stille anhielt, erkannte sie langsam, dass sie nicht gut genug war. Er wollte eine Sexgöttin, jemanden, der in der Lage war, sich augenblicklich seinem Willen zu beugen. Diese Veränderung würde Zeit brauchen, und bei ihrer Starrköpfigkeit vermutlich auch viel Geduld.

Sie beendete den Blickkontakt und beugte sich vor, um das Handtuch aufzuheben. „Nun, ich schätze, es konnte nicht schaden, es zu versuchen." Sie drehte sich auf Zehenspitzen um und ging zur Tür. Der Drang, sich zu bedecken, war übermächtig. Doch statt nachzugeben blieb sie stark und gab ihm keinen Vorwand zu behaupten, sie hätte Angst.

Sie griff nach dem Türknauf und wartete, als hinter ihr seine Schritte ertönten. Plötzlich war sein Körper direkt hinter ihrem und sie musste nach Luft schnappen, als er sie gegen das kalte Holz stieß.

„Überleg es dir gut." Er packte ihren Oberarm und drehte sie zu sich um. „Bedenke, was ich von dir verlangen werde, und was du zu geben bereit bist."

Seine besitzergreifende Art war brennender Balsam für ihren verletzten Stolz. Die Härte seiner Erektion drückte sich zwischen ihre Oberschenkel, sein fester Griff gab ihr Halt. „Ich habe die letzten drei Stunden nichts anderes getan."

Er verengte die Augen, sein Kiefer war angespannt. „Dieses Mal werde ich nicht aufhören."

„Dann beeil dich und fang a ..."

Er presste seinen Mund gegen ihren und schob seine Zunge suchend an ihren Lippen vorbei. Er verschlang sie, küsste sie härter, als sie je geküsst worden war, und verwandelte ihre Knochen in Gummi, ihre Stärke in Schwäche. Mit gierigen Händen fuhr er ihren Rücken hinunter, über ihren Hintern und an der Unterseite ihrer Schenkel entlang, wobei er überall eine Spur von Gänsehaut hinterließ. Sie packte seine Schultern, als er ihr Bein anhob und sie ermutigte, seine Hüfte zu umschlingen.

„Ich werde dich ruinieren", knurrte er in ihren Mund und presste seine Erektion gegen ihr Schambein. Sein Blick hielt sie gefangen, während ihr Hintern bei jedem seiner Stöße gegen die Holztür prallte.

„Das hast du schon." Sie griff nach seinem Hemd, wollte, dass der dünne Stoff von seinen Schultern fiel.

Sie hielt ihr Bein an seinem Platz, während er mit der Hand über die Unterseite ihres Oberschenkels und über ihr Geschlecht wanderte. Er teilte ihre Falten mit einem Finger und ließ ihn durch die Feuchtigkeit ihrer Erregung gleiten. Sein damit einhergehendes kehliges Stöhnen gegen ihren Hals ließ ihre Augen glückselig zufallen. Erbarmungslos neckte er sie, wanderte mit seinem Finger unaufhaltsam hin und her und nahm immer wieder ihren Mund. Die leichte Brise kitzelte ihre Haut, eine ungewollte Erinnerung daran, dass sie vor aller Welt entblößt war.

„Denk an mich", flüsterte er an ihrem Mund. „Nur an mich."

Sie nickte. Doch als Leos Lippen sich zu ihrer Schulter bewegten, kam sie nicht umhin, ihren Blick zu den verdunkelten Fenstern des Hauses auf der anderen Straßenseite schweifen zu lassen. Dort lebten einige Collegestudenten, die sie beobachten könnten. Nicht, dass sie viel sehen könnten. Leos größere Statur verdeckte sie vollständig, doch das Licht aus ihrer Küche drang durch die Glasscheibe neben der Tür und beleuchtete sie wie eine Fackel in der Wüste.

„An meine Hände, Shay."

Sie schloss die Augen und konzentrierte sich auf diese Hände, darauf, dass eine davon ihre gierige Pussy weiter quälte. Die andere streichelte ihre Seite und erweckte sanft alle übrigen Nervenenden zum Leben.

„An meinen Mund." Er saugte hart an ihrer Schulter, was einen dumpfen Schmerz mit sich brachte. „An meine Zunge."

Sie schauderte und streckte einen Arm aus, um das Band zu lösen, das seine Haare zusammenhielt. Sie riss es runter und öffnete die Augen, um zu sehen, wie sich die hellbraunen Strähnen um seinen Nacken verteilten.

„Und letztendlich an meinen Schwanz."

„Oh Gott." Sie konnte es nicht mehr ertragen, also tastete sie hinter sich nach dem Türgriff und drehte den Knauf. Gemeinsam stolperten sie ins Haus, und er schlug das Holz mit seiner Schuhsohle zu.

Seine Augen verengten sich, als sie nach Luft ringend und mit pulsierendem Geschlecht zurücktrat. Sie wusste, was er dachte – dass sie es nicht ertragen konnte, nackt draußen zu sein. Und sie befürchtete, dass er Recht hatte. Für ihn mochte es etwas Alltägliches sein, im Freien gevögelt zu werden. Für sie, und sicherlich auch für ihre Nachbarn, war es nicht ganz so gewöhnlich.

„Ich habe Kondome in meinem Nachttisch", sagte sie entschuldigend.

„Ich habe Kondome in meiner Hosentasche." Sein Haar hing ihm lose ins Gesicht, sein Hemd war mittlerweile aus der Hose gezogen und verknittert.

Sie rollte mit den Augen, ihr Atem kam immer noch stoßweise. „Natürlich hast du das."

Er ließ seinen Blick über ihren Körper wandern. Ganz langsam. Und hinterließ dabei eine glühende Spur bis hinunter zu ihren Zehen. „Nun, hier sind wir in deiner Domäne. Also, wie geht es weiter?"

Sie saugte ihre Unterlippe zwischen die Zähne. Ihr Herz flatterte bei seiner rohen Männlichkeit.

„Shay, ungeachtet meiner Aussage von vorhin, kann das hier so schnell oder langsam gehen, wie du möchtest. Ich bin nicht voreingenommen. Wenn du aufhören willst, hören wir auf. Ich will nur sichergehen, dass du weißt, was du tust."

„Nein." Sie schüttelte den Kopf. „Nicht aufhören."

Sein Grinsen war zurück, als er auf sie zukam und sie von ihren Füßen riss. „Ich hatte gehofft, dass du das sagst."

Sie quietschte, ein wenig vor Freude, ein wenig vor purer adrenalingefüllter Nervosität. Er trug sie zum Sofa und fiel rückwärts auf das kalte Lederpolster ... und sie auf seinen Schoß.

„Setz dich rittlings auf mich."

Sie gehorchte und legte ihre Hände auf seine definierten Brustmuskeln, während sie ihre Beine spreizte, um seinen Oberschenkeln Raum zu geben. Ihre Atmung war schwerfällig, ihr Herz ein rasender Puls hinter ihren Rippen.

Das war Leo, ihr Boss, der Mann, von dem sie schon ein Leben lang geträumt hatte. Ihr schmutziger Traum wurde endlich Wirklichkeit. Dann lagen seine Hände auf ihren nackten Knien und wanderten langsam zu ihren Hüften. Die Zeit blieb stehen.

Er sah sie hingebungsvoll an. Da war keine Arroganz, kein leicht nervendes, wenn auch immer attraktives Selbstvertrauen. Sein Blick zerriss sie, verwandelte ihre Lust in Sehnsucht, ihre Angst in Vorfreude. Er war wunderschön. Seine Haut so geschmeidig, so perfekt. Die dunklen Stoppeln entlang seines Kiefers zu verlockend, nicht die Hand auszustrecken und damit über die raue Oberfläche zu streicheln. Kein Mann hatte ihr Inneres jemals so zu Butter werden lassen und ihren Verstand in eine Masse unzusammenhängender Gedanken verwandelt.

Doch nichts geschah. Er rührte sich nicht. Sagte nichts. Versuchte nicht, in die zusammenhangslosen Gedanken einzudringen, von denen ihr flatterndes Herz beherrscht wurde.

„Leo?"

Er runzelte die Stirn. „Ich will es nicht ruinieren."

Die unterschwellige Verärgerung in seiner Stimme ließ sie zurückweichen, unsicher, gegen wen sie sich richtete. „Hm?"

„Ich will dich nicht bedrängen oder verscheuchen. Normalerweise muss ich mir keine Sorgen darüber machen, was passiert, nachdem ich mit einer Frau zusammen war." Seine überwältigenden ozeanblauen Augen ließen sie zerfließen. „Du bist anders, Shay. Ich habe ein Leben lang auf das hier gewartet. Scheißlange Monate war ich in Gedanken versunken, wie es wäre, dich heiß und bereit für mich zu haben. Ich habe unseren Moment im Lagerraum immer und immer wieder durchlebt. Und jetzt, da du hier bist und nackt über der härtesten Erektion schwebst, die ich seit der siebten Klasse hatte, weiß ich nicht genau, wo ich anfangen soll."

Ihre Wangen hoben sich in einem Lächeln; eines, das wuchs, bis sie ihn anstrahlte. Mit ihren Händen fuhr sie von seinen Stoppeln zu seinen losen Haarsträhnen. „Du fängst damit an, mich besinnungslos zu küssen." Sie strich mit ihren Lippen über seine und stöhnte, als er Besitz von ihrem Mund ergriff. Er versengte sie mit dem wilden Lecken seiner Zunge und der Hand, die er auf ihren Hinterkopf legte, um sie festzuhalten.

Ihre Nippel zogen sich nahezu schmerzhaft zusammen, ihr Geschlecht wurde so heiß, dass sie sicher war, einen feuchten Fleck auf seiner Hose zu hinterlassen. Während sich ihre Zungen duellierten, ließ sie ihre Hände nach unten wandern, zurück über seinen Kiefer, entlang seines Nackens bis zum obersten Knopf seines Hemdes. Einen nach dem anderen löste sie sie und riss dann das Hemd auf.

Sie wollte ihn anschauen, den leichten Haarschatten sehen, den sie unter ihren Fingern gespürt hatte, als sie über seine Brust streichelte. Sie wollte seine Haut mit ihren Nägeln zeichnen, sehen, wie sich seine Augen weiteten oder verengten durch den leichten Schmerz. Aber sie konnte ihren Mund nicht von seinem lösen. Konnte nicht aufhören, die Streicheleinheiten seiner Zunge und die Massage ihrer Lippen mit seinen zu erwidern, die ihren Kopf leerfegten und ihr Herz umso mehr an diesen hinreißenden Mann banden.

„Meine Hose", sagte er in ihren Mund. „Mach sie auf."

Sie lächelte an seinen Lippen. Sie würde niemals eine

schwache Frau sein, die sich sofort dem fordernden Ton eines Mannes fügte, doch in diesem Augenblick, in dem seine Hände sie festhielten und seine keuchenden Atemzüge sich mit ihren mischten, konnte sie beinahe sehen, wie sie gehorsam auf die Knie fiel. Ihre Finger machten sich an seinem Hosenknopf zu schaffen, öffneten erst ihn und dann seinen Reißverschluss.

„Berühre mich, Shay."

Sie wimmerte, bewegt durch das Verlangen in seiner Stimme. Mit der Hand strich sie über seinen Schritt, berührte erst den schweren Stoff seiner Hose und dann sanfte Seide, bevor sie auf seiner dicken Erektion verharrte. Sie schloss die Augen in dem Versuch, ein Grinsen zu unterdrücken. Der Mann hatte allen Grund selbstsicher zu sein. Er hatte sie schon einmal mit seinen Fingern zum Höhepunkt gebracht, aber diese ... diese großzügige Länge an Männlichkeit würde sie in den siebten Himmel befördern.

„Was grinst du so?" Er zog an ihren Haaren, bis ihre Augen aufsprangen.

Sie kicherte, sie konnte nicht anders. Der Klang war mädchenhaft und viel zu feminin, doch das störte sie gerade wenig. Sie war high, so verdammt wahnsinnig vor Lust, dass sie auch weiterhin wie ein jungfräuliches Schulmädchen klingen konnte, und es ihr scheißegal wäre.

Sie wollte die harte Länge zwischen ihren Lippen, pulsierend in ihrem Mund, und seine Hände sollten sie anleiten, sie dazu bringen, ihn tief in sich aufzunehmen, bis er sich in ihrer Kehle entlud. Ohne zu antworten, bewegte sich, bis seine Hände von ihr abfielen. Dann zog sie sich von seinem Schoß zurück, begab sich auf den Teppichboden und kniete sich zwischen seine Füße.

Sein Blick folgte ihr, als sie an dem Bund seiner Hose und Boxershorts zerrte, bis er sein Becken hob und ihr half, den Stoff seine Oberschenkel hinunterzuschieben. Seine Erektion ragte stolz aus getrimmten dunklen Locken hervor und zuckte ihr entgegen. Sein Schlitz war bereits mit Lusttropfen benetzt, und die glitzernde Feuchtigkeit bettelte darum, gekostet zu werden. Sie beugte sich vor, und blies sanft auf das Fleisch, das sie bereits auf ihrer Zunge schmecken konnte.

„Treib mich in den Wahnsinn und ich werde es dir zehnfach heimzahlen." Er hob ihr seine Hüften entgegen, sodass die Spitze seines Schafts an ihre Lippen stieß.

„Das klingt nach Spaß." Sie streckte ihre Zunge heraus und leckte leicht über das Salz an der Spitze, bevor sie sich wieder zurückzog.

Er stöhnte und die Adern in seinem Nacken traten hervor, als er seinen Kopf zurückwarf und sich im Sofa festkrallte. „Ich werde dafür sorgen, dass es kein Spaß ist." Er hob den Kopf und starrte sie mit ungezügelter Lust an. „Ich werde dich in den Wahnsinn treiben. Ich werde dich ans Bett fesseln, dich stundenlang an den Rand des Höhepunkts bringen, bis du mich anflehst, dich zu ficken."

Shay presste ihre Lippen zusammen und versuchte nicht zu lächeln über das, was er für eine Drohung hielt. Wenn er nur wüsste, was sie dafür geben würde, stundenlang seinem Vergnügen ausgeliefert zu sein.

„Bettelst du nicht gerne?" Sie ließ ihre Zunge gegen seine Schaftspitze schnellen.

Er umfasste eine ihrer Gesichtshälften und führte sie näher an seine Länge heran. „Ich bettele gerade."

Sie öffnete ihren Mund, angetrieben und bestärkt durch sein kehliges Knurren.

„Und wenn es um Sex geht", krächzte er, „gefällt mir alles."

Shay hob eine Braue, fuhr dann mit ihrer Zunge seine Länge hinunter und saugte ihn tief in ihren Mund. Sie spürte sein Glied zwischen ihren Lippen pulsieren und entlockte ihm ein Stöhnen aus der Kehle, als sie sein Vergnügen steigerte, bevor sie mit einem Plop wieder von ihm abließ. „Und das soll heißen?" Sie hatte zu viele Fragen, wenn es um seinen Lebensstil ging. Allerdings war sie sich immer noch nicht sicher, ob sie mit den Antworten umgehen konnte.

Er führte ihr Gesicht zu seiner Erektion zurück, damit sie

ihn wieder aufnahm. „Gerade habe ich andere Dinge im Kopf." Er lächelte auf sie hinab und das Blaugrün seiner Iris vertiefte sich, als sie ihn tief in den Mund nahm.

Sie bearbeitete seine Länge mit ihren Lippen und ihrer Zunge, umspielte seine Hoden mit ihren Händen und streichelte ihn sanft mit ihren Fingern. Ihr Schoß zog sich zusammen und die Nässe ihrer Erregung befeuchtete die Innenseite ihrer Oberschenkel. Noch nie war ihr Vergnügen so stark, Sex noch nie so aufregend gewesen. Sie wusste nicht, ob es an dem Mann an ihrer Seite lag, daran, wie lange sie es gewollt hatte, oder ob es vielleicht an dem Nervenkitzel lag, einen Mann zu erregen, der einen unersättlichen sexuellen Appetit zu haben schien. Jedenfalls brannte ihr Körper, sehnte sich nach seiner Berührung und schmerzte an den herrlichsten Stellen.

„Nimm mich ganz in dir auf." Er legte seine andere Hand auf die gegenüberliegende Seite ihres Gesichts. „Ich will diese hinreißenden Lippen gedehnt sehen."

Das Bedürfnis, ihm zu gefallen war gewaltig. Sie wollte ihn beeindrucken, sich von all den Frauen, mit denen er je geschlafen hatte, abheben. Bislang dachte sie, ihre Konkurrenz wäre die unendliche Reihe an Schönheiten, die sich auf der Tanzfläche von *Shot of Sin* an ihm rieben. Jetzt wusste sie es besser. Ihm standen begierige Frauen zur Verfügung, mit denen er nicht einmal lange reden oder flirten musste. Frauen, die in Unterwäsche herumspazierten und die gleichen sexuellen Begierden hatten.

Das machte sie umso eifriger, ihren Atem zu kontrollieren und ihn so weit wie möglich in sich aufzunehmen. Selbst, nachdem sie ihre Kehle entspannt hatte, hatte sie noch mindestens vier Zentimeter vor sich. Entschlossenheit ließ sie ihren Würgereflex überwinden und seine volle Länge mit gierigen Bewegungen aufnehmen.

„*Fuck*, Shay." Seine Hüften bewegten sich unkontrolliert, pumpten heftig in ihren Mund und machten ihre Lippen taub. „Herrgott. Du machst mich wahnsinnig ... hör auf."

Sie hörte nicht auf ihn, sie musste ihn um den Verstand bringen.

„Shay, *hör auf.*" Er packte ihre Arme, zog sie auf die Beine und rittlings auf seinen Schoß. „Mich in deiner Kehle zu entladen ist eine meiner Fantasien. Aber nicht heute Nacht." Er griff nach seiner Tasche und holte ein Kondom hervor. „Heute will ich, dass du mich reitest. Ich will sehen, wie dein hübscher Mund vor Vergnügen keucht, während ich dich zum Kommen bringe."

Mit seinen schmutzigen Worten allein konnte er sie zum Orgasmus bringen. Schon jetzt pochten ihre Brustspitzen und ihre überempfindliche Klitoris kribbelte unentwegt. Sie biss sich auf die Lippe, als er die silberne Packung aufriss und das Kondom über seine Länge rollte. Sie hungerte nach ihm. Ungeduld verzehrte sie. Verlangen pulsierte durch ihre Adern. „Beeil dich, verdammt."

Leo grinste und griff nach dem Ansatz seines verhüllten Schafts. „Bereit und wartend, Ihre Angriffslustigkeit."

Sie konnte ihn bereits in sich spüren, konnte die köstliche Dehnung ihrer Muskeln um ihn herum erahnen. Ihre Hände zitterten, wie die einer Cracksüchtigen, die auf ihren nächsten Schuss wartete. Sie hielt sich an seinen Schultern fest, hob ihr Becken an und ließ ihren Schoß über seiner Erektion schweben. Mit geschlossenen Augen ließ sie die geschwollene Spitze durch ihre schlüpfrigen Säfte und über ihren Kitzler gleiten, bevor sie sich in einer exquisiten Bewegung herabsenkte.

Leo stöhnte, als sich ihre Wände um ihn herum zusammenzogen, ihn tiefer einsaugten und dort festhielten. Er beugte sich zu ihr, legte seinen Kopf seitlich an ihren und strich mit seinen Lippen über die empfindliche Haut um ihr Ohr. „Absolut. Himmlisch."

Sie erschauderte, als sie sein Kompliment verinnerlichte. Ganz langsam begann sie, sich zu bewegen. Ihre Hüften vor und zurück, während sie ihn gemächlich ritt. Sie gab das Tempo vor, und Leo folgte ihrer Führung, indem er ihren Hals in derselben sanften Bewegung mit Küssen übersäte, seine Hände entspannt und sinnlich, als sie ihren Körper erkundeten.

Dann fanden seine Lippen ihre. Mit seinen Handflächen wanderte er zu ihren Brüsten und das träge Tempo löste sich in Wohlgefallen auf. Sie wand sich über ihm, saugte seine Zunge in ihren Mund und erfreute sich an dem schwachen Geschmack nach Alkohol. Er zwirbelte ihre Brustwarzen und rieb seine schwieligen Handflächen über die aufgerichteten Hügel. Als schließlich seine Hände ihren Hintern packten, um seinen eigenen bestrafenden Rhythmus vorzugeben, ließ sie sich fallen.

Ihre Scham zog sich eng zusammen und ihre Atmung wurde unregelmäßig, als ihr Orgasmus langsam die Oberhand gewann. Mit einer Hand umfasste Leo in einem leichten Würgegriff ihre Kehle und hob ihr Kinn, sodass sie nur ihn sehen konnte.

Suchend griff sie nach der Sofalehne hinter seinen Schultern und wölbte ihren Rücken, während sein Blick sie gefangen hielt. Seine bestrafenden Stöße ließen sie wimmernd und stöhnend ihre Erlösung hinausschreien, bis das Pulsieren abebbte und sie zusehen konnte, wie Leo die Kontrolle verlor.

Sein Gesicht verzerrte sich vor Anspannung. Seine Hand um ihren Hals drückte fester zu. „Fuck", brüllte er, und der Ausruf hallte durch das Zimmer. Er presste seinen Mund auf ihren, und allmählich, fast unmerklich, verlangsamten sich seine Stöße. Die exquisite Brutalität seines Kusses wurde zu einem trägen Tanz ihrer Zungen und Lippen. Und als er sich zurückzog, war sein Gesicht von einer Weichheit erfüllt, die ihr gegenüber noch nie jemand gezeigt hatte.

„Shay?" Seine Hand fiel von ihrem Hals.

Sie antwortete mit einem Wimmern, ihr Kopf und ihre Augenlider nun schwer vor Erschöpfung.

„Ich glaube, wir stecken in ganz schönen Schwierigkeiten."

KAPITEL ACHT

*L*eo erhob sich vom Sofa, sein erschlaffendes Glied immer noch in der süßesten Vagina, die er je erobert hatte. Heilige Scheiße, er war verloren. Völlig orientierungslos durch die Macht ihrer sexuellen Anziehungskraft.

„Wo liegt dein Zimmer?" Er zog seine Hose etwas hoch, damit sie nicht an seinen Knöcheln landete.

Shay hob ihren Kopf von seiner Schulter und deutete mit einer Hand schläfrig auf einen dunklen Flur neben ihrer Küche. „Letzte Tür auf der rechten Seite."

Wie ein Sack lag sie an seiner Brust. Ihre Arme hingen schlaff um seine Schultern, ihre Beine kaum noch in der Lage, seine Taille zu umklammern. Er trug sie aus dem Zimmer und bemerkte die Abwesenheit von schnörkeligem, mädchenhaftem Kram in ihrem Haus. Er hatte schon immer gewusst, dass sie kein typisches Mädchen war, sondern jemand, der sich in einer männlichen Umgebung wohler fühlte, und eine niedrige Toleranzschwelle für Zickenkrieg hatte. Aber heute Abend hatte er ihre zerbrechliche Seite gesehen.

Dennoch besaß sie eine unglaubliche Weiblichkeit, die man nicht unterschätzen durfte. Erst jetzt hatte er das Gesamtbild gesehen, nicht nur die Tapferkeitsschichten, hinter denen sie sich gerne verbarrikadierte. Diese Erkenntnis machte es ihm schwerer, in Betracht zu ziehen, dass die Sache zwischen ihnen nicht funktionieren könnte.

„Schlaf, Babygirl. Ich bringe dich ins Bett." Es bereitete ihm Freude, das verletzliche Bündel in seinen Armen zu halten. Shay war immer stark, selbstbewusst, sogar ein bisschen dickköpfig gewesen. Genau das brauchte er ... jemanden, der ihn auf Trab hielt. Doch er brauchte auch ihre sanfte Weiblichkeit. Eine Frau, die er beschützen konnte, die auch schutzlose Momente hatte.

Shay war die brillante Mischung aus allem, was er sich wünschte. Er musste lediglich einen Weg finden, den versteinerten Ausdruck in ihren Augen bei jeder Erwähnung von *Vault of Sin* durch etwas zu ersetzen, das nicht einer Backsteinmauer glich.

„Du weißt, ich hasse es, wenn du mich Mädchen oder Babygirl nennst", murmelte sie gegen seine Schulter. „Hättest du mir nicht das Leben ausgesaugt, würde ich dir eine reinhauen."

Er lächelte und hielt eine bissige Erwiderung zurück, denn er wollte sie nicht schon wieder verärgern. Die Sonne würde in weniger als einer Stunde aufgehen und sie brauchte ihren Schlaf. Außerdem musste er einen großen Schritt zurücktreten. Er fiel, viel zu schnell, und im Moment war er nicht in der Lage, seinen selbsterhaltenden Pessimismus zu mobilisieren, um das zu verhindern.

Als er den letzten Raum auf der rechten Seite betrat, atmete er Shays betörenden Duft ein und unterdrückte ein Stöhnen. Die berauschende Mischung aus Vanille und Erdbeere würde ihn für immer an die Frau in seinen Armen erinnern. Das freche Mädchen, das nach süßem Nirwana duftete. Er legte sie hin und bettete ihren Kopf auf ein Kissen, bevor er sich zurückzog.

„Ich bin gleich wieder da." Er ging auf die Suche nach ihrem Bad, um sich zu waschen. Wenige Minuten später lehnte er im Rahmen ihrer Schlafzimmertür und betrachtete sie.

Sie lag auf der Seite, ihr dunkles, seidenes Haar fiel ihr über die Schulter. Ihr Atem ging sanft, ihr Mund war leicht geöffnet, eine leichte Andeutung eines zufriedenen Lächelns umspielte ihre Lippen.

„Wie lange willst du da noch stehen?", fragte sie mit geschlossenen Augen, ihre dunklen Wimpern ruhten auf dem Ansatz ihrer zarten Wangen.

Für immer. „Ich sollte gehen."

Ihre Augenlider flatterten auf und sie atmete langsam tief durch. „Was, wenn ich dich bitten würde, zu bleiben?"

Frag mich, Shay. Gewähre mir einen letzten Blick auf deine Verletzlichkeit, bevor du wieder hinter deiner Maske der Stärke verschwindest. „Ist es das, was du willst?"

„Ja." Sie zog das Laken bis zum Kinn. „Ich habe Fragen."

Er tapste zur anderen Seite ihres Bettes, entledigte sich seiner gelockerten Hose und kletterte unter die Decke. „Frag mich, was du willst, nachdem du etwas geschlafen hast."

Sie schüttelte den Kopf und drehte sich zu ihm um. „Nein. So müde ich auch bin, ich werde nicht schlafen, bis wir geredet haben."

Das gefürchtete Gespräch wirkte gar nicht so abschreckend, wenn die Lippen dieser bezaubernden Frau es erwähnten. Er rutschte zur Mitte des Bettes und stützte sich in ihre Richtung gewandt auf einem Ellbogen ab. „Dann frag."

Ganz gleich, wie hässlich die Wahrheit in ihren Augen sein könnte, er würde ihr alles erzählen. Vor langer Zeit hatte er gelernt, niemals über seine Begierden zu lügen. Er musste nur seinen eigenen Selbsthass überwinden.

„Warum?", flüsterte sie.

Ein Wort hatte genug Gewicht, dass sich seine Lungen zusammenzogen. Er wusste, was sie meinte. Es war keine weitere Erläuterung nötig. Diese Frage war ihm unzählige Male gestellt worden, normalerweise in einer hitzigen Diskussion, in der das Wort eine Anschuldigung und keine Frage war.

„Ich bin mir nicht ganz sicher." Er zuckte mit den Achseln. „Es ist eine Art Sucht."

Shit. Shay verzog das Gesicht und er beeilte sich zu erläutern: „Keine Sexsucht." Er strich ihr mit einer Hand über die Wange. „Ich glaube, ich bin süchtig nach dem rauschhaften Stolz, der dem Orgasmus einer Frau durch meine Berührungen folgt. Ich liebe es, Lust zu bereiten. Jemanden dazu zu bringen, sich vor Lust zu winden, ist ein mächtiges Gefühl. Und wenn andere zusehen, wird dieses Gefühl nur noch verstärkt."

Sie beachtete seine streichelnde Hand nicht, stattdessen baute sie langsam emotionalen Abstand zu ihm auf, selbst in ihrem fast komatösen Zustand. „Also ist das *Vault of Sin* ein Teil deines Lebens, ohne den du nicht leben kannst?"

Er überlegte kurz. Er wollte sie nicht wegstoßen, konnte sie jedoch auch nicht anlügen. „Eine Frau besitzt die Fähigkeit, einen Mann zu ändern." Mit einem Finger fuhr er über ihr Kinn und glitt mit dem Daumen ihre Unterlippe entlang.

„Ich will dich nicht ändern." Stirnrunzelnd drückte sie das Laken enger an ihre Brust.

„Ich weiß. Und ich weiß das zu schätzen." Er wollte unbedingt seinen Finger zwischen ihre Lippen schieben und die raue Oberfläche ihrer Zunge an seiner Haut spüren. Die ernste Situation in etwas Angenehmes verwandeln. „Ich bin bereit, es zu versuchen, Shay. Ich denke, das ist im Moment alles, was zählt."

„Hm." Ihre Lider senkten sich. „Ich will dich glücklich machen", murmelte sie. „Ich bin mir nur nicht sicher, ob ich die Frau sein kann, die du brauchst."

Er blieb still und lauschte ihren immer tiefer werdenden Atemzügen. Selbst schlafend war sie verlockend. Er lag neben ihr, streichelte weiter ihr Haar und schob das Laken etwas hinunter, um die makellose Haut ihres Nackens und ihrer Schultern zu bewundern. Es würde zwischen ihnen nicht einfach werden. Ihre Hürden waren groß und erdrückend.

Aber es war das Risiko wert. Ein letztes Mal konnte er eine Ablehnung riskieren. Für sie.

Jetzt musste er nur noch dafür sorgen, dass T.J. und Brute mit an Bord waren.

Der Club war ein Teil von jedem von ihnen, etwas, das Shay wahrscheinlich noch nicht erkannt hatte. Sie alle verbrachten Zeit im Untergeschoss. Sie alle schauten zu. Leo hoffte bloß, er wäre in der Nähe, wenn sie herausfand, dass Teil seines Lebensstils zu sein bedeutete, auch Teil von Brutes und T.J.s zu sein.

KAPITEL NEUN

Shay lag bäuchlings im Bett, als sie durch etwas an ihrem Kreuz wachgekitzelt wurde. Mit noch geschlossenen Augen runzelte sie die Stirn und zappelte herum, wollte es abschütteln.

„Es ist schon fast Nachmittag, meine Schöne."

Stöhnend drehte sie ihren Kopf zu der tiefen, sanften Stimme und öffnete ein Auge einen Spalt. Neben ihr lag das raue, stoppelige Gesicht des sexiesten Mannes der Welt.

„Geh weg", grummelte sie und schlug sich das Kissen vors Gesicht. Ob sündhaft sexy oder nicht, niemand kam damit durch, sie zu wecken. Es war schlimm genug nach einer Nacht, in der sie fest geschlafen hatte, aber letzte Nacht, oder vielmehr die frühen Morgenstunden des heutigen Tages waren ein einziger Kampf gewesen, die Räder in ihrem Kopf zum Verstummen zu bringen.

„Sicher, dass du nicht aufwachen willst?"

Er rieb mit seiner Hand über ihren Po und tauchte in die Hitze ihrer Erregung. Zwei gierige Finger streichelten sie ins Land der Lebenden zurück, machten sie innerhalb weniger Augenblicke feucht und entlockten ihrer Kehle ein verzweifeltes Wimmern.

„Leo."

„Ja." Schwungvoll zog er ihr das Laken weg, dann spürte

sie das schwere Gewicht seines Körpers über ihrem. „Willst du immer noch weiterschlafen?"

Die Spitze seines gummibedeckten Schafts neckte sie, als er sich an ihrem Hintern rieb, bis sie auf das Laken beißen musste, um nicht laut aufzustöhnen. Seine Hüften wiegten sich aufreizend, wodurch sich sein Schwanz sich der Stelle näherte, an der sich ihr Körper nach ihm sehnte. Dann war er an ihrem Eingang, rieb sich an ihrem Schlitz und glitt durch ihre Erregung.

„Dein Körper mag noch schlafen, aber deine Pussy nicht mehr", sagte er gedehnt.

Sie warf ihr Kissen beiseite und bäumte sich auf in dem Versuch, diesem selbstgerechten Arsch zu entkommen. „Sei kein Blödmann."

Das Gewicht in ihrem Rücken wurde schwerer und der fast geräuschlose Klang seines Atems strich über ihr Ohr. „Sag mir, dass ich aufhören soll, und ich tue es. Aber ich werde mich nie dafür entschuldigen, mich nach deinem Körper zu sehnen."

Ihr Herz flatterte, als er aufhörte, sich zu bewegen.

„Willst du, dass ich aufhöre, Shay?"

Ihr Name auf seinen Lippen war das verführerischste Geräusch, das sie je gehört hatte. Es brachte ein Lächeln auf ihre Lippen und ein kribbeliges Pochen in ihre Muskeln. „Nein." Sie streckte ihm ihren Hintern entgegen, was seine Schwanzspitze leicht in sie eindringen ließ. *Niemals.*

Er stieß kraftvoll und tief in sie, stahl ihr den Atem und ersetzte ihn durch Ekstase. Ihr Körper hieß ihn willkommen und umschloss seine Länge fest, als er sich langsam zu bewegen begann.

„Ich beobachte dich schon seit Stunden", murmelte er in ihren Nacken und hinterließ eine Spur von Küssen ihre Schultern entlang.

Sie seufzte und genoss die köstliche Reibung von Haut an Haut. Sein Mund war heiß und bissfreudig, seine Stöße geschmeidig und träge. „Ich habe von dir geträumt."

„Hmm? Was habe ich gemacht?"

Shay schloss die Augen und spielte die Szene vor ihrem Geist ab. Sie waren im Club. Unten. In einer abgedunkelten Ecke in einem der Zimmer. Sie hatte zwischen Leos Oberschenkeln gesessen, den Rücken an seine Brust gelehnt, ihre Hände auf seine Oberschenkel gelegt, während seine Finger sich ihren Weg in ihre Jeans und unter den Bund ihres Slips bahnten.

Dabei hatten sie ein Paar auf dem Bett mitten im Zimmer beobachtet. Der Mann war muskulös, blond, sein Gesicht von der Dunkelheit maskiert, während er den Mund einer gierigen Frau mit seinem Schwanz fütterte. Ihre Bewegungen glichen einem Tanz, melodisch, hypnotisierend, und die Traum-Shay konnte die feuchte Erregung, die Leos Finger benetzte, nicht verhindern.

Jetzt fragte sie sich, ob sie es im wirklichen Leben ebenso genießen würde, einem anderen Paar zuzusehen. Waren ihre Grenzen so leicht zu durchbrechen?

„Wir waren bei der Arbeit."

„Im Lagerraum? Mit dir da drin gewesen zu sein hat mich monatelang verfolgt. Es hat mich fast umgebracht, einfach wegzugehen."

Und immer weiterzugehen, wollte sie hinzufügen. Er war nie zurückgekommen, zumindest nicht emotional ... bis gestern Abend.

„Nein. Wir waren im *Vault of Sin*. Und schauten zu."

Sie spannte ihre Muskeln um seinen Schaft an und sein antwortendes Stöhnen ließ sie erschaudern.

„Bitte sag mir, dass es dir gefallen hat."

Shay nahm sich einen Moment, um die Dringlichkeit seiner Bitte zu verinnerlichen. Der Club war ein Teil von ihm. Ein Ort, ohne den er sich unvollständig fühlte. Selbst, wenn er bereit wäre, auch nur vorübergehend davon Abstand zu nehmen, würde es nichts daran ändern, dass er sich weiterhin sehnte, dorthin zurückzukehren.

Langsam nickte sie. „Ja. Es war verdammt heiß."

Er kletterte von ihr herunter, packte ihre Hüfte und drehte sie auf den Rücken. Sie starrte ihn mit großen Augen an, als er seinen Körper wieder über ihren schob, diesmal von Angesicht zu Angesicht, während sein Schwanz sein Zuhause fand. Vorsichtig und langsam drang er in sie ein, füllte sie Zentimeter für Zentimeter aus und beobachtete dabei, wie ihre Lust anschwoll. „Soll heißen?"

Sie verlor ihren Fokus, als er seine Lippen auf ihren Nippel senkte und die sich verhärtende Spitze in seinen Mund saugte. Ein Kribbeln jagte durch ihren Körper. Sie umschloss seine Hüften mit ihren Oberschenkeln, brauchte mehr.

„Ich weiß es nicht", murmelte sie. „Ich glaube, mein Unterbewusstsein ist bereit herauszufinden, was passiert."

Mit erhobener Braue nahm er die Tragweite ihrer Aussage zur Kenntnis. Anstatt seine Freude zum Ausdruck zu bringen, die sie auf seinen Lippen sehen konnte, widmete er sich lediglich ihrer anderen Brustwarze.

„Ich schätze, mein Unterbewusstsein ist eine schmutzige kleine Schlampe", fügte sie hinzu, leicht wuschig durch die Wildheit in seinen Augen.

Er lachte leise und seine kurzen Atemstöße kitzelten die empfindliche Haut ihrer Brust. „Sex zu genießen, macht dich nicht zur Schlampe." Er stieß in sie und entlockte ihrer Kehle damit einen Schrei. „Anderen bei ihren Vergnügungen zuzusehen, macht dich nicht schmutzig." Seine Hüften beschleunigten sich zu einem bestrafenden Tempo. „Ich verspreche dir, Shay, dir wird es an nichts fehlen, wenn du mit mir zusammen bist."

Diesmal brachte sein Stoß sie dazu, genussvoll aufzuschreien.

Leo beugte sich vor und öffnete mit seiner streichelnden Zunge ihre Lippen. „Gib mir nur eine Chance."

Sie nickte, überwältigt von seiner Aufrichtigkeit, gefangen durch seine simple und doch verletzliche Bitte. „Ich werde es versuchen", flüsterte sie und hob ihre Hüften, um ihm bei seiner nächsten kräftigen Bewegung entgegenzukommen.

Er verbrannte sie mit seinem Kuss, presste seinen Mund mit derselben Heftigkeit gegen ihren, wie seine Hüften in sie hineinpumpten. Leo machte sie wild, machte sie verrückt, und währenddessen konnte sie spüren, wie sie sich immer mehr in ihn verliebte. Mit gleicher Intensität schlang sie ihre Schenkel um ihn und krallte ihre Nägel in seinen Rücken.

„Warte." Sie unterbrach den Kuss, wollte noch nicht kommen. Ihr Schoß pulsierte bereits erwartungsvoll, ihre Glieder waren angespannt, als sie nach Luft schnappte. Doch er unterbrach nicht, hörte nicht auf, in sie zu stoßen und ihre Lust ungeahnte Höhen zu treiben. „Ich habe Stopp gesagt. Ich will noch nicht kommen."

„Du hast in dieser Sache nichts zu sagen." Er fuhr mit seinen Zähnen über ihren Hals. „Ich will spüren, wie deine Pussy mich melkt. Ich will sehen, wie sich deine hübschen Augen verdrehen, wenn du die Kontrolle verlierst."

„Leo", warnte sie und kam mit jeder Wellenbewegung dem Abgrund näher und näher. Der kommende Samstag würde sie beide wahrscheinlich zerstören, also musste sie dafür sorgen, dass dieser Moment für immer anhielt.

„Komm für mich, Shay."

Sein Flüstern an ihrem Ohr war zu viel. Sie gehorchte, ihr Atem kam schwer keuchend, als sie sich um ihn zusammenkrampfte und auf der Welle ihres Orgasmus ritt. Sie ertrank in dem Glücksgefühl, während sich ihre Hüften seinen Stößen unaufhörlich entgegenhoben, bis Leo fluchte und ihr folgte.

Seine Lippen liebkosten sie weiter, genau wie seine Hände, die bewundernd über ihre Haut strichen. Als er aufhörte, sich zu bewegen, wurden ihre Lider schwer und ihr Bedürfnis, schlafen zu wollen, übermächtig.

„Du vollbringst Wunder für das Selbstwertgefühl eines Mannes", schmunzelte er und löste sich von ihrem Körper.

„Ich gebe mein Bestes." Sie streckte sich und liebte die herrlichen Schmerzen, die sein Liebesspiel in ihren Muskeln hinterlassen hatte.

Die Matratze bewegte sich, als er aufstand und zum Badezimmer ging, um kurz darauf zurückzukommen mit dem Lächeln, das sie so sehr liebte.

„Kann ich dir Frühstück machen?" Er wackelte mit den Augenbrauen. „Nackt?"

Sie lachte, überwältigt von der traumhaften Wärme, die ihre Brust durchströmte. Zu lange war sie eine jener Frauen gewesen, die glaubten, Männer wären keine Notwendigkeit im Leben einer starken Frau. Sie war vergleichsweise erfolgreich und zahlte ihre eigenen Rechnungen. Und ihr Körper würde mit dem großen Karton voller Toys unter ihrem Bett nie unbefriedigt bleiben. Doch etwas an der Art, wie er sie ansah, gab ihr den Eindruck, sich stärker zu fühlen. Sein Lächeln steigerte ihr Selbstvertrauen. Seine Berührungen machten sie unbesiegbar. „Ich habe nur Cornflakes."

„Wenn es dir nichts ausmacht, mir dein Auto zu leihen, kann ich etwas holen gehen."

„Nackt?"

Sein Lächeln wurde breiter. „Leider denke ich nicht, dass das eine Option ist."

„Ahh, du hast also doch Limits."

Sein Humor ließ etwas nach. „Ich habe viele Limits, Shay."

Ihre Gedanken kehrten zum *Vault of Sin* zurück und die Wärme in ihr erlosch. „Dann also Cornflakes." Sie stieg aus dem Bett und lief nackt zu ihrem begehbaren Kleiderschrank, von dem sie Sekunden später mit einem dünnen Seidenmantel zurückkehrte.

„Das kannst du vergessen." Leo musterte ihre Kleidung und verschränkte die Arme vor der Brust. „Zieh ihn aus."

Unmut, oder war es doch Vorfreude, schoss durch ihren Körper. Herausfordernd stellte sie sich vor ihn. „Ist das der Augenblick, in dem jede normale Frau winseln und gehorchen würde?"

Seine Lippen kräuselten sich, diebisch und zu verdammt sexy, als dass sie es ignorieren konnte. „Das ist der Augenblick, in dem du das ausziehst oder ich es für dich tun werde."

Ihre Brustspitzen wurden hart und sehnten sich erneut nach seinen Berührungen. Sie zuckte grinsend mit den

Achseln und versuchte dann, an ihm vorbeizugehen, weil es das war, was dickköpfige Frauen taten.

Blitzschnell wurde sie zurückgerissen und von rauen Händen nackt ausgezogen. Dann wurden innerhalb weniger unregelmäßiger Herzschläge der Gürtel aus ihrem Seidenmantel gezerrt und ihre Hände hinter ihrem Rücken zusammengebunden.

Schockiert und stumm stand sie in ihrem Flur und fragte sich, was zum Teufel gerade passiert war.

„Vielen Dank", neckte er. „Ich ziehe die harte Tour nämlich vor."

Seiner wachsenden Erektion nach zu urteilen, hatte er nicht gelogen. „Ist angekommen. Du kannst mich jetzt losbinden." Sie versuchte sich an einem säuselnden Tonfall, wollte die verführerische Prinzessin geben, die ihn mit ihrem Charme um den Finger wickelte, aber er erlag ihr nicht. Stattdessen grinste er sein verschlagenes, arrogantes Grinsen, das sie so sehr verärgerte und sie gleichzeitig zum Schmelzen brachte.

„Netter Versuch." Er griff nach dem Gürtel an ihren verbundenen Handgelenken und führte sie vorwärts. „Zeit fürs Frühstück."

KAPITEL ZEHN

*L*eo hob den Toast an Shays Mund und genoss es, währenddessen ihren nackten Oberkörper betrachten zu können. Er sollte ihr dankbar sein ihm die Möglichkeit verweigert zu haben, sie mit Cornflakes zu füttern. Die Aktion hätte damit geendet, dass er versehentlich Milch in ihr Dekolleté geschüttet und dann das Rinnsal beobachtet hätte, das sich seinen Weg zwischen ihre wunderschönen Brüste bahnte, bevor er schließlich mit der Zunge die Verfolgung aufgenommen hätte, ehe es die Hitze ihres Schoßes erreichen konnte.

Wenn er ihr klarmachen wollte, dass das zwischen ihnen mehr war als nur Sex, musste er die Hände von ihr lassen und ihr Zeit zum Nachdenken geben. Er bewunderte ihre Stärke und ihr Selbstvertrauen mehr als alles andere. Also musste er alles daran setzen eine Lösung zu finden, damit sie die bloße Erwähnung vom *Vault* nicht länger in Anspannung versetzte.

„Saft?" Er legte das halbgegessene mit Marmelade bestrichene Stück Toast wieder auf den Teller vor ihr.

Sie nickte. „Danke."

Er setzte das Glas an ihre Lippen und achtete darauf, es im richtigen Tempo zu kippen. Er genoss es, sich um sie zu kümmern, derjenige zu sein, der dafür sorgte, dass ihre Bedürfnisse gestillt wurden. Besäße er mehr Zurückhaltung, wäre er den ganzen Tag bei ihr geblieben und hätte ihre Hände gefesselt gehalten, während er sich um all ihre Bedürfnisse kümmerte. Doch es wäre bloß eine Frage der Zeit, bis seine Libido erneut das Kommando übernahm.

„Noch etwas Toast?" Er stellte das Glas auf den Tisch und bekämpfte das Verlangen, ihr den Saft aus dem Mund zu küssen.

„Nein, ich bin satt." Sie knabberte an ihrer Unterlippe. „Aber du kannst mich losbinden."

„Bald." Er nahm ihre Tassen und Teller und räumte sie in die Spülmaschine, während Shay vom Hocker hinter der Küchentheke aus zuschaute. „Ich mag es, dich ausnahmsweise mal wehrlos zu haben."

Sie schnaubte. „In deiner Nähe bin ich immer wehrlos."

Er tat es ihr gleich und schnaubte noch lauter. „Das einzige Mal, dass du in irgendeiner Form Verletzbarkeit gezeigt hast ...", von seinen Beobachtungen in den letzten zwölf Stunden einmal abgesehen, „... war am ersten Abend, an dem du an der Bar im *Taste of Sin* gearbeitet hast." Oder womöglich auch die Tage, nachdem er sie im Lagerraum befriedigt hatte.

Sie erschauderte und ihre Wangenspitzen färbten sich leicht rosa. „Daran erinnerst du dich?"

Er erinnerte sich an jeden Moment, seitdem sie ihre Bewerbung eingereicht hatte. „Ich erinnere mich lebhaft an T.J.s Bemerkung, wie putzig du am Anfang deiner Schicht gewesen seist. Er hat dich für süß und unschuldig gehalten." Er schloss den Geschirrspüler und strich die Krümel von seinen Handflächen ins Spülbecken. „Es dauerte nicht lange, bis er feststellte, dass sich hinter diesen tiefbraunen Augen ein kleines Biest verbirgt."

Sie schenkte ihm ein umwerfendes Lächeln. „Sobald der Laden an dem Abend geschlossen war, habt ihr drei euch einen Spaß daraus gemacht, mich auf die Probe zu stellen. Ihr habt mir Getränkebestellungen entgegengebellt, um sicherzugehen, dass ich alles aus dem Gedächtnis zubereiten konnte."

Er neigte den Kopf. Noch nie in seinem Leben hatte er so gelacht. Einer nach dem anderen hatten Leo, Brute und T.J. ihr Cocktailnamen entgegengeschleudert, bis T.J. schließlich einen *Crouching Tiger Shot* verlangte und sie alle zu betrunken waren zu bemerken, dass sie stattdessen einen Mix aus Sambuca, Tequila und Tabasco-Sauce vor sie gestellt hatte.

„T.J. wusste nicht, wie ihm geschah.“

„Eine Sekunde lang dachte ich, er würde sterben, so sehr würgte er.“ Sie begann zu lachen, wodurch ihr Busen verlockend hüpfte. „Ich war froh, dass ihr mich nicht gefeuert habt.“

Er ignorierte seinen zuckenden Schaft und stellte sich neben sie. Es war Zeit zu gehen. Bis Dienstag würde er sich an diesem Moment festhalten – an ihrem wunderschönen Lächeln, an der üppigen Wölbung ihrer Brüste, an der Art, wie sich ihr Haar wie Seide an ihre Haut schmiegte.

„Das war nie eine Option.“ Er löste das Material um ihre Handgelenke und half ihr auf die Beine. „Du passt perfekt zu uns.“

Manchmal ein wenig zu perfekt. Sie alle drei hatten eine Schwäche für Shay. Sie mochte temperamentvoll sein, aber ihre wenigen schlechten Tage hatten nie die vielen schönen Momente überschattet. Sie brachte sie immer zum Lächeln, entweder mit ihrer übertriebenen Genervtheit oder mit ihren frechen flirtenden Neckereien.

„Es freut mich, dass du so denkst.“ Sie fiel ihm entgegen, legte die Arme auf seine Brust und sah zu ihm auf.

Er verfiel seinem Verlangen nach ihr immer mehr, geriet immer mehr in ihren Bann. „Es ist Zeit für mich zu gehen.“

Ihre Stirn runzelte sich leicht und sie trat zurück. „Du willst nicht bleiben?“

„Wenn ich es für das Richtige halten würde, würde ich hierbleiben, bis wir am Dienstag wieder zur Arbeit müssen.“ Er ergriff ihre Hand, umschlang ihre Finger mit seinen und versuchte die Enttäuschung in ihren Augen zu zerstreuen. „Aber ich habe Travis gestern allein gelassen. Ich muss ihn anrufen und mich vergewissern, dass das *Vault of Sin* ohne Drama geschlossen wurde.“

*V*ault of Sin ... drei unschuldige Worte, die stark genug waren, Shays Magen zum Flattern zu bringen. Sie nickte und versuchte, sich nicht entmutigen zu lassen. Sie war völlig in ihrem Element gewesen, gefesselt wie eine kleine Liebessklavin, die darauf wartete befriedigt zu werden. Und jetzt wollte er gehen.

Achtung, Toys, ich komme.

„Bist du sicher, dass du bereit bist, nächsten Samstag unten zu arbeiten?“ In seiner Stimme lag Besorgnis. „Wir drängen dich nicht dazu. Ich arbeite selbst an der Bar, wenn ich muss.“

Um dann von sinnlichen Frauen umgeben zu sein, die ihn auf sich aufmerksam machen wollten? „Nein. Ich schaffe das.“

Es würde zukünftig schmerzhaft werden, ihrer üblichen Arbeit im *Shot of Sin* nachzugehen und zu wissen, womit Leo es da unten zu tun hatte. Ihre Fantasie würde sie ins Grab bringen. Sie musste sich ihren Ängsten ganz offen stellen und ihn gleichzeitig im Auge behalten.

„Wir werden uns unter der Woche im Restaurant und während meiner Schicht an der Clubbar am Freitag sehen, du hast also noch genügend Zeit, mir vorher auf den Zahn zu fühlen. Samstag kann ich dann früher kommen und mir alles noch einmal in Ruhe ansehen. Du weißt schon, ohne, dass ich von lauter Schwänzen angestarrt werde.“

Es war witzig gemeint, doch Leo erstarrte. „Wenn du dich unwohl fühlst ...“

„Nein, alles okay.“ Sie seufzte. „Bitte hör auf zu fragen.“

Er beugte sich auf Augenhöhe zu ihr hinunter. „Shay ...“

„Nicht.“ Sie stieß seine muskulöse Brust von sich und sah weg. Sie war eingeschüchtert, eifersüchtig, und ja, extrem nervös, doch das hieß nicht, dass sie ein Feigling war. „Ich sagte, ich werde es versuchen. Und genau das tue ich gerade.

Ich kann es nicht gebrauchen, dass du mich wie ein kleines Mädchen behandelst."

„Okay", sagte er mit weicherer Stimme. „Aber falls du deine Meinung änderst, musst du es mir nur sagen."

Sie nickte. „Ich muss mich anziehen."

Ihnen beiden war klar, dass sie dem Gespräch damit entkommen wollte. Es war ihr egal. Sie war es leid, sich deswegen Sorgen zu machen. Hatte es satt, darüber nachzudenken. Sie drehte sich auf dem Absatz um und eilte den Flur hinunter auf der Suche nach ihrem Morgenmantel.

„Ich muss dir auch den Hintereingang des Clubs zeigen, also erinnere mich am Freitag daran." Leo war ihr ins Schlafzimmer gefolgt.

„Hintereingang?" Sie sah über ihre Schulter, augenblicklich gefesselt von dem Muskelspiel in seinen Armen, als er seine Kleidung vom Boden aufsammelte.

Unter dicken dunklen Wimpern hervor sah er zu ihr auf und grinste. „Ich glaube, als du angefangen hast, habe ich dir gesagt, es wäre der Liefereingang."

Lügender Mistkerl. „Sonst noch was, worüber du gelogen hast?" Sie zog eine Augenbraue hoch und das Grinsen auf seinem Gesicht verblasste.

„Ich habe immer nur gelogen, um den Club zu schützen. Rechtlich gesehen dürfte er innerhalb der Mauern von *Shot of Sin* nicht betrieben werden." Er zog sein Hemd an und knöpfte es zu, während er sie fixierte. „Würden wir um eine staatliche Genehmigung für den Sexclub bitten, würde die Öffentlichkeit davon erfahren. Die Anonymität der Mitglieder wäre nicht mehr gegeben, und du kannst dir sicher vorstellen, welche Kämpfe wir dann gegen Weltverbesserer und religiöse Gruppen auszutragen hätten." Er richtete seinen Kragen und zog dann seine Hose an. „Aber jetzt gibt es nicht länger einen Grund zur Geheimniskrämerei zwischen uns. Ich werde dich nicht anlügen. Selbst wenn die Wahrheit übel ist, werde ich mir ein Beispiel an Brute nehmen und sie dir sagen." Er ging mit großen Schritten auf sie zu und blieb direkt vor ihr stehen.

Leo fuhr mit einer Hand durch ihr vom Schlaf zerzaustes Haar. „Ich habe mich lange genug von dir ferngehalten in dem Versuch, dich nicht zu verletzen. Was auch immer also nötig ist, du sollst wissen, dass ich nur das Beste für dich will."

Shay sog tief den Atem ein und stieß ihn mit einem Seufzen wieder aus.

Okay, vielleicht war sie ein wenig zerbrechlich. Der Gedanke, er könnte sie wieder zurückweisen, lag ihr bleischwer im Magen. Sie war eine erwachsene Frau, selbstbewusst in jedem Aspekt ihres Lebens ... bis jetzt. Jetzt musste sie sich fragen, ob sie experimentierfreudig genug war für das *Vault of Sin*.

Die Zukunft würde es zeigen. Sie wusste nur, dass ihr Herz es nicht verkraftete, zu einer platonischen Beziehung mit Leo zurückzukehren, nachdem sie mit ihm intim gewesen war. Sie riskierte eine Menge mit den überstürzten Entscheidungen, die sie in den frühen Morgenstunden getroffen hatte. Und jetzt war es zu spät umzukehren.

Er beugte sich vor und hob ihr Kinn an, sodass sie denselben Atem teilten. „Die einzige Wahrheit, die ich im Moment für dich habe, ist, dass ich dich will. Auf jede erdenkliche Weise." Sein Blick suchte ihren und fixierte sie mit einer glühenden Intensität, die ihren gesamten Körper erröten ließ. „Lass uns sehen, wohin es uns führt."

Shay biss sich auf die Lippe und kämpfte gegen das Bedürfnis, ihre Hände um seinen Hals zu schlingen und ihn zurück ins Bett zu zerren. „Wir sehen uns dann am Dienstag."

„Auf jeden Fall." Er strich mit seinem Mund über ihren und trat dann zurück. „Versuch nur, vor den anderen Kollegen deine lüsternen Hände von mir zu lassen, okay?", grinste er und ging zur Tür.

„Du bist ein arroganter Sack", rief sie, den Blick auf seinen sexy Hintern gerichtet, als er aus dem Raum stolzierte.

„Ein Sack, den du jetzt am Hals hast."

Seine Schritte entfernten sich leise und jeder davon verstärkte ihr Verlangen ihm hinterherzurufen, er solle zurückkommen. Sie war Feuer und Flamme. Nicht nur für seinen Charme oder dafür, wie er ihren Körper bearbeitete, sondern auch für den Gedanken an sie beide als Paar. Die Vorstellung wie sie Händchen hielten verwandelte sie in ein aufgekratztes, quietschendes Mädchen.

Jetzt mussten sie nur noch ihre unzähligen Probleme überwinden.

KAPITEL ELF

Dienstagmorgen ließ ewig auf sich warten. Leo stand hinter der Bar im *Taste of Sin* und wartete auf die Mitarbeiter der Mittagsschicht. Auf eine davon im Besonderen. Die letzten beiden Tage hatte er damit verbracht sich davon abzulenken, Shay anrufen, texten, mailen oder gar Blumen schicken zu wollen.

Je mehr er versuchte seinen Kopf zu beschäftigen, desto intensiver wurden seine Erinnerungen an ihren bezaubernden Körper. Er hatte sich im Fitnessstudio verausgabt, einen Posteingang voller arbeitsbezogenem Mist abgearbeitet und sogar seinen Kühlschrank geputzt. Und das alles vor Sonntagabend.

Jetzt konnte er kaum die nächsten dreißig Minuten abwarten, bis sie zu ihrer Schicht erschien. Er stand nicht nur unter ihrer Fuchtel, er wartete praktisch geknebelt und ans Bett gefesselt darauf, entmannt zu werden.

Er fühlte sich wie ein Kind im Freizeitpark, voll schwindelerregender Aufregung und nervöser Erwartung. Der Realität war er sich immer noch bewusst. Er wusste, dass sie nach wie vor eine Vielzahl Probleme zu besprechen und zu lösen hatten, doch eine Frau wie Shay gefunden zu haben, die bei ihm blieb, nachdem sie seine schmutzigen Geheimnisse erfahren hatte, verdiente etwas verrückten Optimismus.

Die erste Hürde war die schwierigste gewesen, und über diese waren sie mit der Anmut eines Olympiasiegers hinweggesegelt. Okay, vielleicht verdrängte er das Drama von Samstagabend rückblickend ein bisschen. Er konnte nicht anders. Sein Enthusiasmus kannte keine Grenzen.

Sie brauchten beide Zeit. Es war schon in einem normalen Arbeitsumfeld nicht einfach, von Arbeitskollegen zu Liebhabern zu werden. Brachte man noch einen Sexclub ins Spiel, war es, als müsste man durch ein Minenfeld laufen. Bloß statt Sprengstoff kämpften sie gegen Eifersucht, Verachtung, Vorurteile und Lügen.

Er musste dafür sorgen, dass sie jede einzelne Explosion umgingen.

Jede andere Frau hatte sich gegen seine Lebensweise gesträubt. Und er verstand, wieso. Es war nicht üblich die Person, die man liebte, zu teilen, und sich mitten in einem belebten Raum auszuziehen stand nicht bei jedem auf der Wunschliste. Trotzdem war Shay immer noch bei ihm. Sie hatte ihn mit ihren Kurven verrückt gemacht, sein Verlangen in unersättliche Höhen getrieben, und nun konnte er nicht aufhören darüber nachzudenken, wie es funktionieren konnte.

Die Tür flog auf und stahl seine Aufmerksamkeit. Und da war sie, in einer engen schwarzen Hose, einer weißen Bluse und Sonnenschein, der sie wie ein Heiligenschein umrahmte.

„Guten Morgen." Seine Augen klebten an ihr, sogen ihren Anblick in sich auf, als hätte er sie seit Jahren nicht gesehen.

„Guten Morgen", grinste sie. „Wie waren deine freien Tage?"

Endlos. „Gut. Und deine?" Er schritt um die Bar herum und begegnete ihr in der Mitte des mit Tischen und Stühlen gefüllten Raumes.

„Gut."

Er trat dicht an sie heran, schlang seinen Arm um ihre Taille und drückte ihren weichen Körper an sich. Sie war früh dran, und keine anderen Barangestellten oder Kellnerinnen waren anwesend. Abgesehen von den Köchen, die hinten in der Küche waren, waren sie allein. Das gab ihm die perfekte Gelegenheit sein heftiges Verlangen etwas zu befriedigen.

„Du hast mir gefehlt." Sein Mund fand ihren, küssend, nippend, leckend, bis sie beide um Luft rangen.

„Ich dachte, ich soll meine Hände von dir lassen."

„Das sollst du." Er küsste flüchtig ihre Lippen. „Du leistest gerade keine sonderlich gute Arbeit."

Ihre Augen funkelten frech und voller Sehnsucht. „Für einen so erfahrenen Mann hast du sehr wenig Selbstbeherrschung."

„Für so eine kokette Frau leistest du dagegen ganze Arbeit, mich abzuwimmeln."

„Ich wimmle dich nicht ab." Sie besaß die Dreistigkeit, ihn mit gespielter Entrüstung und offenem Mund anzustarren. „Es ist nur so, dass mein Boss ein harter Hund ist und ich keinen Ärger bekommen will."

„Manchmal ist Ärger zu bekommen das Beste."

Er würde nie genug von ihrem schlagfertigen Charme bekommen. Selbst die subtilen Veränderungen in ihrem Gesichtsausdruck trugen zu der ihr eigenen wirkungsvollen Kombination aus Selbstvertrauen und Sinnlichkeit bei. Verdammt, sie konnte vermutlich jedem Mann den Kopf verdrehen. Doch das kümmerte ihn nicht. Shay gehörte jetzt ihm.

„Stimmt." Sie presste ihre Lippen aufeinander in dem Versuch, ein aufkeimendes Lachen zu unterdrücken.

Er beugte sich für einen weiteren Kuss hinunter, schmeckte sie bereits auf seiner Zunge, als sie ihren Kopf wegdrehte.

„Nicht hier", flüsterte sie und kastrierte ihn praktisch mit ihrer Abweisung.

Sie hatte ihn gebrochen, machte ihn schwach und lustgeplagt an dem einen Ort, an dem er Kontrolle verlangte. Er wollte sie einfach nackt ausziehen und immer wieder in ihr versinken. Im Moment war es ihm egal, ob das zurückhaltende Restaurantpersonal sie erwischte. Es war ihm scheißegal, ob seine Clubgeheimnisse enthüllt wurden. Durch seine Sehnsucht nach ihr hatten sich seine Hoden bereits zusammengezogen und sein Schaft war erwartungsvoll angeschwollen. Sein Gehirn war nicht länger durchblutet und die Gedanken, die er daran hätte verschwenden sollen, nicht erwischt zu werden, hatten sich verflüchtigt. „Hast du überhaupt mal an mich gedacht?"

„Natürlich." Sie lächelte zu ihm auf, diesmal mit aufrichtiger Bewunderung. „Ständig."

„Auch mal ans *Vault of Sin*?" Reue überkam ihn im selben Moment, in dem sie in seinen Armen erstarrte. Er hätte sich nicht von seiner Neugier überwältigen lassen dürfen. Nun war das Spielerische aus ihren Gesichtszügen verschwunden und wurde durch Unbehagen ersetzt.

„Was das angeht, ist das letzte Wort noch nicht gesprochen."

„Kein Grund zur Eile. Ich kann warten." Er würde sie nicht drängen. Er hätte seinen Mund gar nicht erst öffnen dürfen. Geduld war die einzige Möglichkeit, wenn es funktionieren sollte. Er musste lediglich seine Libido im Zaum halten.

Sie drückte sanft gegen seine Brust und löste sich aus seinen Armen. „Ich muss mich fertig machen, sonst feuert mich mein arroganter Boss noch."

Er stöhnte lang und tief. Der heutige Tag würde eine Qual sein, genau wie morgen und alle darauffolgenden Tage, bis er seinen Hunger nach dieser wunderschönen Frau gestillt hatte. „Triff mich in zehn Minuten im Lagerraum." Er scherzte. Zumindest glaubte er das.

Shays Kichern erfüllte den Raum und sie schüttelte den Kopf, als sich die Vordertür wieder öffnete. „Ich glaube nicht, dass diese Tätigkeiten in meiner Stellenbeschreibung stehen."

Er wollte ihr hinterherjagen, sie in die nächste Ecke treiben und ihr genau zeigen, welche Tätigkeiten er von ihr verlangte. Das einzige Problem war, dass man sie nicht zusammen erwischen durfte. Er musste T.J. und Brute die Sache zuerst erklären, und die beiden würden erst später auftauchen.

Beziehungen zwischen Mitarbeitern und Management waren nicht verboten. Sie hatten lange genug zusammengearbeitet, dass sie einander vertrauten, die richtigen Entscheidungen zu treffen, aber sobald es das *Vault of Sin* betraf, wurden alle Beschlüsse noch einmal hinterfragt. Der Schutz der Privatsphäre zusammen mit den reißerischen Geschehnissen im Keller machten es unabdingbar vorsichtig vorzugehen. Shay war eine Belastung, jetzt, da sie ihr Geheimnis kannte, und keiner von ihnen mochte irgendeine Art von Verwundbarkeit, wenn es um ihren Privatclub ging.

„Wir besprechen das später", rief er und knurrte dann, als sie mit einem mädchenhaften Fingerwink über ihre Schulter hinweg antwortete.

Der Mittagsansturm kam und ging, ohne dass Shay auf sein ständiges Starren reagierte. Er war sich sicher, sie ärgerte ihn absichtlich. Folterte ihn absichtlich. Macht ihn so verdammt verrückt, dass er sich ihr schließlich näherte, als sie einen Kunden bediente, und sie bat, ihn im Lagerraum zu einem privaten Gespräch zu treffen.

„Ich bin gleich da."

Ohne Umschweife ging er in den Lagerraum und schloss die Tür hinter sich, um in Ruhe zu warten. Die Zeit verging, Stunden, Minuten ... vermutlich Sekunden, er konnte keinen Unterschied mehr feststellen. Dann öffnete sie die Tür und schloss sie leise hinter sich, bevor sie sich auf ihn stürzte.

Er stolperte zurück, prallte gegen die gestapelten Regale, dass die Flaschenreihen klirrten. Sie hielten inne, sahen sich an und warteten ab, bis der Lärm nachließ. Plötzlich schoss Shays Blick zu dem Regal hinter ihm, während sie hektisch den Arm ausstreckte. Dann erfüllte ein lautes Krachen den Raum.

„Scheiße." Sie zog sich von ihm zurück.

Als die Hitze ihres Körpers ihn verließ, beschleunigte sich seine Herzfrequenz. Die Flasche, die Sauerei oder was auch immer der Alkohol gekostet hatte ... ihm war alles scheißegal. Sein Fokus lag nur auf einer Sache.

„Ich räume später auf." Er packte ihre Arme und zog sie zurück an seine Brust.

Leidenschaft flammte in ihren Augen auf, und sie klammerte sich an ihn, als er seine Hände auf die herrliche Kurve ihres Pos legte. Er küsste sie hart, während sie den Druck seiner Hände genoss, ihre Beine um seine Taille schlang und ihn bestieg. Ihre Hände waren überall. Er lächelte an ihrem Mund und liebte jeden Atemzug süßlich duftenden Parfüms, jedes leise Wimmern, jedes Zusammenpressen ihrer Schenkel um ihn herum.

„Du bringst mich um", krächzte sie. „Wie soll ich arbeiten, wenn du jede meiner Bewegungen beobachtest? Ich kann mich nicht konzentrieren."

Er zerrte an ihrem Hosenbund, öffnete den Gürtel und den Knopf. „Für mich sah es so aus, als wäre bei dir alles in Ordnung."

Sie nahm sein Hemd und schob ihre Hände unter den Stoff, um mit ihren Fingernägeln über seine Haut zu fahren. „Ich musste drei Bestellungen neu machen."

„Ich musste den Servicebereich fünfzehnmal verlassen, um meinen Johannes zurechtzurücken."

Sie kicherte in seinen Mund, reizte seine Zunge mit ihrer, während ihre Finger durch sein Haar glitten. „Ich liebe es zu wissen, dass du ..."

Das Geräusch der Türklinke ließ ihn erstarren und Shay sich an seiner Brust versteifen. Er hatte keine Zeit sich zu bewegen, bevor die Tür aufschwang und ein schwaches Keuchen ihn dazu brachte, gequält die Augen zu schließen.

Fuck. Er sah sich über die Schulter und in das blasse Gesicht einer ihrer Köchinnen. Ihre Augen waren aufgerissen, ihr Mund stand offen. Sie schüttelte den Kopf, blinzelte den Schock weg und trat zurück in den Flur.

„Ähh ..." Ihr Blick wanderte zwischen ihm und Shay hin und her, ihre Wangen erröteten. „Ich wollte nicht ... Es tut mir ... ähh ... leid." Sie knallte die Tür zu und ließ sie schweigend zurück, während sie den immer schneller werdenden Schritten lauschten, die den Flur hinunterstapften.

Verdammt.

Leo verharrte stumm und ließ seine eigene Dummheit auf sich wirken, während er Shay weiter festhielt. Er war der Chef. So einen Mist durfte ihm bei der Arbeit nicht passieren. Zumindest nicht dort, wo man Sex in der Öffentlichkeit nicht erwartete.

„Es tut mir leid." Shay kletterte von ihm herunter und strich ihre Bluse glatt.

„Es ist nicht deine Schuld." Er richtete seine Kleidung und half, ihr Haar zu entwirren. Er hatte keine Ahnung, wie er aussah, aber Shays Bluse war zerknittert und ihr Haar restlos durcheinander. Sie hatte praktisch *Lagerraum-Quickie* auf der Stirn stehen. Hätten sie nur die Ziellinie überquert, dann würde sich das Ganze zumindest lohnen.

„Wie sehe ich aus?" Sie sah zu ihm auf, ihre Pupillen besorgt geweitet.

„Ähm."

Sie verzog das Gesicht. „Ich sehe lächerlich aus, oder?"

„Du siehst aus wie eine Frau, die bei einem Quickie im Lagerraum erwischt wurde."

„Großartig." Mit einer Hand kämmte sie sich durch die Haare, während die andere ein Haarband aus der Tasche zog.

Nein, nicht großartig. Er hatte noch nicht den richtigen Moment gefunden, um mit T.J. und Brute zu sprechen, und er musste es vor dem Flurfunk schaffen.

„Shay, es tut mir leid, aber ich muss mit den Jungs reden, bevor sie von jemand anderem erfahren, was los ist." Er küsste ihre Schläfe und umfasste ihre Schultern. „Kommst du klar?"

Sie zog ein halb komisches, halb verzweifeltes Gesicht. „Ja. Geh."

„Wir treffen uns an deinem Auto, sobald deine Schicht zu Ende ist." Draußen. Allein. Wo man sie nicht erwischen würde, wenn sie sich wie verstohlene Teenager benahmen.

Sie nickte. „Ich beseitige das Chaos."

Er betrachtete die Pfütze aus Alkohol und Glasscherben auf dem Boden vor den Regalen. „Verdammt." Er hatte die zerbrochene Flasche ganz vergessen. „Ich mache es wieder gut. Versprochen." Nach einem letzten Kuss ging er zur Tür und drückte die Klinke hinunter. Er öffnete sie – und stieß beinahe mit Brute zusammen, der ihn anstarrte. Sein Freund lehnte an der Wand, die Arme vor der Brust verschränkt, ein entnervter Ausdruck auf dem Gesicht.

Konnte die Situation noch schlimmer werden?

„Wir müssen reden", knurrte Brute.

Ja, anscheinend konnte sie das.

KAPITEL ZWÖLF

*L*eo wartete zehn Minuten, damit Brute sich beruhigen konnte, bevor er den leeren Nachtclub betrat.

„Wenn man vom Teufel spricht."

Er hob den Kopf, als er sich der Hauptbar näherte, und sah T.J., der sich gerade auf seinem Barhocker zu ihm umdrehte.

„Wurde auch Zeit." Brute, der gerade Chipstüten hinter der Theke verstaute, drehte sich ebenfalls um.

Leo ignorierte die Stichelei und nahm neben T.J. Platz. Sie drei mussten reden, allerdings machte Brutes Gesichtsausdruck deutlich, dass von ihm nicht viel Höflichkeit zu erwarten war.

„T.J. hat mir gerade vom Stalker-Drama am Samstagabend berichtet." Brute lehnte sich mit prüfendem Blick an den Tresen der Bar. „Bitte sag mir, dass du nicht mit ihr geschlafen hast."

Leo verzog das Gesicht.

„Verdammte Scheiße, Mann. Willst du mich verarschen?" Brutes Stimme wurde mit jedem Wort lauter und weckte Leos Zorn.

„Meine Freizeit geht euch nichts an." Es war eine Lüge,

ein sinnloser Versuch, gegenüber Brutes selbstgerechter Haltung etwas Boden zu gewinnen. Leo wusste, dass er im Unrecht war. Er hätte ihnen von Shay erzählen müssen, direkt nachdem es passiert war. Doch manchmal nahm Brutes Arschloch-Art ihm die Fähigkeit klar zu denken und versetzte ihn direkt in den Angriffsmodus.

„Tut sie, wenn du während der Geschäftszeiten deinen Schwanz in einer unserer Mitarbeiterinnen vergräbst."

Das stimmte, doch Leo brauchte keinen Vortrag. Und Brute hörte selten auf die Vernunft. Ausnahmsweise einmal wollte Leo glücklich sein. Sich ein kleines Bisschen Heiterkeit in seiner für lange Zeit gefrorenen Brust bewahren und auf das Beste hoffen. Er glitt vom Hocker und trat zurück, bereit das Weite zu suchen.

„Warte." T.J. packte Leos Oberarm. „Ihr beide müsst euch beruhigen, damit wir das besprechen können."

Leo befreite sich ruckartig aus dem Griff und erwiderte Brutes finsteren Blick. „Dann rede und hör auf, dich wie ein verdammtes Arschloch zu verhalten."

Es folgte eine bedeutungsschwangere Pause, in der nichts als das Klirren der Pfannen aus dem angrenzenden Restaurant zu hören war.

„Du weißt, dass das nicht gut ausgehen wird", grummelte Brute schließlich.

„Vielleicht vermasseln wir es ja gar nicht." Es war sehr wahrscheinlich, jedoch nicht unvermeidbar. „Wir gehen es beide langsam an. Shay ist bereit, mehr über den Lifestyle zu lernen, also werden wir sehen, wohin es uns führt."

„Es im Lagerraum mit ihr zu treiben nennst du langsam?" Brute schüttelte den Kopf und schnaubte. „Außerdem schmachtet Shay dich seit Monaten an. Ich bin mir ziemlich sicher, dass sie alles für einen Fick tun würde."

„Vorsicht!" Leo zeigte wütend mit dem Finger über die Bar. „Ich kenne das Risiko. Ich gehe es nicht zum ersten Mal ein."

„Und offensichtlich hast du nichts daraus gelernt. Ist ihr

klar, was dein Lifestyle beinhaltet? Habt ihr gründlich darüber gesprochen? Denn ein paar Stunden im *Vault* zu arbeiten kratzt nicht einmal an der Oberfläche dessen, was da unten passiert."

Fick dich.

Leo knirschte mit den Zähnen und drehte ihnen den Rücken zu, um auf die leere Tanzfläche zu starren. Das hatte er von seinen Freunden nicht erwartet. Ja, sie hatten alle den gleichen Mist und zerbrochene Beziehungen wegen des Clubs durchlebt, doch das bedeutete nicht, dass sie die Vorstellung, jemals einen festen Partner zu haben, aufgeben mussten. Shay war seine eine Chance, die Dinge für sich zum Guten zu wenden.

„Leo, es steht uns nicht zu, dir vorzuschreiben, was du tust. Oder mit wem du es tust", begann T.J. „Aber du bringst uns alle in Gefahr. Mir war nicht bewusst wie sehr, bis Brute mich darauf hinwies."

„Natürlich hat er dich darauf hingewiesen." Leo schwang sich herum, um sie anzusehen. „Andere unglücklich zu machen ist sein Modus Operandi."

„Darum geht es hier nicht." Der Ärger in Brutes Blick ließ etwas nach. Er schnaubte. „Wir haben viel zu verlieren."

„Dessen bin ich mir bewusst."

Shay würde nicht länger für sie arbeiten können, wenn die Sache zwischen ihnen nicht funktionierte. Sie müsste gehen, was dazu führen würde, dass sie zu wenig Personal hätten und Leo sein kaputtes Ego erneut wieder aufpäppeln müsste.

„Wirklich?", fragte Brute. „Du hast also darüber nachgedacht, was für ein dickköpfiger Hitzkopf sie ist? Wenn du sie verarschst, wird sie sich erst wehren und im Anschluss Fragen stellen."

Leo erstarrte und versuchte den Schmerz hinunter zu schlucken, der ihm die Kehle zuschnürte. Shay schlug schnell verteidigend um sich, doch sie war professionell ... die meiste Zeit. „Sie würde nichts Dummes tun."

„Und du bist bereit aufgrund dieser Vermutung das *Vault*

of Sin zu riskieren?" Brute lachte verächtlich. „Für einen klugen Kerl verhältst du dich verdammt dumm."

„Ihr beide habt den Ball doch erst ins Rollen gebracht, nicht ich." Seine Brust brannte vor Wut. Nichts von all dem wäre passiert, wenn sie sie nicht ermutigt hätten, im Untergeschoss zu arbeiten. „Ich wollte sie von Anfang an da unten nicht haben."

„Sie sollte sich um die Bar kümmern, nicht um deinen Schwanz", schoss Brute zurück.

„Kommt wieder runter." T.J.s Aufforderung hallte von den Wänden wider. „Verdammt nochmal, atmet durch, alle beide."

Leos Nasenflügel bebten, als er versuchte seine wilde Atmung in den Griff zu bekommen. Es war nicht nur Groll darüber, dass Brute ein gefühlloser Bastard war, der ihn hyperventilieren ließ. Es war die Tatsache, dass sein Geschäftspartner mit Shays Temperament Recht hatte. Sie war eigensinnig, und wenn sie verletzt wurde, war ihre erste Reaktion zurückzuschlagen. Würde Leo den Laden alleine führen und das Risiko nur auf seinen Schultern lasten, wäre es vielleicht nicht so schlimm. Doch ihre Beziehung war gefährlich für T.J., Brute, das *Vault of Sin* und alle Mitglieder, die sich innerhalb dessen Mauern zu Hause fühlten.

Fuck.

Sein Verstand hatte sich einzig und allein mit dem möglichen Verlust von Shay als Freundin und Barkeeperin auseinandergesetzt. Gott wusste, seine Erfahrung mit verlogenen Frauen war erstklassig. Er hätte jede Möglichkeit, in die sich ihre Beziehung entwickeln konnte, in Betracht ziehen müssen, anstatt sich einzig auf die Wollust zu beschränken.

„Ich drucke eine Geheimhaltungserklärung aus", brach T.J. das Schweigen. „Genau die gleiche, die wir Travis und Tracy unterschreiben ließen. Dann kennt Shay die legalen Konsequenzen, die ihr bei der Enthüllung von *Vault of Sin* drohen."

„Nur zu“, grunzte Brute. „Aber wir wissen alle, dass das Ding nutzlos ist, weil der Club illegal betrieben wird.“

Leo versuchte unter der Last der Schuld, die auf seine Brust drückte, nicht zusammenzubrechen und fuhr mit einer müden Hand über sein Gesicht. Sein Schlafmangel half ihm nicht gerade dabei, eine Lösung für den Schlamassel zu finden. Er war zu sehr von Lust und der Hoffnung überwältigt worden, endlich jemanden gefunden zu haben, der seine Begierden akzeptierte, als dass er in den letzten Nächten mehr als nur ein paar Stunden hatte schlafen können.

Es musste funktionieren. Irgendwie. Er brauchte Shay, aber er brauchte auch den Club und seine Freunde an seiner Seite. „Was soll ich tun?“ Er schnitt eine Grimasse, als seine Stimme brach.

Brute seufzte. „Halte dich von ihr fern.“

„Nein.“ Leo schüttelte den Kopf, nicht aus Verärgerung, nicht aus Trotz, sondern in Resignation. Er konnte sich nicht fernhalten. Der heutige Tag hatte bewiesen, dass er nicht stark genug war.

„Ich meine nicht für immer. Nur für ein oder zwei Wochen. Lass sie alles etwas überdenken und zu ihrem eigenen Entschluss kommen, ohne dass deine ganzen Pheromone ihr Urteilsvermögen durcheinanderbringen. Falls sie am Samstag zu ihrer Schicht im *Vault* auftaucht, wissen wir wenigstens, dass sie den ersten Schritt selbst getan hat.“

„Das gibt uns auch Zeit genug herauszufinden, ob sie Arbeit und Vergnügen trennen kann“, fügte T.J. hinzu. „Es ist nicht ungewöhnlich, dass du im Büro bist und die Bücher aktualisierst. Halte Abstand. Zumindest für eine kurze Zeit.“

Leo lachte niedergeschlagen. „Und ihr glaubt, Shay hat kein Problem damit, ignoriert zu werden? Sie wird stinksauer sein.“ Sie würde fuchsteufelswild sein.

„Falls es ihr um eine echte Beziehung geht und nicht nur um Sex, wird sie warten.“

T.J. nickte. „Es tut mir leid, aber ich glaube, dass es notwendig ist. Ich weiß, ich habe darüber gewitzelt, dass ihr zwei gut zusammenpassen würdet, aber wir haben alle viel riskiert, um das *Vault of Sin* zu eröffnen. Ich würde mich besser fühlen, wenn ich wüsste, wie ernst sie das Ganze nimmt.“

„Wir werden sie für dich im Auge behalten.“ Brute senkte seine Stimme und die Feindseligkeit darin verflüchtigte sich endlich. „So wie es in der Vergangenheit gelaufen ist, müssen wir leider extravorsichtig sein. Keiner von uns will den anderen scheitern sehen.“

„Ja, ich hab's verstanden.“ Leo rieb sich seinen verspannten Nacken und die letzte hoffnungsvolle Aufregung in ihm verblasste.

Er war T.J. und Brute Seelenfrieden schuldig. Verdammt, wenn einer von ihnen es mit einer Angestellten treiben würde, würde Leo wahrscheinlich die gleiche Besorgnis empfinden. Sie alle hatten wegen ihrer Vorlieben ihr Kreuz zu tragen. Brute war offen und ehrlich gewesen und hatte nichts zurückgehalten, als seine Freunde und Familie es herausgefunden haben. Er hatte ihre Missbilligung akzeptiert, sich jedem einzelnen von ihnen verschlossen, und wurde mit jeder verlorenen Verbindung herzloser und scherte sich nicht länger darum, ob er jemanden kränkte.

T.J. hatte das Gegenteil gemacht und war weggelaufen, bevor er sich oder anderen Schmerzen zufügen konnte. Er hatte eine Ehefrau und eine vielversprechende Zukunft hinter sich gelassen, weil er es nicht ertragen konnte, die Frau, die er liebte, zu beschmutzen. Und weder Leo noch Brute konnten es ihm verübeln. Die Leute hatten feste Ansichten, wenn es um Sex ging. Viele davon ließen sich nicht beeinflussen. Aber er konnte Shay nicht ohne Erklärung zurücklassen und von ihr erwarten, dass sie ihn am Ende der Woche mit offenen Armen empfing.

„Ich muss es ihr sagen.“ Es graute ihm bereits vor dem Gespräch. „Ich fange sie nach ihrer Schicht auf dem Parkplatz ab.“

„Tu, was du tun musst.“

„Aber vergiss nicht, was und für wen alles etwas auf dem Spiel steht“, fügte Brute hinzu.

Richtig. Leo machte auf dem Absatz kehrt und ging zurück in Richtung *Shot of Sin.*

„Es ist das Beste für alle", rief T.J.

Leo schnaubte. Frauen wollten nie weggestoßen werden, und er hatte bereits am eigenen Leib erfahren, wie Shay auf Zurückweisung reagierte. Pech für ihn, er hatte bereits am Wochenende sein gesamtes Glück mit ihr verbraucht. Was er jetzt brauchte, war ein Wunder.

KAPITEL DREIZEHN

Shay schlenderte über den Parkplatz und versuchte ein euphorisches Grinsen zu unterdrücken, als sie Leo an der Seite ihres Wagens lehnen sah. Die Sonne ging gerade unter, die Vögel zwitscherten, und dazu er, ein wahrhaft herrlicher Anblick, wie er in seiner Anzughose und seinem Businesshemd so dastand.

Hallo, ihr unkontrollierbaren Hormone, da seid ihr ja wieder.

Sie hatte sich Sorgen gemacht, weil sie nicht wusste, wie Brute und T.J. die Lagerraum-Geschichte oder ihre Beziehung im Allgemeinen aufnehmen würden. Doch Leo war nicht zu ihr gekommen, um mit ihr zu sprechen, also nahm sie an, dass alles gutgegangen war. Und das war gut so, denn sie wusste nicht, wie sie ihre Verbindung verbergen sollten, wenn sie die Hände nicht voneinander lassen konnten.

„Ich hoffe, du hast nicht lange warten müssen."

Der Gedanke, dass er überhaupt wartete, brachte ihren Unterleib zum Kribbeln. Nie zuvor war sie die aufgedrehte Freundin ... oder Partnerin ... oder was auch immer sie war, von jemandem gewesen. Allein der Anblick von Leo brachte ihren Körper auf Hochtouren.

„Nein."

Sie ignorierte seinen schroffen Tonfall und schlenderte auf

ihn zu, während sie ihre Handtasche schulterte. Sie hatten nur eine Nacht zusammen verbracht, und trotzdem hatte er ihr genug Vertrauen in eine gemeinsame Zukunft gegeben, dass sie ihre Hände um seinen Hals schlang und ihren Körper an seinen presste. „Willst du mit zu mir nach Hause kommen?"

Ihr rutschte das Herz in die Hose, als er sich versteifte und seine Lippen zu einer schmalen Linie zusammenpresste. Er schaute direkt durch sie hindurch. In seinem Ausdruck lagen weder Hitze noch Leidenschaft. Nichts. Nur kalte Distanziertheit.

„Leo?" Als er weiter schwieg, ließ sie die Hände fallen und trat zurück. „Was ist los?"

„Entschuldigung." Er blinzelte Leben in seine Augen zurück und griff nach ihr. „Es ist alles in Ordnung. Ich muss nur ein paar Dinge mit dir besprechen."

Sie schüttelte seine Berührung ab und blieb außerhalb seiner Reichweite. „Das klingt ziemlich unheilvoll."

„Ist es aber nicht." Seinen Worten fehlte der Enthusiasmus, seine Aussage zu untermauern.

„Los, spuck's aus." Sie verschränkte die Arme vor der Brust und bemerkte, dass er ihre bewusst hervorgehobenen Brüste ignorierte. Irgendetwas stimmte nicht. Und zwar überhaupt nicht.

„Ich muss die ganze Woche im Büro arbeiten, also werden wir wahrscheinlich keine Gelegenheit haben, uns zu sehen."

Sie runzelte die Stirn und fixierte ihn mit einem fragenden Gesichtsausdruck. „Das ist alles?"

Er hob die Schultern. „Ja. Ich sagte doch, es ist nichts." Die Gleichgültigkeit in seiner Stimme sagte etwas anderes. „Ich bezweifle, dass wir uns vor Samstagabend wiedersehen werden. Ich muss mich durch einen Haufen Papierkram arbeiten."

Und dich werde ich überhaupt nicht bearbeiten. „Okay. Also mit anderen Worten, Brute und T.J. sind stinksauer." Alarmglocken begannen zu schrillen, als er den Augenkontakt abbrach. „Oder vielleicht ruderst du auch nur zurück. Schon wieder.“

„Nein.“ Sein Ton war hart, als sich ihre Blicke trafen. „Ich rudere nicht zurück. Ich muss mir nur über einige Dinge klarwerden.“

Er ergriff sie, und diesmal sank sie bereitwillig in seine Arme, weil sie seine Berührung brauchte. Diesmal würde sie ihn nicht verlieren. Auch wenn ihre eigenen Gefühle beim Gedanken ans *Vault of Sin* sie beinahe davonrennen ließen, wollte sie sich nicht noch einmal von ihm zurückweisen lassen. Nicht, wenn sie wusste, dass sie zusammen großartig sein würden.

„Ich meine es ernst mit uns. Aber T.J. und Brute haben verdeutlicht, was wir alles verlieren könnten, wenn das mit uns nicht klappt. Wir beide müssen uns bewusstmachen, was auf dem Spiel steht.“

Sie konnte nachvollziehen, dass sie Vorsicht walten lassen wollten. Zum Teufel, sie hatte sich bereits damit abgefunden, ihren Job zu kündigen, wenn das zwischen ihnen den Bach runtergehen sollte. Nur sein schwindender Enthusiasmus bereitete ihr Herzschmerz. Nach heute Nachmittag hatte sie mehr Flirtereien zwischen ihnen erwartet, vielleicht sogar weitere heiße Begegnungen in abgelegeneren Bereichen. Jedenfalls nicht die kalte Schulter, die ihr gerade die Luft abdrückte.

„Ich weiß, was auf dem Spiel steht.“

Er neigte den Kopf. „Dann nutze die Gelegenheit darüber nachzudenken, was es bedeutet, Zeit im *Vault of Sin* zu verbringen. Nicht nur als Angestellte, sondern auch wie du dich fühlen wirst, wenn ich dich endlich das erste Mal als meine Partnerin mit dorthin nehme.“

Shay schauderte beim Gedanken daran. Während ihrer freien Tage hatte sie Internetrecherche betrieben, die ihre Meinung über Sexclubs und die Erotik-Szene im Allgemeinen nicht gerade verbessert hatte. Jede Seite hatte eine andere Sichtweise, und keine davon war wohlwollend. Eine behauptete sogar, die meisten Clubs würden wie Bordelle geführt, in denen alle anwesenden Singlefrauen als bezahlte Sexarbeiterinnen eingesetzt wären, damit die Männer auf jeden Fall auf ihre Kosten kamen. Im Grunde hatte ihre Google-Suche ihre Abneigung nur noch weiter gestärkt. Das hatte ihre Finger jedoch nicht davon abgehalten, weiter in die Tasten zu hauen. Sie hatte Stunden damit verbracht, sich durch reißerische Beiträge zu lesen und nach einem Ort wie das *Vault of Sin* zu suchen. Leo, Travis und sogar die Frau, die im Badezimmer auf sie zugekommen war, hatten von einer respektvollen Umgebung gesprochen. Einer, an der sich auch Shay mit der Zeit wahrscheinlich erfreuen konnte. Doch alle Seiten, die sie gefunden hatte, beinhalteten schmierige Informationen, die sich mehr auf männliche Prahlerei konzentrierten.

„Ich weiß, dass es noch dauern wird, bis das passiert." Leo fuhr mit einer Hand durch ihr loses Haar und schaute auf ihre Lippen. „Aber es ist besser für dich jetzt zu entscheiden, dass du nicht Teil des Lifestyles sein willst, als dich selbst oder mich später dafür zu hassen."

Sie nickte abrupt und wünschte sich, sie könnte dagegenhalten und selbstbewusst sagen, dass sie bereit war weiterzumachen. Allerdings plagte sie ihre Angst vor Sex in einem solchen Rahmen noch immer. „Okay. Der Plan ist also, einander bis Samstag zu ignorieren?"

„Wie ich schon sagte, werde ich mich in meinem Büro auf Aufträge und Steuerblödsinn konzentrieren. Ich werde dich nicht ignorieren, aber ich bezweifle trotzdem, dass ich dich sehen werde."

Ein weiteres Nicken. In ihrem Duo war sie die schwächere Partei, und das gefiel ihr gar nicht. Normalerweise umschmeichelten sie die Männer und überhäuften sie mit ihren Aufmerksamkeiten. Leos Fähigkeit, sie so leicht beiseitezuschieben, war wie ein Tritt in ihre überempfindlichen Geschlechtsorgane. Die Kirschen in Nachbars Garten schmeckten wohl doch nicht immer süßer.

Zeitweise getrennt zu sein konnte jedoch eine gute Sache sein. Es würde ihr Raum geben, sich gegen seine

Anziehungskraft zu wappnen. Es konnte sich sogar zu ihren Gunsten entwickeln, wenn er sie zu vermissen begann. Sie konnte nur hoffen, dass er der Erinnerung an ihren Charme erlag und zu ihr gerannt kam, bevor sie es zuerst tat.

„Kein Problem", log sie und zog sich aus seiner Umarmung zurück. „Ich schätze, wir sehen uns dann am Samstag."

„Ja."

Sie lächelte durch ihre Enttäuschung hindurch und schloss ihr Auto auf. „Bis dann."

Als sie sich wegdrehen wollte, ergriff er ihre Hand und zog sie zurück in seine Arme. Sie hatte eine Sekunde Zeit Luft zu holen, bevor seine Lippen sanft die ihren berührten und ebenso schnell wieder verschwanden.

Sie verfluchte innerlich ihr Verlangen nach mehr, danach, ihre Hände unter sein Hemd zu schieben und seine Haut mit ihren Nägeln zu markieren. Stattdessen ging sie die verbliebenen Schritte zu ihrem Auto, ohne auf ein weiteres Wort des Abschieds zu warten, während sie den Teufel auf ihrer Schulter ignorierte, der ihr ins Ohr säuselte, dass sie gerade von Leo abserviert worden war.

Schon wieder.

KAPITEL VIERZEHN

Shay dachte tagelang darüber nach, *was auf dem Spiel stand*. Sie hatte gedacht, es sei schlimm gewesen, die Zeit von Dienstag bis Donnerstag zu überstehen. Ihr Körper schmerzte nicht länger vom Sex-Hoch des Wochenendes, und die Stunden, die sie fern von Leo verbrachte, während er nur wenige Meter entfernt war, ermöglichten ihren Zweifeln sich zu vervielfachen. Und doch war Freitagabend schlimmer als alle Tage zuvor.

Wie üblich arbeitete sie an der Hauptbar im *Shot of Sin* und vertrieb sich die Zeit, indem sie versuchte Leo telepathisch davon zu überzeugen, zu ihr zu kommen. Nur tat er das nicht. Weder in den ersten vier Stunden ihre heutigen Schicht, noch zu irgendeinem anderen Zeitpunkt der letzten drei Tage.

Ihre Frustration hatte ihren Höhepunkt erreicht. Sie war so angefressen, dass sie zitterte, und so sehr sie es auch versuchte, sie konnte der Sehnsucht in ihrer Brust, die von ihr verlangte, endlich nach ihrem nervtötenden Boss zu suchen, keinen Einhalt gebieten.

Sie brauchte keinen Freiraum. Sie brauchte Zuspruch. Ein Fundament. Vielleicht ein bisschen Aufmerksamkeit, die ihre Bedenken zerstreute. Jetzt, da sie fast eine Woche beklommen auf Messers Schneide verbracht hatte, war sie sich nicht sicher, wie sie ihren Frust verbergen sollte, wenn sie sich endlich wieder gegenüberstanden.

„Himbeere und Wodka in einem großen Glas, bitte.“

Du willst mich wohl verarschen.

Zähneknirschend sah sie zu dem Einzelgänger auf, der jede verdammte Woche in ihre Bar kam. Er musste lernen, dass hübsche, rosa Drinks ihm nie dabei helfen würden, flachgelegt zu werden. Sie atmete tief durch und nahm ein kleines Glas vom Tablett, füllte es und schob es mit finsterer Miene in seine Richtung.

„Das habe ich nicht bestellt“, sagte er stirnrunzelnd laut genug, um über die Bassmusik hinweg gehört zu werden.

„Nein, haben Sie nicht.“ Shay zeigte auf den trockenen Scotch vor ihm. „Sowas bezeichnen wir Barkeeper als Männergetränk.“ Sie hielt inne und wartete auf seinen Unmut. Als keiner kam, zeigte sie ein breites Grinsen ohne jeglichen Charme. „Von jetzt an werde ich Ihnen nur noch so etwas servieren. Also, trinken Sie aus oder finden Sie jemand anderen, der Ihnen Ihre Bestellung mixt.“

Ein mürrischer Ausdruck legte sich auf sein normalerweise ebenes Gesicht, dennoch zahlte er.

Seine Unfähigkeit sich zu verteidigen machte sie noch wütender. Sie war extrem frustriert. Wegen des Einzelgängers. Wegen sich selbst. Und vor allem wegen Leo. Er hatte sie ruiniert und sie in ein erbärmliches, schwaches und zweifelndes Etwas verwandelt.

Ihr Herz hämmerte in ihrer Brust, als die Belastung der vergangenen Woche mit voller Wucht über ihr einstürzte.

„Ich bin noch nicht fertig.“ Die Worte purzelten ungebeten aus ihr heraus. „Sie werden außerdem den obersten Knopf Ihres puritanischen Hemds öffnen, Ihr verfluchtes, viel zu nerdiges Haar durchwuscheln und um Gottes Willen mit ein bisschen Stolz herumlaufen. Hören Sie auf zu schmollen, als würden Sie jedes Mal Ihre Eier verlieren, wenn Sie eine Frau fragen, ob sie einen Drink möchte, verstanden?“

Ihre Kehle war trocken und ihre Hände zitterten, als sie

vergeblich versuchte sich zusammenzureißen. Das war alles Leos Schuld. Er ignorierte sie, schob sie zur Seite wie ein leeres Bonbonpapier und hatte nicht einmal einen Moment Zeit, sie anzurufen oder ihr eine verdammte Nachricht zu schicken.

„Blödes Arschloch", grummelte sie und verzog das Gesicht, als der jetzt wütende Blick des Gastes über ihre Schulter wanderte.

„Shay."

Bei dem autoritären Tonfall erstarrte sie. *Herrgott*. Das Letzte, was sie brauchte, war Brute und seine herzlose Arroganz.

„In den Lagerraum. Sofort", knurrte er.

Ohne sich die Mühe zu machen, die Gegenwart ihres Chefs anzuerkennen, wirbelte sie herum und machte sich auf den Weg. Sobald sie in dem kleinen Raum allein waren, brach sie zusammen. Ihre verhasste Schwäche brannte in ihren Augen.

„Was ist dein Problem?", fragte er ohne Umschweife.

Sie wusste nicht, wie er sich so beherrschte. Wie er seine ganzen Emotionen so in sich vergraben konnte, dass sie nie das Tageslicht erblickten. Sie besaß diese Stärke offensichtlich nicht. „Nichts."

Er hob eine Braue. Das reichte aus. Eine überhebliche, ungeduldige Braue, die ihr bedeutete, sich zu beeilen und es auszuspucken.

„Du weißt, dass ich mit Leo geschlafen habe." Da, sie hatte es zugegeben. Jetzt musste sie nicht mehr so tun, als würden ihre Emotionen gerade nicht kopfstehen. Zur Hölle mit der Professionalität, sie war eine Frau mit einem verletzten Ego, die kurz davor war, in Hysterie zu verfallen. *Macht euch alle bereit.*

„Ja, ich weiß."

Sie wartete. Auf etwas, irgendwas, doch er stand nur weiter mit erhobener Augenbraue da.

„Er geht mir aus dem Weg." Sie warf frustriert die Hände hoch. „Er weiht mich in die ganzen Geheimnisse da unten ein, rettet mich, als irgendein Typ meinem Auto folgt, und bringt mich nach Hause. Dann vögelt er mich besinnungslos und schwört, er wolle mit mir zusammen sein. Dann existiere ich plötzlich nicht mehr.“

Sie hielt inne und hoffte auf Trost, von dem sie wusste, dass sie ihn nicht erwarten konnte. Je länger Brute schwieg, desto wertloser fühlte sie sich.

„Wenn er einen Fehler gemacht hat, gut“, sagte sie niedergeschlagen mit leiser Stimme. „Er braucht es mir nur sagen. Und mich nicht tagelang auf die Folter spannen. Er soll einfach seinen Mann stehen und es mich wissen lassen.“

„Ich habe ihm gesagt, er soll dir Freiraum geben.“

„Du hast was?“

Sein Blick verhärtete sich und durchbohrte sie verärgert. „Ich habe dich vor langer Zeit ermahnt, dich von Leo fernzuhalten. Du hast nicht gehört. Jetzt musst du Abstand gewinnen und dir darüber klarwerden, was passieren wird, wenn das zwischen euch nicht klappt.“

Wenn, nicht Falls.

„Mir ist bewusst, dass ich meinen Job verlieren werde.“

„Ja, das wirst du“, sagte er ohne Bedauern. „Aber was ist mit Leo? Was ist mit *Vault of Sin?*“

Sie runzelte die Stirn, plötzlich defensiv. „Was sollte damit sein?“

„Du bist stark, Shay, aber manchmal bist du auch ein temperamentvolles Biest, das schnell aus der Haut fährt. Wenn du hier aus einer Laune heraus verschwindest, wer sagt uns, dass du der Welt nicht unsere Geheimnisse verrätst?“

Sie wich zurück, als hätte er sie geschlagen. „Das würde ich nie tun.“

„Vielleicht nicht.“ Er zuckte die Achseln. „Ich bin jedoch nicht überzeugt, dass du einvernehmlich deiner Wege gehen würdest. Dann ist da noch Leo. Er wird bei der Arbeit Mist bauen und T.J. und ich müssen hinter ihm aufräumen. Zwar wird es den Club unten bekannter machen, weil er anfangen wird sich durch die Frauen zu ficken, als wäre es eine neue

Olympiadisziplin, doch das wird mir die Arbeit nicht einfacher machen.“

Ihr Herz sank in die Kniekehlen, als sie das Bild von Leo vor sich sah, der von einem Meer von Frauen umringt war, die alle um seine Aufmerksamkeit buhlten. „Du bist so ein Scheißkerl.“

„Ich mache nur meinen Standpunkt klar, Liebes. Du bist der eifersüchtige Typ. Allein zu wissen, dass er jetzt gerade unten bei einer Privatparty ist, wird dich in Rage bringen, fürchte ich.“

Das Herz in ihren Kniekehlen hörte auf zu schlagen und sank ins Bodenlose. „Du lügst.“

Was hatte sie getan, dass sie verdiente, so von Brute behandelt zu werden? Sie hatte ihn immer respektiert, war sogar zu ihm gegangen, um ihn um Rat zu fragen, weil er die Wahrheit nicht hinter irgendwelchem Unsinn versteckte. Herauszufinden, dass ihre Freundschaft eine Einbahnstraße war, war ein weiterer Schlag ins Gesicht.

„Warum sollte ich mir die Mühe machen?“ Seine ausdruckslosen Augen verrieten ihr, dass er die Wahrheit sagte. „Es ist eine geschlossene Party, und der Gastgeber hat speziell Leo darum gebeten, eine leitende Funktion zu übernehmen. Scheinbar bin ich den Gästen nicht gesellig genug.“ Er feixte, stolz auf seinen zweifelhaften Ruf. „Und T.J. ist nicht gerade für seine Teilnahme an solchen Events bekannt.“

Shay umklammerte ihren Bauch in dem verzweifelten Versuch, sich nicht vor Schmerz zu krümmen. „Er hätte es mir sagen sollen“, flüsterte sie. Leo hatte ihr Treue versprochen, und sie würde ihn beim Wort nehmen, aber sich auszumalen, wie er von Versuchungen und unverhohlenen Angeboten umgeben war, ließ sie alles infrage stellen – ihre Zuversicht, ihren Job, erst recht ihre gemeinsame Zukunft.

„Er wird nicht anfangen, dich um Erlaubnis zu bitten, seinen Job machen zu dürfen.“

Sie holte tief Luft und nickte. Er hatte Recht. Deswegen fühlte sie sich trotzdem nicht weniger verraten. Leo hatte ihr letzte Woche gesagt, dass sie nie ohne ihn nach unten gehen durfte. Würde das jemals für sie beide gelten?

„Shay." Brutes Ton wurde milder. „Es nicht zu spät, deine Meinung zu ändern. Geh nach Hause. Denk nochmal darüber nach. Falls du dich entscheidest, nicht mit ihm zusammen sein zu wollen, dann legen wir die Schichten für eine Weile um, damit ihr nicht zusammenarbeiten müsst. Es wird in null Komma nichts vorübergehen und auf der Arbeit wird alles wieder so sein, wie es vorher war." Er musterte sie. „So einfach wird es nicht mehr sein, nachdem ihr zwei euch einmal nähergekommen seid."

„Und was, wenn ich nicht einfach aufgeben kann?"

Brute sah sie mitfühlend an, das erste aufrichtige Gefühl, das sie je über sein Gesicht hatte huschen sehen. „Dann werden wir alle jeden Tag nehmen, wie er kommt."

Sie lachte spöttisch. „Das ist keine Gruppenbeziehung."

Er schwieg einen langen Moment, während das Klopfen ihres Herzens den schweren Beat des Basses imitierte. „Du hast noch nicht gründlich genug über das Ganze nachgedacht, weil du das Gesamtbild nicht siehst. Ich glaube, du weißt nicht, was ein Leben mit Leo bedeutet."

„Ich weiß." Er hatte sie schon oft genug überrascht. „Aber ist meine Bereitschaft es versuchen zu wollen nicht Beweis genug, dass ich mit dem Herzen dabei bin?"

„Geh nach Hause, Shay. Stell dir deine Zukunft mit ihm aus jedem Blickwinkel vor." Er trat vor und drückte kurz ihre Schulter. „Und mach dir keine Sorgen, wenn du für morgen Abend noch nicht bereit bist. Wenn du nicht kommst, weiß ich, dass du mehr Zeit brauchst."

Sie rollte mit den Augen in dem Versuch, die Spannung im Raum zu verringern. „Du vertreibst mich nur, damit du mehr Zeit mit den Ladies da unten verbringen kannst."

„Natürlich." Er grinste, doch seine Freude verblasste schnell. „Wir wollen dich nicht verlieren."

Die Traurigkeit in seiner Stimme traf sie tief, und endlich verstand sie, wie eine Frau ihn so sehr hatte brechen können. „Es ist wegen *Vault of Sin*, oder?" Es war so leise, dass man meinen konnte, sie spräche mit sich selbst. Seine Schroffheit, seine Reaktion auf ihre Nacht mit Leo ... Er verhielt sich so, weil eine seiner früheren Liebhaberinnen ihn mies behandelt hatte.

„Was meinst du?" Seine Stimme hatte zu ihrem emotionslosen Tonfall zurückgefunden.

Shay sah hoch in seine blauen Augen und bemerkte zum ersten Mal die winzigen grauen Flecken um seine Pupillen. Sie wollte mit der Hand durch das blonde, kinnlange Haar fahren, das er zurückgekämmt trug, und mit der Handfläche sanft über den leichten Bart streichen, der seinen wohlgeformten Kiefer bedeckte.

Ohne seine verletzte Seele wäre er ein umwerfender Mann. Allerdings trug er seinen Hass wie einen Schild und statt eines Lächelns zierte meistens Bitterkeit seine Gesichtszüge. Es bedurfte einer starken Frau, ihn zu heilen, und sie hoffte, er würde sie eines Tages finden.

„Nichts."

Er hob die Schultern. „Okay. Ich lasse den Rest des Personals wissen, dass du früher Schluss machst."

Sie nickte und er drehte sich zur Tür. „Hey, Brute ..."

Er hielt inne und sah über seine Schulter.

„Du bist nicht so herzlos, wie du uns alle glauben machen willst."

Er lachte humorlos. „Glaub was du willst, Liebes. Aber ich versichere dir, ich schütze damit nur mich selbst."

Dann war er verschwunden und ließ Shay mit der Last ihrer Gedanken allein.

KAPITEL FÜNFZEHN

Leo lief auf und ab. Nun, eigentlich saß er an der leeren *Vault* Bar, rieb sich die Stirn und wünschte sich seine Kopfschmerzen weg. Aber in seinen Gedanken ging er die Wände hoch. Er konnte nicht aufhören. Er war geistig erschöpft, sein Körper war für diesen Beziehungsquatsch nicht geeignet.

Warum musste es so kompliziert sein, regelmäßig mit derselben Person Sex zu haben? Er lachte laut auf. Wäre das mit Shay bloß reiner Sex. Aber nein, er musste seine Gefühle mit ins Spiel bringen. Er musste sich in sie verlieben.

Die letzten vier Tage waren ein Alptraum gewesen. Er hatte sich im Back Office eingeschlossen, weil er dachte, die Entfernung zur Bar würde es ihm erleichtern, sich von dort fernzuhalten. Und es war leichter ... bis er sich daran erinnerte, dass er von seinem Laptop aus Zugriff auf alle Videokameras hatte. Von da an war seine Arbeitswoche vorbei gewesen.

Er hatte sie beobachtet. Stundenlang.

Die Privatparty hatte er als eine Gelegenheit gesehen, um von seinem Computer wegzukommen. Dann hatte er jede Stunde im Untergeschoss damit verbracht, sich an seinen Schreibtisch zurückzuwünschen. Nichts konnte seine

Gedanken von Shay abbringen, und jetzt, da Samstagabend gekommen war, war er nicht sicher, wie es ausgehen würde.

Hinter ihm ertönte ein Geräusch, und er neigte den Kopf, um besser hören zu können, wer die Tür zur Haupttreppe öffnete. Sein Herzschlag wurde immer schneller, bis es heftig in seiner Brust pochte. Er lauschte in der Hoffnung, Shays sanfte Schritte zu hören. Er hielt sogar den Atem an, bis das dumpfe Geräusch ihm mitteilte, dass es sich nicht um die Person handelte, auf die er gehofft hatte.

„Ist sie noch nicht da?", fragte Brute.

Leo seufzte und rieb sich mit der Hand über sein Gesicht. „Nein. Sie hat auch noch Zeit."

Letzte Woche hatte sie gesagt, sie würde früh kommen, und doch verstrichen die Sekunden. In weniger als fünfundvierzig Minuten würden die ersten Gäste eintreffen.

Brute glitt auf den Hocker neben ihm und starrte vor sich hin. „Erwarte nicht zu viel, Kumpel."

„Wieso?" Leo drehte sich um. „Weißt du etwas, das ich nicht weiß?"

„Sie ist gestern Abend ausgerastet und hat ihren Frust an einem Kunden ausgelassen. Also habe ich sie vorzeitig nach Hause geschickt."

„Warum hat mir das keiner gesagt?" Er versuchte erfolglos, den Groll aus seinem Tonfall herauszuhalten.

„Du warst hier unten beschäftigt ... was ihr ebenfalls nicht gefallen hat."

Leo drehte sich wieder zur Bar und zählte langsam die Schnapsflaschen, um nicht selbst auszurasten. „Du hast ihr gesagt, wo ich war?"

„Hätte ich lügen sollen?"

Er senkte den Kopf in seine Hände und seufzte. „Nein. Aber ich ..." *Hätte derjenige sein sollen, der es ihr sagt.* „Ich muss sie sehen." *Sie muss einfach auftauchen.*

Herrgott. Er musste auf dem Hocker hin und her rutschen, um sicherzugehen, dass er immer noch einen Schwanz zwischen den Schenkeln hatte. Er hatte noch nie so viel für eine Frau empfunden. Zumindest nicht außerhalb des Schlafzimmers.

„Hör zu, Mann, ich weiß, du willst, dass es klappt, und das tue ich auch, aber sie hat keine Ahnung, was sie hier unten erwartet. Ich glaube nicht, dass ihr auch nur in den Sinn gekommen ist, dass T.J. und ich ebenfalls beteiligt sein werden."

„Wir sollten die Dinge langsam angehen. Ich will sie nicht verschrecken."

„Nun, sie wird geradezu eingeschüchtert sein, sobald sie mich nackt sieht. Ein solches Paket vergisst keine Frau so schnell."

Leo schüttelte den Kopf und grinste. „Zu schade, dass du nicht weißt, was du damit anfangen sollst."

„Klingt wie Eifersucht, Bruder." Brute durchwuschelte Leos Pferdeschwanz.

„Verpiss dich." Er schlug Brutes Hand mit einem Glucksen weg, dann verschwand seine gute Laune wieder so schnell, wie sie gekommen war. Sein Kumpel gab sein Bestes, ihn aufzumuntern, und das wusste Leo zu schätzen, aber er hatte schon die ganze Woche mürrische Laune. Jetzt lief die Zeit ab und sein Bauchgefühl sagte ihm, dass Shay nicht kommen würde.

„Ich weiß, ich bin in dieser Sache hart mit dir ins Gericht gegangen", murmelte Brute in die Stille. „Aber ich mag Shay."

Leos Nackenhaare stellten sich auf. Sein Freund gestand keine Gefühle ein. Niemals. Er zeigte keine Zuneigung. Seine Bewunderung gegenüber Frauen zeigte sich lediglich darin, wie er ihre Körper betrachtete oder in seinen Bemühungen ihnen Vergnügen zu bereiten. Worte wurden nie gesprochen, denn die könnten anschließend gegen ihn verwendet werden.

„Kein Grund, hochzugehen, Romeo. Ich bin nicht hinter deiner Frau her. Ich wollte nur ein Auge auf sie haben. Du bist hier am Dienstag völlig schwanzgesteuert durchs Restaurant stolziert. Ich hatte gehofft, die paar Tage getrennt voneinander würden euch beiden Zeit geben, klarer zu denken."

Leo stieß einen schmerzhaften Atemzug aus. „Klarer als jetzt werden meine Gedanken nie werden. Kannst du mich jetzt also wieder übernehmen lassen?"

„Aber sicher." Brute rutschte vom Hocker. „Die Sache mit der Geheimhaltungsvereinbarung habe ich die Tage über nicht nochmal angesprochen. Hoffen wir, dass sie auftaucht, dann bringe ich sie später nach unten."

Leo nickte wenig überzeugt. „Danke."

„Kopf hoch.", sagte Brute, der sich auf den Weg machte. „Du siehst aus wie ein Weichei, wenn du Trübsal bläst."

Seit über zehn Minuten stand Shay im gedämpften Licht des Hintereingangs von *Vault of Sin*. Sie würde nicht kneifen. Ins Auto zu steigen und hierher zu fahren war der schwierige Teil gewesen. Allerdings war sie sich nicht sicher, wie sie ihre Finger davon überzeugen konnte, den Klingelknopf neben der Tür zu drücken.

„Es ist Arbeit", murmelte sie vor sich hin. „Mehr nicht."

Glaubst du das wirklich?

Sie mochte immer noch sauer sein. Immer noch verflucht wütend darüber, dass sie in dem sex-lastigen Spiel, das sie spielten, jedes Mal den Kürzeren zog. Aber sie war wegen Leo hier. Schlicht und einfach. Ihre Gefühle für ihn waren zu übermächtig, um sie zu ignorieren.

Ganz gleich, wie oft sie über das schlimmstmögliche Szenario nachdachte — den Verlust ihres Arbeitsplatzes, die Erschütterung ihres Selbstvertrauens und das mögliche Risiko einer völligen Demütigung — ihr Herz klopfte weiterhin in einem sehnsüchtigen Rhythmus. Sie brauchte Leo, und sie war hier, um einer möglichen Zukunft mit ihm eine Chance zu geben. Ganz gleich, wie fürchterlich beängstigend es war.

„Jetzt musst du nur noch auf den verdammten Knopf drücken." Sie hob eine zittrige Hand und drückte mit angehaltenem Atem auf die Klingel.

Sie ignorierte das kleine Kamerapanel über dem Knopf und senkte ihren Blick auf die glänzenden schwarzen High-Heels, die sie trug. Innerlich verfluchte sie sich dafür, sich für die Schicht heute Abend so herausgeputzt zu haben. Statt der legeren Dreiviertelhose oder Jeans, die sie normalerweise anhatte, trug sie einen Rock und ihre feinste Unterwäsche. Es hatte eine Wagenladung Schokolade gebraucht, das spitzenbesetzte Ding ihre Beine hochzuziehen, und noch mehr, den Wonderbra auf ihrem Rücken zu schließen. Und sie hatte es für ihn getan – den Kerl, der sie die ganze Woche ignoriert hatte.

Die dicke, stahlbeschichtete Tür knarzte auf. Ihr Herz blieb beinahe stehen, als Leo in seiner makellosen schwarzen Hose und einem frisch gebügelten Hemd erschien. Seine Lippen waren zu einer dünnen emotionslosen Linie gepresst, und doch loderte in seine Augen etwas, das sie nicht genauer benennen wollte.

Er stand schweigend da, sein Blick musterte sie von Kopf bis Fuß und wieder zurück. Erinnerungen an letztes Wochenende erhitzten ihre Wangen. Sie betäubte den plötzlichen Funken der Erregung mit Verärgerung.

„Schön, dich wiederzusehen", sagte sie mit einem Kloß im Hals.

Sein Kiefer spannte sich an, seine Nasenflügel bebten, und gerade als sie glaubte, er würde sie in ihre Schranken weisen, packte er sie am Handgelenk und zerrte sie nach innen, wo er sie mit der einen Hand an die Wand presste und mit der Faust der anderen die Tür zuschlug.

„Leo ..."

Er unterbrach ihren Protest mit seinen Lippen und verschlang sie vor der verdunkelten Treppe mit seinem Mund. Nach einer Woche ohne ihn konnte sie ihren Zorn nicht länger aufrechterhalten. Ihre Abwehr versagte, als sie sich an ihn klammerte und ihn mit gleicher Inbrunst zurückküsste. Seine Zunge drang in ihren Mund, rieb über ihre und entlockte ihrer Kehle ein Stöhnen.

Das war es, was sie wollte. Leo. Sonst nichts. Keine

Komplikationen oder Erwartungen. Nur er und sie, zusammen, während sie sich aneinander erfreuten. Schließlich überwältigte die Realität ihre Hormone und sie erinnerte sich an die Distanz, die er nach jeder Intimität zwischen ihnen aufbaute. Sie brachte wimmernd die Kraft auf, ihn wegzustoßen.

„Nicht." Sie berührte ihre Lippen mit den Fingerspitzen, um das Kribbeln zu unterbinden.

„Shay." Er hatte einen qualvollen Ausdruck im Gesicht, als er nach ihr griff.

„Du hast mich ignoriert."

Er seufzte und fuhr sich grob mit der Hand durch die Haare und lockerte seinen Zopf. „Ich habe dir gesagt, ich gebe dir Zeit. Und ich war es T.J. und Brute schuldig, es ernst zu nehmen. Es steht zu viel auf dem Spiel."

„Und was warst du mir schuldig?" Noch nie hatte sie so zerbrechlich geklungen, noch nie war ihre Stimme so schwach gewesen, und doch konnte sie ihren Tonfall nicht festigen.

„Die Zeit, dir deine eigene Meinung zu bilden, ohne dass ich dein Urteilsvermögen trübe." Er lehnte sich an die gegenüberliegende Wand, ohne seinen Blick von ihrem zu lösen. „Ich will dir nicht wehtun."

„Du hast mir die ganze Woche wehgetan."

„Das war nicht meine Absicht. Ich habe dich verdammt vermisst, Shay." Er drückte sich von der Wand weg und überbrückte den Abstand zwischen ihnen, sodass sie Becken an Becken standen. „Wenn du wüsstest, wie hart diese Woche für mich war, würdest du mir nicht immer noch solche vernichtenden Blicke zuwerfen."

„Du hast diese Abstandregelung gewollt, also verdienst du es irgendwie." Ihr Blick erweichte, als sie ihm ein schwaches Lächeln schenkte. „Schau, ich weiß, wir werden niemals eine konservative Beziehung führen. Ich habe Tage damit verbracht, damit klarzukommen. Aber ich bin doch hier, oder nicht?" Sie wand sich zwischen ihm und der Wand hervor und ging ein paar Schritte zurück, weil sie Abstand brauchte, um einen klaren Kopf zu bewahren.

„Sie wollen, dass du eine Geheimhaltungserklärung unterschreibst." Er redete, als wäre es das Ende der Welt. Als rechnete er damit, dass sie beleidigt sein würde.

„Selbstverständlich."

Er kniff die Augen zusammen und folgte ihr. „Du bist unberechenbar, weißt du das?"

Sie rutschte weiter die Wand entlang, sobald sie die von ihm ausgehende Hitze spürte. „Stets zu Diensten."

Sein raubtierhafter Blick durchbohrte sie, als er sich ihr näherte und sie an die kalte Wand drückte. „Und diesen Rock trägst du absichtlich, um mich in Versuchung zu führen."

Ja. „Nein. Überhaupt nicht."

Er lachte leise in ihre Halsbeuge. „Du bist eine Verführerin." Er hob seinen Kopf und lehnte ihn gegen ihren. „Wenn du gehst, werde ich deinen Wunsch respektieren und dich in Ruhe lassen. Aber solange du hier bist, werde ich meine Hände nicht von dir lassen können."

Bei seiner rohen, besitzergreifenden Aussage sog sie scharf den Atem ein. Sie sehnte sich danach, mit den Fingern unter sein Hemd zu gleiten und sich an der Härte in seiner Hose zu reiben. Doch die geringste Berührung würde ein Feuer entfachen, das sie nicht löschen konnte, und im Moment konnte sie es sich nicht erlauben, die Konzentration zu verlieren. Nicht, wenn sie arbeiten sollte. „Du musst die Dosis deiner bipolaren Medikamente erhöhen."

Ein Mundwinkel zuckte, als er seine Erektion gegen ihren Unterleib presste. „Und du musst dein freches Mundwerk zügeln."

„Oder möglicherweise musst du das für mich tun." Sie biss sich auf die Lippe und wünschte sich, sie hätte nichts gesagt. „Komm. Du musst mich herumführen." Es würde eine harte Nacht werden, wenn jetzt sie diejenige war, die seine ständigen Annäherungsversuche abwehren musste. Die ganze Woche über war es andersherum gewesen, und sie hatte keine

Ahnung, welche Dynamik sie bevorzugte. Einem umwerfenden Mann nachzujagen war gesunder Menschenverstand. Ihn von sich zu stoßen war schlicht und einfach dumm.

Sie duckte unter seinem Arm weg und ging den Flug entlang, um die Ecke und fand sich neben der Bar wieder. Der leere Raum wirkte in dem grellen Neonlicht anders, auch der Geruch von Sex hing nicht länger in der Luft.

Leo seufzte hinter ihr und folgte ihr in den offenen Bereich. „Gut. Aber nur damit du es weißt, ich werde dir heute Abend wieder nach Hause folgen."

Shay drehte ihm weiter den Rücken zu, um ihr Lächeln zu verbergen.

„Fangen wir hier an."

Sie sah sich über die Schulter und drehte sich dann um, um ihm in das erste Zimmer zu folgen. Sie hatte es von letztem Samstag noch gut in Erinnerung. Es war der Raum mit dem großen Bett in der Mitte.

Leo schaltete das Licht ein, und die winzigen Glühbirnen darüber erwachten zum Leben. „Mein Lieblingszimmer."

Sie erinnerte sich lebhaft an den Dreier von letzter Woche. An die Art und Weise, wie die Männer die Frau mit liebevoller Zuneigung gestreichelt hatten. Shay konnte sie immer noch auf der Matratze sehen, ihre Beine verknotet und mit strahlendem Lächeln.

„Die Badezimmer kennst du ja bereits." Er ging voran, schob die Tür zum Bad der Frauen auf und griff nach innen, um das Licht einzuschalten. Dann tat er dasselbe bei den Männern. „Wir haben Reinigungskräfte, die die Handtücher wechseln und das Zubehör auffüllen. Falls du je wieder hier unten arbeiten solltest, brauchst du nur überall die Beleuchtung einstellen. Aber T.J., Brute oder ich werden immer da sein, um zu helfen." Er ging an ihr vorbei und knipste die Nachttischlampen ebenfalls an.

„Und was ist deine Rolle hier unten?", fragte sie.

Er hielt kurz inne, bevor er eine Schublade öffnete und sie über seine Schulter ansah. „Aufsicht. Vertrauensperson. Manchmal auch Impulsgeber. Unsere Aufgabe ist es dafür zu sorgen, dass sich alle wohlfühlen und keine Probleme auftreten." Mit erhobener Braue wartete er auf ihre Antwort.

Anstatt ihre Meinung zu äußern, nickte sie und richtete ihre Aufmerksamkeit auf die Gegenstände in der Schublade. „Die Nachttische sind ebenfalls voller Utensilien – Fesseln, Vibratoren, Gleitgel. Auf den Toys werden aus Hygienegründen Kondome benutzt und sie werden zusätzlich nach jeder Party sterilisiert."

Shay verzog das Gesicht und unterdrückte einen Schauder.

Er schloss die Schublade und kam zu ihr. „Komm. Den Rest brauchst du nicht sehen. Ich helfe dir, dich hinter der Bar einzurichten, bevor es losgeht." Sanft nahm er ihre Hand und führte sie zurück in den offenen Bereich. Mit seinem Daumen rieb er über ihre Haut, während sie schweigend weitergingen. Ihr Herz galoppierte bei der simplen Geste eines Mannes, der eher sexuelle Berührungen gewohnt war als solche süßen, unschuldigen.

„Willst du immer noch weitermachen?" Er schaltete die Leuchtstofflampe neben dem Eingang zur Bar aus und die Stimmungsbeleuchtung ein.

„Ja, ich bin bereit." Ihre Stimme klang zu fröhlich.

Er hielt an, drehte sich zu ihr um und drängte sie hinter der Bar an die Theke. Seine Mundwinkel hoben sich, seine Augen tanzten in der Dunkelheit. „Du machst dir vor Angst in die Hosen."

Bei seinem Versuch sie zu beruhigen rollte sie mit den Augen. „Naja, nicht wortwörtlich."

„Da ist ja das freche Mundwerk wieder."

„Ich dachte, du wolltest mir die Frechheit austreiben?" Sie hob trotzig eine Augenbraue.

Er beugte sich vor und leckte seine Unterlippe. „Sie ist auf eine nervtötende Art liebenswert."

„Ich könnte dasselbe über dich sagen."

Sein Grinsen wurde breiter, als er die Distanz zwischen ihnen überbrückte und mit seinem Mund über ihren strich. „Dein Parfüm macht mich wild."

Eins zu null für Calvin Klein.

Seine Lippen waren energisch, als seine Zunge in ihren Mund eindrang. Er spielte mit ihr, entlockte ihr Lustgeräusche und brachte sie dazu, ihre Schenkel zusammenzupressen. Er umfasste ihre Hüften, hob sie auf den Tresen neben die Bierzapfen und spreizte ihre Knie. Dann schob er seine Hände ihre Oberschenkel hinauf, unter ihren Rock und zog ihren Spitzenstring hinunter.

Es war zu viel. Zu schnell. Lust durchströmte ihre Adern. Hitze durchdrang ihre Glieder.

„*Leo*." Mit unregelmäßigem Atem lehnte sie sich zurück, um ihre Hände auf der kühlen Thekenplatte abzustützen.

„Wir sind alleine." Er bückte sich, um die Unterwäsche zu entwirrten, die sich jetzt um ihre Knöchel befand, und warf sie auf die Bar. „Es wird keiner reinkommen."

Er öffnete seinen Reißverschluss und erhöhte damit gleichzeitig ihren Blutdruck. Sie schaute auf das enthusiastische Zelt seiner Boxershorts und biss sich auf die Lippe. Er war beeindruckend. Mehr als beeindruckend. Er war orgasmisch. Und sie war bereits feucht für ihn, das Kribbeln zwischen ihren Schenkeln wurde mit jeder Sekunde stärker.

„Komm her." Er packte ihren Hintern und zog sie nach vorne, sodass sie über der Thekenkante schwebte. Er durchwühlte seine Tasche und holte ein Kondom hervor.

„Hast du die immer griffbereit?"

„Immer, wenn ich in deiner Nähe bin."

„Gute Antwort." Sie sah zu, wie er es sich überstreifte, sein prachtvoller Schwanz ganz in dunkelblau gehüllt und bereit für sie.

„Schnell und hart, Shay. Bist du bereit?" Er hob sie von der Bar und hielt sie in der Luft.

Ein Grinsen umspielte ihre Lippen. Sie liebte es, wie er die Führung übernahm. „Hm-hm."

Sie klammerte sich an seine Schultern und unterdrückte ein Stöhnen, als er sich in ihr versenkte, genau wie er es versprochen hatte. Heftig und brutal. Leidenschaftlich und entschlossen. Ihr Innerstes dehnte sich um ihn herum, begleitet von einem schwachen lustvollen Schmerz.

Sie machten hemmungslos Liebe. Oder vögelten sie? Sie kannte den Unterschied nicht, aber seine Stöße waren erbarmungslos, die Venen in seinem Hals traten hervor und die Muskeln unter ihren Händen spannten sich an.

Er nahm sie, rammte sie dabei immer wieder gegen die Bar und verzehrte sie mit seiner Kraft. Jede Bewegung traf die richtige Stelle, um ihr Vergnügen in ungekannte Höhen zu treiben. Geräusche von Sex erfüllten den leeren Raum, immer wieder gefolgt von ihren Forderungen nach mehr und seinem gedämpften Stöhnen. Sie schlang ihre Beine um seine Hüften, wollte ihn noch tiefer in sich spüren, bis ihr Hals trocken wurde und ihre Brüste sich nach Berührung sehnten.

„Fuck. Du fühlst dich …" Er schloss die Augen und keuchte, seine Nasenflügel bebten.

Fühlte er sich ebenso hilflos wie sie? Es schien unmöglich. Er war erfahren. Beherrscht. Sie dagegen hatte noch nie Sex an einem öffentlichen Ort gehabt. War bisher nur von ihm in einem Lagerraum berührt worden.

Beim Gedanken, erwischt zu werden, lief ihr ein sündhafter Schauer über den Rücken und jedes ihrer Nervenenden entlang bis in ihren Schoß. Alles war neu. Alles die reinste Erfüllung. Sie wollte ihn nicht loslassen. Wollte nicht zulassen, dass es aufhörte. Und doch baute sich in ihrem Innersten ein Sturm mit einer Schnelligkeit auf, die sie noch nie zuvor erlebt hatte.

„Heilige Scheiße." Sie würde kommen und hatte den Mann kaum geküsst.

„Bist du bei mir?" Er öffnete die Augen und lehnte seinen Kopf gegen ihren, während er weiter in sie pumpte.

„Gott, ja." Sie war kurz davor, so kurz davor, dass schwarze Punkte vor ihren Augen tanzten.

Er stützte sie gegen die Bar, eine Hand umfasste ihren Nacken, mit dem anderen Arm drückte er sie fest an sich. Sein Rhythmus wurde gleichmäßiger. Ein tiefer Stoß nach dem anderen, bis sie ihre Nägel in sein Fleisch grub und ihr Mund darum bettelte, geküsst zu werden.

Er erfüllte ihren Wunsch und eroberte ihre Lippen mit einem solchen Nachdruck, der ein Feuer unkontrollierbarer Lust in ihrer Brust entfachte. Sie schrie ihren Höhepunkt hinaus, was ihn zum Knurren brachte, bevor er ihr über die Klippe folgte.

Sie drückte ihren Rücken von der Bar, während ihre Schenkel seine Hüften umklammerten und ihr Herz in einem rasenden Takt aus Liebe, Lust und Faszination pochte. Jeder Teil von ihr wurde von ihm verzehrt, war auf ihn zugeschnitten und nur ihm verfallen.

Die lauten Geräusche wurden leiser, der unnachgiebige Rhythmus zu einer sanften Umarmung. Sie lehnte sich zurück, begegnete seinem Blick und fragte sich, wie sie so lange hatten brauchen können, um etwas so Natürliches zu finden.

Leo war genau das, was sie brauchte.

Er war der Mann, der ihr Erregung, Leidenschaft und Vergnügen schenkte.

Er war derjenige, der sie auf Trab halten konnte.

Jetzt musste sie sich nur noch davon überzeugen, dass es funktionieren konnte.

KAPITEL SECHZEHN

„Starr mich nicht so an", flüsterte Leo. Er wollte sie schon wieder.

„Wie sehe ich dich denn an?" Shay lockerte ihren Griff um seine Schultern und streichelte mit einem Finger über seine Wange. Sie war zäh und rechthaberisch, hatte aber ein weiches Herz.

„Als würdest du mir deine Seele anbieten." Ihre braunen Augen waren noch dunkel vor Lust und ihr Mund nährte sich willig seinem. „Ich nehme sie, Shay. Und ich werde sie nie zurückgeben."

Ihre Lippen kräuselten sich zu einem zarten, fast peinlich berührten Lächeln, das ihn mit voller Wucht traf. Sie waren auf der gleichen Wellenlänge, spürten das gleiche Verlangen. Schlussendlich würde ihre Leidenschaft siegen. Da war er sich sicher.

„Du kannst ..." Sie keuchte auf, als sich eine Tür hinter ihnen öffnete. „Scheiße."

Sie schob ihn von sich, bis sie Platz hatte vom Tresen zu springen. Vom Eingang waren bereits schwere Schritte zu hören, als Shay sich beeilte, ihren Rock zu glätten und ihr Haar zu entwirren.

„Das ist nur T.J. oder Brute." Er nahm sich Zeit, das

benutzte Kondom zu entsorgen. „Sonst darf noch keiner hier runter."

Sie warf ihm einen ungläubigen Blick zu. „*Ganz genau*."

Das Schlagen seines Herzens verwandelte sich von lustvoll zu unbehaglich. Sie hatten so viel zu bereden und keine Zeit dafür. Später, sobald der Club geschlossen hatte, würde er sie nach Hause bringen und ihre Lust stillen, anschließend mussten sie reden. Und sie würden nicht aufhören, bis alle Karten auf dem Tisch lagen.

Sie musste verstehen, dass sein Sexleben mit dem von T.J. und Brute verknüpft war. Sie waren nicht schwul, aber sie teilten viele sexuelle Momente und viele, viele Frauen. Es war wie eine zusätzliche Partnerschaft, die ihre Geschäftsbeziehung ergänzte. Sie wussten, wie sie zusammenarbeiten mussten, um eine Frau wild zu machen und ihr Erfüllung zu bringen. Der Gedanke daran, diesen Teil seines Lebens vielleicht beenden zu müssen, traf Leo wie ein Schlag in den Magen.

Shay war neugierig aufs *Vault of Sin*, das konnte er spüren. Doch so sehr sie ihre Hemmschwelle auch senkte, Leo bezweifelte, dass sie jemals bereit war mitzuspielen, wenn alle drei Bosse anwesend waren und die Show genossen.

Brute betrat den Raum und räusperte sich nicht gerade subtil. „Schlechter Zeitpunkt?", fragte er gedehnt und grinste Leo unverschämt an. Es war eine lautlose Beglückwünschung, die Leo mit einem leichten Kopfnicken entgegennahm.

Shays Rücken versteifte sich und sie wirbelte herum, um dem Eindringling gegenüberzutreten. „Ich bereite mich nur auf den Abend vor."

Leo versuchte, nicht über ihren schrillen Tonfall zu lachen, und legte eine beruhigende Hand in ihren Rücken. „Entspann dich", flüsterte er ihr ins Ohr.

„Aha" Brute hob eine Braue, als er auf einen Hocker glitt und seinen Arm ausstreckte. „Dann brauchst du vielleicht den hier." Er nahm ihren Spitzenslip vom Tresen und hielt ihn mit seinem Zeigefinger hoch.

Shay schnappte nach Luft, ihr Nacken und ihre Wangen

verfärbten sich rosa. Wäre es irgendeine andere Frau gewesen, hätte Leo angenommen, sie würde sich schämen, allerdings sagten ihre geballten Fäuste unter dem Tresen etwas anderes.

„Danke", knirschte sie durch zusammengebissene Zähne und entriss Brute ihre Unterwäsche. „Ich gehe mich frischmachen." Sie stolzierte mit hoch erhobenem Kopf um den Tresen herum und verließ ohne ein weiteres Wort den Raum.

Leo wartete, bis sie außer Sichtweite war, bevor er sich an Brute wandte. „War das notwendig?"

„Ja. Irgendwie schon." Der selbstgefällige Mistkerl grinste immer noch leicht. „Danke für die Show. Scheinbar wart ihr zu vertieft, als ich die Tür das erste Mal geöffnet habe. Ich musste wieder rausgehen und so tun, als würde ich gerade erst reinkommen."

Leos Augen verengten sich zu Schlitzen. Normalerweise hätte Brute einen Scheiß darauf gegeben, jemanden zu unterbrechen. Er hätte sich einen Hocker genommen und ohne Reue zugesehen. „Es sieht dir nicht ähnlich, dir eine meiner Shows entgehen zu lassen."

„Ich beobachte ja auch nicht dich, Arschloch. Mein Fokus liegt immer auf den Frauen, und das hier ist anders. Das ist Shay."

Scheiße. War es falsch gewesen anzunehmen, seine Freunde hätten nichts gegen ihre Teilnahme im *Vault of Sin*? Darüber hatten sie nie gesprochen. „Und du willst ihr nicht zusehen?"

„Wenn ich ein Problem damit hätte, dass sie sich hier unten vergnügt, hätte ich schon früher etwas gesagt. Ich dachte nur, ihr steht immer noch auf wackeligem Boden, und wollte keinen Staub aufwirbeln."

Leo seufzte erleichtert. „Danke."

„Entspann dich. Sie ist aufgetaucht. Das war der schwierigste Teil." Brutes Arroganz war zurück. „Und fürs Protokoll, ich würde ihr den ganzen Tag zusehen. Und ich würde ihr gerne zeigen, welches Vergnügen ihr ein echter Mann bereiten kann."

Leo rollte mit den Augen. „Mich ärgern zu wollen ist sinnlos. Mein Fell ist zu dick, um leicht aus der Haut zu fahren. Du fängst dir eher einen Schlag auf den Hinterkopf ein."

„Eigentlich habe ich das auch von Shay erwartet, als ich ihr ihren Slip unter die Nase hielt", gluckste Brute. „Diese Frau wird dich auf Trab halten."

Verdammt richtig. „Ja. Wenn es klappt, werde ich wegen ihr vor meiner Zeit graue Haare bekommen." Leo konnte es kaum erwarten.

„Und was ist nötig, damit es funktioniert? Sie ist total zusammengezuckt, als ich reinkam. Bist du bereit, deine außerplanmäßigen Aktivitäten runterzuschrauben, um sie zu halten?"

Leo sah zur Tür, durch die Shay verschwunden war, und rieb sich mit einer Hand über seine Kinnstoppeln. „Ich weiß es nicht. Ich werde tun, was immer nötig ist, genau wie sie. Damit sind wir schon viel weiter, als wir alle es bisher mit unserem verrückten Lifestyle geschafft haben."

Bitterkeit trat in Brutes Züge. „Stimmt. Aber denk daran, je höher ihr steigt, desto tiefer werdet ihr fallen."

„Ich habe nicht vor zu fallen."

„Gut." Brute rutschte von seinem Hocker. „Ich freue mich für euch beide." Er holte ein gefaltetes Stück Papier aus seiner Gesäßtasche. „Die Geheimhaltungserklärung." Er hielt sie Leo hin. „Achte darauf, dass sie sie liest, bevor du dich wieder in ihr versenkst. Wir wollen nicht, dass sie behauptet, sie hätte unter Zwang unterschreiben müssen."

Das leise Quietschen der Badezimmertür ertönte, als sich Leo das Dokument schnappte. „Wärst du etwas früher reingekommen, wüsstest du, dass alles vollkommen zwangslos war, mit einer hinreißenden Frau, die zufällig Freude an meiner Handfertigkeit hat."

Brute schnaubte. „Nur Pech für sie, dass deine Persönlichkeit nicht so liebenswert ist."

„Was ist liebenswert?“ Shay schlenderte auf sie zu und sah sie herausfordernd an.

„Nichts.“ Leo ging um die Bar herum und kämpfte gegen das Verlangen vorzupreschen und sie erneut zu erobern. „Brute wollte gerade gehen.“

KAPITEL SIEBZEHN

Shay war stolz, den größten Teil ihrer Schicht einen kühlen Kopf behalten zu haben. Die nur teilweise bekleideten Gäste bediente sie mit Leichtigkeit und musste sogar dagegen ankämpfen, nicht auf die Anhängsel der völlig nackten Besucher zu starren. Das beklemmende Unbehagen beim Anblick der Sexszenen im Hauptbereich war verschwunden.

Vielmehr fand sie langsam Gefallen am Zuschauen. Sogar ein bisschen zu sehr, wenn sie ehrlich war. Ihr Slip war unangenehm durchnässt, und jedes Mal, wenn Leo in Sicht kam, verfluchte sie das Prickeln ihrer Brustwarzen. Noch schlimmer war es, wenn er bei ihr nach dem Rechten sah. Sie sehnte sich danach, ihn am Hemdkragen zu packen und in den Lagerraum zu schleifen.

Doch so lief das hier unten nicht. Hier ging es um Exhibitionismus, nicht darum, sich in Lagerräumen zu verstecken und im Dunkeln rumzumachen. Vor allem war es nicht das, was Leo wollte. Ihre Bereitschaft ihm zu geben, was er wollte, wuchs mit jeder weiteren verstreichenden Minute, genau wie ihre Nervosität.

„Kann ich bitte einen Saft bestellen?"

Shay lächelte die zierliche Brünette an und nickte. „Sicher."

Sie war beeindruckt von der professionellen Art und Weise, in der hier alle miteinander umgingen. Die Eintrittskosten für den Club beinhalteten kostenlosen Alkohol, trotzdem beeilte sich niemand, den Betrag in Drinks zu konsumieren. Alle verhielten sich gelassen und besonnen. Ihre Vorstellung von einem zwielichtigen Sexclub und die Realität vom *Vault of Sin* passten überhaupt nicht zusammen.

Shay übergab den Saft und ein Kribbeln durchfuhr sie. Sie drehte den Kopf und sah, dass Leo sie beobachtete. Seine Augen glühten vor Lust. Ihr Blick wanderte zu seinem Schritt, und beim Anblick der Erektion, die sich gegen seinen Reißverschluss drückte, rutschte sie unruhig hin und her.

Flittchen.

Sie lächelte vor sich hin. Jepp, ihre Gedanken waren die eines wahren Flittchens, und es war ihr scheißegal. Sie war noch nie in ihrem Leben so angetörnt gewesen. Und im Moment war es ihr völlig schnuppe, was Leo anmachte. Sie wollte lediglich ihre eigenen Begierden stillen.

Während sie weiter höfliche Gäste bediente, sah sie zu, wie er sich im offenen Bereich unter die Leute mischte. Er beruhigte diejenigen, die nervös schienen, immer der professionelle Gastgeber mit seiner selbstsicheren Haltung und dem fordernden Blick, der alle paar Minuten auch auf sie gerichtet war und sie immer wieder neu entflammte.

Um nicht in Versuchung geführt zu werden, für ein kurzes, privates Solovergnügen ins Badezimmer zu verschwinden, drehte sie dem Raum den Rücken zu und begann, das Regal mit den hochklassigen Schnapsflaschen abzuwischen.

„Leo."

Die schnurrende weibliche Stimme brachte Shay dazu, sich auf dem Absatz umzudrehen. Die zierliche Brünette, die sie eben bedient hatte, klebte nun an Leo, beide Arme mit einer Vertrautheit um seinen Hals geschlungen, die in Shay das grünäugige Monster weckte.

Nur zwei dünne Schichten Kleidung trennten die

attraktive Frau und den Ständer, mit dem Shay sich auseinandersetzen wollte. *Ruhig bleiben. Du darfst niemanden abstechen.* Sie schwang wieder herum und versuchte, ihr inneres Biest in Schach zu halten, indem sie sich beschäftigte – und stieß versehentlich eine Flasche Limettensirup vom Tresen.

Großartig.

„Shay, alles in Ordnung bei dir?", rief Leo, seine Stimme eher autoritär als besorgt.

„Alles bestens." Sie riskierte einen letzten Blick auf ihn und den Blutegel, der um seinen Hals hing, bevor sie das Kehrblech unter der Theke hervorholte und mit der Beseitigung der klebrigen Schweinerei begann.

So viel dazu, gelassen zu bleiben. Ihre Augen brannten und ihre Handflächen schwitzten und alles in ihr drängte danach, ihren ersten Zickenkrieg anzuzetteln.

Stell dir nur vor, wie es nächste Woche sein wird, wenn du wieder oben arbeitest und nicht in der Lage bist, ihn im Auge zu behalten. Shay knurrte. Würde es immer so sein – Gipfel der Erregung, gefolgt von verzehrenden Tiefen, die deprimierend genug waren, sie bedürftig und schwach werden zu lassen?

„Zum Kotzen."

Bestimmt gab es etwas, das sie tun konnte, um den Spieß umzudrehen. Es ging nicht darum, vor versammelten Zuschauern Anspruch auf ihn zu erheben. Es ging darum, sich wieder sicher und selbstbewusst zu fühlen und ihre Stärke zurückzuerlangen. Sie war sich nur nicht sicher, wie.

Jeder Muskel in Leos Körper stand unter Spannung, als er versuchte, seine Erektion von Grace fernzuhalten. Die derzeitige pubertäre Reaktion seines Körpers wurde nur von einer einzigen Frau verursacht, und das freche Weibsbild fluchte vermutlich heimlich und hoffte, sein lüsternes Glied möge abfallen. Und doch konnte er es nicht über sich bringen, die Frau vor sich abzuservieren, nur um Shays Frust einzudämmen.

Es war hart, hier eine Grenze zu ziehen, doch es gehörte zu seiner Arbeit im *Vault of Sin*. Er würde niemals ein Monogamie-Versprechen brechen. Niemals. Allerdings war er in der Vergangenheit mit mehr als einer der heute Abend anwesenden Frauen intim gewesen, und er würde sie nicht verprellen, indem er sie eiskalt abblitzen ließ.

Es war immer noch sein Job, es jedem innerhalb dieser verdorbenen Mauern angenehm zu machen, und solange er keine sexuellen Annäherungsversuche erwiderte, tat er nichts Falsches.

„Du bist steif", flüsterte Grace.

Sag bloß. Er war hart wie Stein.

Grace kicherte vor sich hin. „Ich meine deine Körperhaltung. Was ist los?" Sie löste ihre Arme von seinem Hals und begegnete seinem Blick.

„Mir geht es gut. Ich bin nur irgendwie nicht in Stimmung heute." Er sah in Richtung der Bar. Shay erhob sich mit dem Kehrblech in der Hand und warf ihm einen finsteren Blick zu, bevor sie den Augenkontakt unterbrach.

„Autsch." Grace folgte seinem Blick. „Eure neue Barkeeperin sieht nicht glücklich aus."

Er stieß ein frustriertes Grunzen aus und schüttelte den Kopf. Shay sah aus, als wollte sie ihn lebendig häuten.

„Aber sie ist hinreißend."

„Ja." Das ließ sich nicht leugnen. „Das ist sie."

„Oh." Grace trat einen Schritt zurück und hob den Kopf, um ihn anzusehen. „Bin ich schuld? Seid ihr beide zusammen?"

Leo bemühte sich um ein Lächeln und schaute Grace an. „Ist schon okay. Ich glaube, keiner von uns weiß im Moment genau, was wir sind."

„Sie steht nicht zufällig auf Frauen?", grinste Grace und wackelte mit den Augenbrauen.

Fuck. Sein Schwanz zuckte und kämpfte mit dem Reißverschluss seiner Hose. Er war schon zu oft hier unten gewesen, als dass sein Schwanz schnell begeistert werden konnte, doch der Gedanke an Shay und Grace zusammen ließ sein Blut gen Süden schießen. „Sie steht nicht auf den Lifestyle."

Seine eigenen Worte hallten nach und durchdrangen seine Erregungswolke. Dies war nicht ihre Szene. Er drängte sie dazu, ihre Gewohnheiten zu ändern. Damit machte er genau das, was andere Frauen mit ihm versucht hatten.

„Gib ihr Zeit. Sie starrt dich zwar voller Verachtung an, aber scheint keine Abneigung gegen den Club selbst zu haben."

Er nickte und schöpfte etwas Trost aus der möglichen Wahrheit in ihren Worten. „Ja, ich versuche es." Allerdings wusste er nicht, wie lange er sich zurückhalten und Shay das Tempo vorgeben lassen konnte. Er war zu begierig darauf, sie gespreizt vor Zuschauern zu haben. Andere zuschauen zu lassen, wie sich ihr hübsches Gesicht verzog, wenn sie Erlösung fand. Sie sehen zu lassen, wie sich ihr hinreißender Körper in einem Tanz bewegte, der sie alle in Brand steckte.

Und doch würde er eher vor Lust wahnsinnig werden, als sie dazu zu drängen.

„Geh zu ihr." Grace deutete mit ihrem Kopf in Richtung der Bar. „Sag ihr, dass es mir leid tut. Und dass ich Vorrecht anmelde, falls sie jemals Interesse an etwas Girl-on-Girl-Action haben sollte." Sie ließ ihn stehen, nicht ohne ihm vorher einen festen Klaps auf den Hintern zu geben, der ihn fast aus dem Gleichgewicht brachte.

Perfektes Timing. Shay hatte den freundschaftlichen Klaps nicht übersehen. Mit funkelnden Augen und vor Wut geröteten Wangen stand sie da und umklammerte verkrampft den Stiel eines Wischmopps. Und er musste grinsend anerkennen, dass sie so heißer aussah denn je.

Ihre Nasenflügel bebten, als er sich auf den Weg zur Bar machte, wobei er instinktiv auf der Seite der Kunden blieb, um nicht einen Mopp in die Weichteile zu riskieren. „Ich würde ja fragen, wie es dir geht, aber dein Gesichtsausdruck sagt alles."

„Ich schätze, dass du etwa ein Zehntel der Emotionen sehen kannst, die ich derzeit empfinde." Sie rümpfte die Nase und stolzierte wütend in die kleine Abstellkammer hinter der Bar.

Er folgte ihr. Es war für ihn das erste Mal, dass er einer Frau hinterherlief. Glücklicherweise stellte sie den Mopp ab, bevor sie einen Versuch unternahm, sich an ihm vorbei durch die Tür zu quetschen, doch sein Körper versperrte ihr den Weg.

„Raus damit. Warum bist du kurz davor, mir die Augen auszukratzen?"

„Ist das nicht offensichtlich?" Sie schaute verdrossen. „Ich mag es nicht, wenn andere Frauen dich berühren. Das wird sich wahrscheinlich niemals ändern. Und es ist definitiv kein Szenario, das ich mir jedes Mal vorstellen möchte, wenn du ohne mich hier unten bist."

„Du meinst, du kannst dich nie daran gewöhnen, wie ich attraktive Frauen zurückweise, um mit dir zusammen zu sein? Denn so sehe ich das." Er trat dicht an sie heran und umfing ihre Taille. „Es wird Zeit brauchen, bis jeder weiß, dass ich nicht länger zum Spielen zur Verfügung stehe. Ich werde deswegen sicher kein Statement veröffentlichen. Also musst du zu einem gewissen Grad darüber hinwegkommen."

Sie stieß ein höhnisches Lachen aus und schüttelte frustriert den Kopf.

„Aus diesem Grund wirst du mich nicht verlassen", sagte er bestimmt. „Du wirst deswegen bei mir bleiben. Weil du bald erkennen wirst, dass du das hast, was jede andere Frau hier will. Mich."

„Arroganz ist ein Fremdwort für dich, oder?"

Er schmunzelte und zuckte mit einer Schulter. „Ist es wirklich Arroganz, wenn es wahr ist?"

„*Ja.*"

Bevor sie zurückweichen konnte, strich er mit seinen Lippen kurz über ihre. „Grace sagte, ich soll mich für sie bei dir entschuldigen. Sie weiß, wieso du uns so böse Blicke zugeworfen hast."

„Großartig." Sie trat aus seiner Umarmung. „Jetzt werde ich hier als die eifersüchtige Barschlampe bekannt."

„Du spielst deine Rolle gut."

Ihre Augen loderten und er packte ihr Handgelenk, bevor sie ihm einen Schlag gegen die Brust verpassen konnte.

Er gluckste. „Schau, ich habe ihr gesagt, dass ich vergeben bin, und sie hat sich zurückgezogen. Du solltest dich freuen. Zumal sie danach unbedingt erfahren wollte, ob du auf Girl-on-Girl-Action stehst."

„Was?" Ihre Augen weiteten sich.

„Du hast mich verstanden." Er überbrückte erneut die Distanz zwischen ihnen, schob sie tiefer in die dunkle Abstellkammer und scherte sich nicht darum, ob Gäste an der Bar darauf warteten, bedient zu werden. „Sollte ich also eifersüchtig sein?" Er drängte sie mit dem Rücken gegen die Wand und seinen Körper gegen ihren. „Denn ich bin es nicht. Ich bin steinhart, wenn ich mir vorstelle, wie dich eine andere Frau mit ihrem Mund verwöhnt."

KAPITEL ACHTZEHN

*E*in erstickter Laut entwich Shays Kehle. Girl-on-Girl-Action? *Heilige Scheiße.* Sie hatte geglaubt, ihre Tage des Experimentierens wären zusammen mit ihren Teenagerjahren zu Ende gegangen. In eine andere Vagina abzutauchen hatte nie auf ihrer Liste persönlicher Fantasien gestanden. Ja, sie hatte ein oder zwei betrunkene Küsse mit Freundinnen geteilt, aber das war schon ein ganzes Leben her. Und doch durchfuhr sie jetzt, da sie wusste, dass sie Leo durch das Rummachen mit einer anderen Frau erregen konnte, ein prickelnder Schauer.

„Ich muss wieder an die Arbeit", krächzte sie.

Er gluckste. Ja, er gluckste ihr verdammt nochmal ins Ohr, bevor er zurücktrat, um ihr den Weg freizugeben. „Ich werde bald die letzte Runde ausrufen. Du solltest dich langsam fragen, was passieren wird, sobald wir bei dir zu Hause sind. Ich habe Aufmerksamkeiten einer ganzen Woche auszuteilen."

Sie beschleunigte ihre Schritte, denn sie brauchte Abstand, damit ihre Nippel kein Loch durch ihren BH bohrten. Bevor sie heute Abend das *Vault of Sin* verließ, wollte sie sich zuversichtlicher fühlen als im Moment. Es wäre einfach, heute Abend von hier zu verschwinden, aber dann musste sie als Teilnehmerin zurückkehren, und das bereitete ihr schon jetzt Alpträume. Und nach einem Leben voller Selbstvertrauen hatte sie ihre Zweifel verdammt satt.

Eigentlich hatte sie angenommen, den Club heute Abend wieder zu betreten sei der schwierigste Teil, doch ihr Erscheinen hatte lediglich ihre Bereitschaft zu einer Beziehung mit Leo zum Ausdruck gebracht. Sie musste dringend eine Entscheidung treffen. Hier und jetzt festlegen, ob sie Teil dieses Lebensstils sein konnte, ohne länger darüber nachzugrübeln, was sein könnte und was nicht. Sie konnte nicht darauf warten, dass wie durch ein Wunder zwei Eier zwischen ihren Beinen wuchsen, sie musste ihre durchnässte Damenunterwäsche hochziehen und über ihren Schatten springen. Sie wollte den Mann, in den sie sich verliebt hatte, nicht ändern, also war die Frage, ob sie zu Leos Bedingungen, in seinem Umfeld, mit ihm zusammen sein wollte. Oder ob sie alles in den Wind schießen und die einfachste Option für sie alle, T.J. und Brute eingeschlossen, wählen und einfach gehen wollte.

Sie atmete tief durch und ignorierte den Stein, der sich auf ihre Brust legte. Sie vergötterte Leo, das tat sie schon immer, nur gingen ihre Gefühle jetzt viel tiefer und waren wesentlich beängstigender. Was, wenn sie dem *Vault of Sin* eine Chance gab und ihre Familie es herausfand? Was, wenn sie sich wortwörtlich daran verschlucken und sich zum Narren machen würde? Was, wenn sie nicht gut genug war?

Im Grunde bat er sie, zu einer Performerin der ursprünglichsten Art für ihn zu werden. Und ja, sie wusste, was sie hatte, doch vor aller Welt die Beine breitzumachen, bedurfte Eiern aus Stahl ... und sie besaß nicht einmal welche aus Plastik.

Leo stiefelte an der Bar vorbei, selbstbewusst wie immer, wenn er die Rolle des Aufsehers übernahm. Er war hier zu Hause, in einem Club, den die meisten Leute nie betreten würden. Sie war stolz, dass er zu seinen Neigungen stand. Letzte Woche hatte sie sich zum Narren gemacht, als sie ihn ohne Grund verurteilt hatte, denn als sie sich jetzt im Raum umschaute, sah sie ausschließlich glückliche Gesichter. Alle hatten Spaß. Sogar diejenigen, die in Gruppen zusammensaßen und sich unterhielten, ganz ohne Orgasmus. Es waren andere Gesichter hier als bei ihrem letzten Besuch, und doch war die Atmosphäre die gleiche.

Ob Freunde oder Fremde, sie alle schienen durch eine Gemeinsamkeit zusammenzufinden. Sie kicherten nicht oder bildeten Grüppchen, um über andere herzuziehen. Es war eine Gruppe von Freunden, die eine gemütliche Party veranstaltete. Nur statt Karten zu spielen und sich zu betrinken, zogen sich die Leute aus und vergnügten sich miteinander.

Der Lifestyle war nicht zwielichtig oder schäbig. Es gab keine Männer, die in den Ecken lauerten, oder Frauen, die Psychospielchen spielten. Es war Sex in einer sicheren Umgebung, mehr nicht.

„Letzte Runde.“ Leo erhob seine Stimme, um in allen Räumen gehört zu werden.

„Oh, Shit.“ Shay spürte, wie ihr die Farbe aus dem Gesicht wich.

Das war's. Sie hatte zwei Möglichkeiten. Eine Route war abenteuerlich und würde ihre Grenzen austesten, sie vielleicht sogar einreißen, aber es gab auch eine Chance auf Glückseligkeit. Die andere Route war einfacher, allerdings würde sie den steinigen Weg alleine gehen müssen.

„Verdammte Scheiße“, grummelte sie vor sich hin. Heute Abend würde sie die Antwort nicht finden. Nicht ohne harten Alkohol. Und sie hatte keine Chance auf ein Date mit Mr. *Grey Goose*, bevor sie ihre Schicht beendet hatte und nach Hause gefahren war.

Das Schicksal – und ihre Sturheit – hatte sie so weit gebracht ... Es sah so aus, als müsste ein Münzwurf ausreichen.

*L*eo hatte ein wenig früher als sonst die letzte Runde ausgerufen, weil Shay mit jedem Moment blasser wurde. Er wollte über den Ausdruck in ihren Augen nicht nachdenken oder darüber, was sie ihm zu sagen hatte, wenn sie das nächste Mal allein waren. Also hielt er sich beschäftigt und verabschiedete sich von den Gästen, die sich auf den Weg machten.

T.J. und Brute hatten *Shot of Sin* bereits geschlossen und packten sicher schon zusammen. Er hoffte inständig, sie würden sich dem Vergnügen im *Vault* nicht anschließen, solange Shay noch da war.

Er wusste, sie arrangierte sich langsam damit, dass es Fremde um sie herum ungehemmt trieben, aber er bezweifelte, dass ihr bewusst geworden war, dass T.J. und Brute ebenfalls mitmischten. Oder möglicherweise war das der Grund, weshalb ihr in der vergangenen Stunde alle Farbe aus dem Gesicht gewichen war.

„Viel Glück mit deiner Barkeeperin." Grace kam auf ihn zu, nun in einem engen schwarzen Cocktailkleid, einer Handtasche in der einen, und einem klimpernden Schlüsselbund in der anderen Hand. Sie gab ihm einen sanften Kuss auf die Wange. „Gib ihr Zeit. Ich weiß, du hast nicht die besten Erfahrungen mit der Damenwelt gemacht, aber sei nachsichtig mit ihr. Für Frauen ist es viel emotionaler, sich neuen sexuellen Aktivitäten zu öffnen. Wir neigen dazu, an unseren schlechten Entscheidungen festzuhalten und alles bis ins kleinste Detail zu analysieren."

„Danke", murmelte er und verzog dann angesichts seiner Unhöflichkeit sein Gesicht. „Vielleicht sehen wir uns nächste Woche", log er. So, wie sich die Dinge mit Shay entwickelten, war das äußerst unwahrscheinlich. Seine Vermutung war, dass seine Zeit im *Vault* sich dem Ende neigte, zumindest für eine Weile.

Er drehte sich um und steuerte auf den großen Flachbildschirm zu, um ihn auszuschalten. Er wollte nur noch hier raus. Was verflucht paradox war, schließlich war sein

Bedürfnis, überhaupt im *Vault of Sin* sein zu wollen, die Wurzel all seiner Probleme mit Shay.

Als er in den Hauptbereich zurückkehrte, waren nur noch drei Männer und zwei Frauen übrig, die entspannt auf einem der King-Size-Betten saßen und ihre Getränke zu Ende tranken. Er sah zu Shay hinüber, doch sie war verschwunden. Suchend ließ er seinen Blick durch den Raum schweifen – doch sie war nicht in der Bar, auch die Tür zur Abstellkammer war geschlossen, und er bezweifelte, dass sie sich in einem der Privatzimmer aufhielt.

Shit.

Sein Versprechen, ihr nicht zu folgen, wenn sie weglaufen sollte, war ein Fehler gewesen. *Verdammt.* Er wusste nicht einmal, ob sie davongelaufen war, und kämpfte trotzdem bereits gegen das Bedürfnis an, alle rausschmeißen zu wollen, damit er sie suchen konnte. Seine Handflächen begannen zu schwitzen, als er den kurzen Weg zur Bar zurücklegte. Er eilte hinter den Tresen und zu den Schränken unter der Spüle, dann stieß erleichtert den Atem aus. Ihre Handtasche war noch da. Sie war nicht weggelaufen. Noch nicht.

Er richtete sich auf und sah in der Abstellkammer nach. Leer. Nachdem er sie abgeschlossen hatte, ging er in das erste Privatzimmer, das mit mehreren Betten gefüllt war. Wieder keine Spur von ihr, also schaltete er das Licht aus und schloss die Tür.

Damit blieb nur noch ein Zimmer zu überprüfen, es sei denn, sie war nach oben gegangen. Er stand im Türrahmen seines Lieblingszimmers und starrte auf die in Licht getauchte Matratze. Gestern hätte er alles dafür gegeben, Shay auf den schwarzen Laken liegen zu sehen, jetzt würde er alles dafür geben, sie in seinen Armen zu haben, sie einfach nur in der Stille ihres Apartments zu halten. Konnte er auf seine Gelüste verzichten und ein Leben ohne das *Vault of Sin* führen? Vielleicht. Er würde es zumindest versuchen. Für Shay.

Er knipste das Licht aus, womit er zeitgleich seine

Fantasie zerstörte, und richtete seine Aufmerksamkeit auf die Tür des Damenbadezimmers, die sich quietschend öffnete.

„Shay?"

Sie kam mit erhobenem Kopf auf ihn zu. Im gedämpften Licht, das aus dem Hauptbereich zu ihnen drang, konnte er die Unsicherheit in ihren Augen sehen, kurz bevor sie auf die Zehenspitzen ging, um ihn zu küssen. Sanft und vorsichtig, ganz im Kontrast zu der temperamentvollen Frau, als die er sie kannte, und sein Herz sehnte sich umso mehr nach ihr.

Seine Hände fanden ihre Hüften, während er seine Zunge in ihren willigen Mund schob. Als sie sich zurückzog, war er nicht länger unsicher. Er wusste, was er in seinem Sexleben brauchte, und es war nicht die Lust anderer Leute. Es war Shay.

Nur Shay.

Mit einem vorsichtigen Halblächeln begegnete sie seinem Blick. Langsam hob sie ihre Hände zum Saum ihrer Bluse und mit einem tiefen, zitternden Atemzug zog sie den Stoff über ihren Kopf, bevor sie ihn auf den Boden fallen ließ.

Heilige Scheiße.

„Da draußen sind immer noch Leute." Er sah über seine Schulter, um sich zu vergewissern, dass sie alleine waren.

Zitternd nickte sie und ließ ihren Rock zu Boden fallen. „Ich weiß." In schwarzer Spitze stand sie vor ihm, die wunderschönen Rundungen ihrer prallen Brüste bettelten geradezu, berührt zu werden.

„*Shay*." Er schluckte schwer, sein Hals war staubtrocken. Sie musste ihre Kleidung wieder anziehen und das Zimmer verlassen. Sofort. Er hatte nicht die nötige Selbstbeherrschung, den Abstand zwischen ihnen noch viel länger aufrecht zu erhalten. „Was hat das zu bedeuten?"

Sie atmete noch einmal tief durch, dann kletterte sie aufs Bett und legte sich mit ihren herrlichen Kurven mitten auf die Matratze. „Das hier bin ich, eine Demütigung riskierend, um mich dir hinzugeben."

Er gab sich alle Mühe, sich nicht auf sie zu stürzen, sich nicht zu nehmen, was er wollte, und rieb stattdessen über die rauen Stoppeln an seinem Kiefer. Er hörte Graces Worte in seinem Kopf: *„Für Frauen ist es viel emotionaler, sich neuen sexuellen Aktivitäten zu öffnen. Wir neigen dazu, an unseren schlechten Entscheidungen festzuhalten und alles bis ins kleinste Detail zu analysieren."*

Das hier ging zu schnell für Shay.

„Versteh mich nicht falsch, aber warum jetzt? Du bist nicht bereit dafür."

Ihr Gesicht wurde von der Dunkelheit halb verdeckt, als sie sich auf ihren Ellenbogen aufstützte. „Ich überspringe ein paar Schritte. Ich will nicht wochenlang unter Stress stehen, während ich mir vorstelle, was passieren könnte. Ich will es jetzt tun und sofort meine Antwort haben."

Er trat vor und kniete sich neben sie aufs Bett. „Auf welche Frage?"

Sie hielt inne und überließ sie beide einen langen Moment lang der erregten Stille zwischen ihnen. „Ich will wissen, ob ich dir genug sein kann."

Seine Nasenflügel bebten vor Empörung. Er wollte ihr den Hintern versohlen und ihr auf vielfältige, genussvolle Arten zeigen, wie kompatibel sie waren. „Du bist genug", knurrte er. Keine andere Frau hatte sein Herz je so zum Rasen gebracht wie sie.

„Dann zeig es mir." Sie setzte sich auf und krabbelte auf ihn zu. „Mach mit mir, was du willst, und falls wir beide es auf die andere Seite schaffen, hat unsere Beziehung vielleicht eine echte Chance."

Sein Körper spannte sich von oben bis unten an, als sie mit den Händen über seine Brustmuskeln glitt, seinen Hemdkragen packte und ihn zu sich zog. Er folgte ihr auf die Matratze und kroch zwischen ihre gespreizten Oberschenkel, während sie rückwärts zum Kopfende des Bettes rutschte.

Mit einer Hand fuhr sie durch sein Haar und lockerte seinen Pferdeschwanz, sodass seine kinnlangen Strähnen ihre Gesichter umrahmten. „Du bist so still", flüsterte sie gegen seine Lippen, ihr Atem erhitzte dabei jeden Zentimeter von ihm.

„Ich mache mir Sorgen."

Sie lehnte sich zurück in die Kissen und sah stirnrunzelnd zu ihm auf. „Aber ich dachte ..."

„Das hier kann nur auf eine von zwei Arten ausgehen. Entweder sind wir perfekt füreinander ..."

„Oder es geht schief und ich muss meinen Job kündigen."

Er nickte. Shay war eine leidenschaftliche Frau mit einer fiesen eifersüchtigen Ader. Die Option, nach einer verpfuschten Beziehung weiter zusammenzuarbeiten, gab es für sie nicht. Und so sehr seine Libido bereit war, das Risiko einzugehen, veranlasste ein dumpfes Pochen hinter seinen Rippen ihn doch, vorsichtig vorzugehen. „Darüber können wir später noch nachdenken."

Still verharrte sie unter ihm, ihre Brust hob und senkte sich gegen seine. Als ihre Hand aus seinem Haar fiel, ging er davon aus, dass sie unter ihm hervorkriechen und gehen wollte, um ihre Entscheidung zu überdenken. Doch dann strichen ihre Fingerspitzen über seinen Kiefer, sein Kinn und schließlich über seine Unterlippe, bevor ihr Mund sich seinem näherte.

„Ich bin bereit, es zu riskieren."

<hr>

Shay wartete mit wild schlagendem Herzen und einer Zuversicht, die sich langsam verabschiedete. Leo starrte sie im gedimmten Licht einfach weiter an, sein leises Atmen das einzige, was sie außer den murmelnden Stimmen im Nebenraum hörte.

Da draußen waren Menschen, die unbekümmert ihre Getränke schlürften, während sie in ihrer Unterwäsche unter einem Mann lag, der hoffentlich bald etwas sagte.

„Wenn wir das tun, werde ich nicht leise sein, und du genauso wenig", warnte er. „Wir werden Zuschauer haben, noch bevor meine Kleidung den Boden berührt."

Sie schluckte. „Ich weiß."

Er verstummte wieder, und langsam wusste sie es zu

schätzen, dass er sich so viel Zeit nahm, den nächsten Schritt zu gehen. Sein Schwanz zwischen ihnen war hart und drückte hartnäckig gegen ihr Schambein. Er wollte sie, und doch ging er bedächtig vor, wog Pro und Contra ab, genau wie sie es so lange getan hatte.

„Ich werde deine Grenzen testen, Shay." Er beugte sich vor und glitt mit seiner Zunge sanft ihre Unterlippe entlang, während sich seine Hand ihre Seite hocharbeitete, um über die Wölbung ihrer Brüste zu streichen. „Anders kenne ich es von hier unten nicht."

„Ich weiß." Sie erschauerte. Ein Teil von ihr wünschte sich genau das, während der andere hoffte, Adrenalin würde sie bis zum Ende durchhalten lassen, ohne dass ihr Fluchtreflex die Oberhand bekam.

„Dann zieh dich aus." Er schob ein Körbchen ihres BHs hoch und entblößte ihre Brust, dann beugte er sich vor und seine Zunge umspielte ihre Brustspitzen. „Ich will jeden Zentimeter von dir zu meiner Verfügung haben."

Sie drückte ihren Rücken durch, damit sie die Haken ihres BHs lösen konnte. Und während sie die Träger hinunterschob, überschüttete er sie mit Aufmerksamkeit, leckte erste eine und dann die andere Spitze, bis ihr Atem schwerfällig ging und ihre Haut empfindlich kribbelte.

„Sag mir, dass du mich willst."

„Ich will dich", flüsterte sie und presste ihre Brust der Hitze seines Mundes entgegen, erlag den Berührungen seiner Finger, als diese ihre Taille entlangwanderten.

„Lauter."

Ihr Herz klopfte heftig in ihrer Brust. „Ich will dich." Ihre Stimme wurde mit jedem Wort lauter, und ihr Adrenalinspiegel stieg gleich mit.

Schmunzelnd lehnte er sich zurück, um ihr in die Augen zu sehen. „Dieses zarte Stimmchen verletzt mein Ego. Sag es so, dass ich es dir glaube. Sei das taffe Mädchen, von dem ich weiß, dass du es bist."

Sie biss sich auf die Lippe und starrte ihn entschlossen an, trotzdem bebten ihre Nasenflügel. Er hob fragend eine Braue und glitt mit den Fingern über ihren Bauch, unter das Bündchen ihres Strings.

„Gibst du schon auf?" Er stupste gegen ihre Klitoris, dass sie zusammenzuckte.

„Nein. Gib mir nur eine Sekunde, mich darauf einzustellen."

„Schluss mit Nachdenken", knurrte er. „Sag es." Er teilte ihre Schamlippen mit seinen Fingern und drang mit einem köstlichen Stoß in sie. „Sag es jetzt."

„Herrgott", jammerte sie. „Ich will dich, Leo."

Er schenkte ihr ein raubtierhaftes Lächeln, bevor seine Berührung ihren Körper verließ. „Das ist schon besser." Er packte ihren String auf beiden Seiten ihrer Hüften und befreite sie mit einem Ruck von dem feinen Material.

Sie hoffte, das Blut, das durch ihre Ohren schoss, war der einzige Grund dafür, dass das leise Gemurmel im Nachbarraum nicht mehr zu hören war, und nicht, dass sie still geworden waren, um ihnen zu lauschen. Jedenfalls war sie fest entschlossen, jeden Fremden zu ignorieren, der einen Blick riskieren wollte. Es war an der Zeit, sich dem Mann ihrer Träume zu beweisen, und dafür musste sie unbedingt einen Gang zulegen.

Sie begann, sein Hemd aufzuknöpfen, und war unfähig, den Blick von der Haut, die sie entblößte, abzuwenden. Seine Brust war mit einem leichten Haarflaum bedeckt, seine Brustmuskeln definiert, seine Bauchmuskeln geschmeidig und fest. Sie sehnte sich danach, ihre Hände entlang seiner Sehnen zu fahren, ihn zu beißen, wollte ihn um den Verstand bringen, sich rächen, weil er sie so lange hingehalten hatte.

Mit einer rauen Hand drückte er ihre Oberschenkel auseinander und machte sie damit verletzlicher als je zuvor. Sie war zur Schau gestellt, ihm ausgeliefert, und ihr Körper hatte sich nie lebendiger gefühlt als in diesem Augenblick.

„Du wirst immer offen für mich sein. Verstanden?"

Ihre Beine zitterten, als sie mit unruhigen Händen seinen letzten Knopf öffnete. „Ja", murmelte sie. „Immer."

„Und du wirst dich ausschließlich mir hingeben."

Sie senkte die Hände an ihre Seiten und sah ihn durchdringend an. „Solange für dich die gleichen Regeln gelten."

„Immer", grinste er und stärkte damit ihr Selbstvertrauen, auch wenn ihr die Bedrohung durch andere schöne Frauen aus dem *Vault of Sin* weiterhin im Hinterkopf blieb.

„Das gehört mir." Er glitt mit der Hand über ihren Bauch und dann tiefer. Mit zusammengepressten Lippen kämpfte sie gegen ein Flehen an, als er mit zwei Fingern durch ihr nasses Geschlecht glitt. Er lehnte sich über sie, seine Hand immer noch an ihrem Eingang, während die andere ihre Brust umfasste. „Das sind meine."

Sie wimmerte und presste ihre Brust in seine Hand. „Ja." Sie krallte ihre Hände so fest in das Kopfende des Bettes, dass sich ihre Nägel in das Holz gruben. „Bitte, Leo."

Sein Blick bohrte sich in ihren, als er seine Finger langsam in ihre Scheide gleiten ließ und ihr damit ein langes, kehliges Stöhnen entlockte. Ebenso gemächlich zog er sich wieder zurück und hinterließ eine feuchte Spur um ihren Kitzler, als er unablässig über das Nervenbündel rieb. Bewegungen in ihrem Augenwinkel ließen sie erstarren, als sie mehr als eine Person im Türrahmen bemerkte.

„Konzentriere dich auf mich", verlangte Leo.

Sie versuchte es. Das tat sie wirklich, doch die Lust begann abzuebben, und außer den Schatten der Schaulustigen, die die Gesichtszüge ihres Liebhabers verdunkelten, konnte sie nichts mehr wahrnehmen.

„Auf mich, Shay."

Er zog sein Hemd aus und warf es auf die Matratze neben sie. Die harten, festen Muskeln reichten aus, sie für einen flüchtigen Moment abzulenken. Dann schweifte ihr Blick ab und landete zuerst auf dem Paar, das dicht nebeneinander an der Wand stand, dann auf den beiden bekannten Gesichtern in der offenen Tür.

„Heilige Scheiße." Sie ergriff Leos Hemd, um ihre entblößten Brüste zu bedecken, und kniff die Augen zusammen.

T.J. und Brute waren da, schauten ihr zu wie bei einer verdammten Pornoshow, ihre Blicke durchdringend genug, um sich dauerhaft in ihrer Netzhaut einzubrennen.

„Schließt die Tür", befahl Leo, die Enttäuschung in seiner Stimme war unüberhörbar.

Sie wollte ihn beeindrucken, jede seiner Erinnerungen an andere Frauen auslöschen und durch die verrückte Leidenschaft ersetzen, die sie ihm zu bieten hatte. Wie zum Teufel hatten ihr die Rolle, die T.J. und Brute bei allem spielten, entgehen können? Travis hatte nach der letzten Getränkerunde erwähnt, dass auch das Personal mitmachte, doch dieses wichtige Detail hatte sie übersehen. Sie schüttelte den Kopf über sich selbst, als sich schlurfende Schritte entfernten und sich die Tür mit einem Klicken schloss. Schließlich wurden die Deckenleuchten eingeschaltet. Ihre Augen sprangen auf.

Nur keine Panik. Nicht ausflippen ... zumindest nicht mehr, als du es bereits getan hast.

„Sollten sie sich nicht auf der anderen Seite der Tür befinden?" Sie klammerte sich fester an das Hemd, als T.J. und Brute sich dem Bett näherten.

„Beruhige dich."

Beruhigen? Sie war verrückt vor Panik. Hatten sie nicht gerade, wenn auch nur vage, darüber gesprochen, einander treu zu bleiben? Jetzt stand T.J. links neben dem Bett mit einem traurigen Lächeln im Gesicht, als stünde er vor einem Erschießungskommando und nicht vor einer nackten Frau. Und dann war da noch Brute. Seine übliche grüblerische Miene war noch finsterer als sonst, seine Augen hart und voller Missbilligung.

„Ja, komm verdammt nochmal runter, Shay", nuschelte sie. „Wie zum Teufel soll ich das machen, wenn er mich so anstarrt?" Sie nickte in Brutes Richtung, bevor sie die in ihrer Kehle anschwellenden Emotionen hinunterschluckte und sich dann auf die schwarzen Baumwolllaken konzentrierte.

Das hier war eine Katastrophe epischen Ausmaßes.

„Ich nehme an, es wäre unpassend, jetzt um eine wohlwollende Weiterempfehlung zu bitten.“

„Ich lasse nicht zu, dass du wegläufst“, sagte Leo sanft. „Schau mich an.“

Als sie das nicht tat, wollte er von ihr runterklettern. Instinktiv packte sie ihn am Nacken und riss ihn wieder nach unten.

„Ich bin nackt“, knirschte sie durch zusammengebissene Zähne. „Wenn du von mir runtergehst, bringe ich dich um.“

„Ich bleibe, wenn du mich anguckst.“ Er machte es sich zwischen ihren Schenkeln bequem, einen Ellenbogen abgestützt, und schaute auf sie hinab.

Na dann. Sie hob den Blick und sah direkt in durchdringende ozeanblaue Augen.

„Du wolltest ins kalte Wasser springen, Shay. Vergiss nicht, wie man schwimmt, jetzt, wo du hier bist.“

Seine Worte widerholten sich in einer Endlosschleife. Einen Sprung zu wagen war nie einfach ... es sollte allerdings auch nicht konfrontationsartig auf einen einstürzen. Aber wenn sie jetzt ging, würde sie niemals zurückkommen.

„Ich mache das nicht für jemand anderen“, wisperte sie. „Alles, was ich wollte, bist du.“

Ihr Blick driftete ab, über die Laken zu den dunkelblauen Jeans, die T.J. trug. Er stand still, sagte kein Wort, während Leo mit einem Finger an ihrem Kiefer entlangfuhr und damit ihre Aufmerksamkeit zurückgewann.

„Du bekommst nur mich. So lange, wie du mich haben willst.“ In seinen Augen lag nichts als Aufrichtigkeit. „Mit anderen zu spielen wäre bloß zu deinem Vergnügen. Und das muss weder jetzt passieren, noch morgen, oder überhaupt. Hast du verstanden?“

Sie nickte, etwas erleichtert durch seine Antwort.

„Aber mein Ego muss gefüttert werden.“ Einer seiner Mundwinkel hob sich und brachte ihre Brust zum Pochen. Verdammt sei sein sexy, selbstsicheres Grinsen. „Ich will, dass sie deinen schönen Körper sehen. Ich will, dass sie sich Notizen darüber machen, wie verdammt unglaublich du dich durch mich fühlst. Ich will, dass sie dein Gesicht sehen, wenn du durch meine Hände, meinen Mund oder meinen Schwanz die Kontrolle verlierst. Ich will, dass sie das Bedürfnis, dich haben zu wollen, wahnsinnig macht."

Sie erschauerte, als auf der freiliegenden Haut ihres gesamten Körpers eine Gänsehaut ausbrach.

„Vertraust du mir?", fragte er.

Sie biss sich auf die Zunge, um ein *verdammt, nein* zurückzuhalten. „Nicht, wenn du grinst, als hättest du gerade den Hauptgewinn gemacht."

„Aber ich habe den Hauptgewinn gemacht, meine Schöne." Sein Grinsen wurde breiter, als er eine Hand zwischen sie schob und ihr geschmeidiges, empfindliches Fleisch teilte. „Du musst mir nur vertrauen, damit ich die Chance bekomme, sie zu probieren."

Ihr Atem stockte, als er seine Finger tiefer versenkte und seinen Daumen über ihre Klitoris gleiten ließ. „Okay", keuchte sie. „Okay." *Okay, okay, okay.* Sie nickte und leckte sich die Lippen, sehnte sich nach mehr. Eine Berührung und ein sündhaftes, sexy Grinsen reichten aus, und schon gehörte sie ganz ihm.

„Das ist mein Mädchen."

Er beugte sich zu einem fordernden Kuss zu ihr hinunter. Seine Zunge bewegte sich im gleichen köstlichen Rhythmus in ihrem Mund wie seine Finger in ihrer Scheide. Sie klammerte sich an ihn, eine Hand um seinen Hals, die andere auf seinen Bizeps gelegt, und ließ ihre Unsicherheit langsam von ihren Empfindungen davontragen.

Als er sich zurückzog, rang sie nach Atem und ihre Hüften buckelten auf der Suche nach mehr.

„T.J., hol die Handschellen."

„Was?" Ihr Blick schoss zu T.J. am Nachttisch zu ihrer Linken, dann hinüber zu Brute, der auf der Matratze zu ihrer Rechten Platz genommen hatte, bevor er zu Leo zurückschnellte. „Handschellen sind nicht nötig." Sie schüttelte mit flehendem Blick den Kopf. Ihr Stolz hielt sie davon ab, ihr Flehen laut zu äußern. Wären sie alleine, wäre es anders, aber sie musste ein gewisses Maß an Rückgrat zeigen, um den anderen zu beweisen, dass sie es wert war.

„Doch, sind sie, bis der ängstliche Ausdruck aus deinen Augen verschwindet."

„Glaube mir, Handschellen werden da nicht helfen."

T.J. gluckste leise, und die Wirkung des Geräusches verblüffte sie. Sie sah zu ihm hinüber, zu der liebevollen Zärtlichkeit in seinem wehmütigen Lächeln und wusste, dass sie in Sicherheit war. Er hatte eine Sehnsucht in den Augen, genau wie Leo, und sie nahm an, dass auch Brute sie irgendwo unter den Schichten seiner Schroffheit verbarg. Alle drei Männer hatten aufgegeben, die Frau zu finden, die sie jeweils vervollständigte, und brauchten neue Hoffnung, um weiterzumachen. Sie war diese Hoffnung.

Schweigend hielt sie T.J. ihren Arm hin und wartete, bis die sanfte Berührung seiner Hand das kalte Metall um ihr Handgelenk geschlossen hatte. Er hielt ihren Blick gefangen, als er das andere Ende am Bett befestigte und dann leicht mit den Fingern über ihr Handgelenk zu ihrem Ellenbogen strich, bevor er zurücktrat, um den zweiten Satz Handschellen Brute zuzuwerfen.

Sie weigerte sich, den selbstgefälligen Bastard anzuschauen. Er hatte vorhin schon genügend Spaß mit ihrer Unterwäsche gehabt. Sobald dieser Moment vorbei war, würde er ihr keine Ruhe mehr lassen, da war sie sich sicher. Anstatt ihn anzusehen, hob sie also den Arm in seine Richtung und starrte zu Leo, während eine unvertraute Hand mit ihrem Handgelenk herumhantierte. Finger kitzelten sie, arbeiteten sich höher über ihre Handfläche, spreizten ihre Finger, bevor sie sich wieder nach unten bewegten.

„Er will, dass du seine Anwesenheit anerkennst", flüsterte Leo.

So ein Pech. Sie hob ihr Kinn, schob die Unterlippe zwischen ihre Zähne und wartete darauf, dass die zarte Berührung aufhörte. Brute war ihr Freund, ein toller Kerl, der sich hinter einer Arschloch-Fassade versteckte. Ein Blick hatte die Macht, ihre Freundschaft zu ruinieren, und sie riskierte mit Leo bereits genug.

Leo schmunzelte. „Nun, nur, damit du es weißt, er wird nicht aufhören, bis er bekommt, was er will."

Ihre Augen weiteten sich, als Brutes Finger weiter ihren Arm hochwanderte, von der kribbelnden Haut an ihrem Ellenbogen zu ihrem Bizeps und schließlich zu ihrer Schulter. Sie hielt den Atem an and schlang ihre Beine um Leos Taille, um sich zu erden, fest entschlossen, nicht nachzugeben.

Brutes Finger hinterließen eine brennende Spur auf ihrer Haut, als er entlang ihres Dekolletés und langsam ihren Brustkorb hinunterwanderte. Sie begann zu keuchen, und war sich nicht sicher, ob sie die Lust, die ihren Körper durchzuckte, genießen, oder lieber an ihrer Entschlossenheit, nicht zu brechen, festhalten sollte, um ihre Beziehung nicht in das nächste turbulente Level zu katapultieren.

„Shay." Brutes tiefe Stimme drang an ihr Ohr.

Sie schüttelte den Kopf und kämpfte hart, ruhig zu bleiben.

„Shay." Diesmal war seine Stimme lauter, und seine Finger wanderten zu der prickelnden Haut unter ihrer Brust. „Sieh mich an."

„Wieso?" Beharrlich sah sie weiter Leo an. „Du willst mich nicht einmal hier haben." Ihren Lippen entwischte die Wahrheit. Er hatte sie an ihrem ersten Arbeitstag und zuletzt gestern Abend gewarnt, sich von Leo fernzuhalten. Unterbewusst hatte seine Zurückweisung sie tief verletzt.

„Nein." Er ließ die Macht des Wortes wirken, bevor er fortfuhr: „Ich will nicht, dass du hier unten verletzt wirst."

Daraufhin musste sie ihn doch anschauen und sah, wie sich sein mürrischer Gesichtsausdruck ein wenig erweicht hatte und nun etwas wie Bedauern zeigte.

„Ich will nicht, dass du abhaust wie jede andere Frau, für die einer von uns je etwas empfunden hat."

Davon hatte er in ihren Gesprächen nie geredet. Oder doch? Sie musterte ihn, sah die Aufrichtigkeit in seinen Zügen. Seine Missbilligung hatte ihrem Schutz gegolten?

„Ich bin ein großes Mädchen."

Er senkte den Kopf. „Ich weiß, und deshalb ist es schwer zu ertragen, dich so aufgewühlt zu sehen." Seine Berührung wanderte über ihre Rippen, dann ließ er von ihr ab. „Ich bin hier, um dich zu beschützen. Um aufzupassen, dass der Kerl hier keinen Mist baut, okay?"

Ihre Mundwinkel hoben sich. „Okay."

„Ich werde keinen Mist bauen", fuhr Leo dazwischen und setzte sich auf.

Shay, nun entblößt, schnitt eine Grimasse, als sie das Gewicht dreier erhitzter Blicke auf sich spürte, die sie von Kopf bis Fuß betrachteten. Leo stand am Fußende des Bettes und verschlang sie mit den Augen, während er seine Hose öffnete und zu Boden fallen ließ.

Seine Erektion beulte seine Boxershorts aus, sodass ihr das Wasser im Mund zusammenlief und ihre gefesselten Hände sich verkrampften. Er legte das letzte Stück Stoff ab, das seinen Körper bedeckte, und ließ seinen Schwanz gegen seinen Unterleib hüpfen.

„Zeit, meinen Hauptgewinn einzustreichen."

Er besaß tatsächlich die Frechheit, sie in ihrer Situation mit seiner verdammten aalglatten Arroganz aufzuziehen, bevor er wieder auf die Matratze krabbelte und ihre Beine spreizte. Hemmungen, Scheu oder Zweifel kannte er nicht. Er war in seinem Element, seine Augen leuchteten voller Entschlossenheit.

„Herr im Himmel, du bist so wunderschön." Er hockte sich vor sie hin und bewunderte ihren entblößten Körper.

Sie zerrte an ihren Fesseln und zuckte zusammen bei dem schmerzhaften Druck an ihren Handgelenken. Sofort hatte sie Leos Aufmerksamkeit, und T.J. und Brute waren an ihren Handgelenken, um die Haut unter dem Material zu massieren.

„Mir geht es gut." Sie sah jeden von ihnen der Reihe nach an. Nie zuvor war sie so verehrt, so umworben und umsorgt worden. „Ich zerbreche schon nicht."

„Gut. Denn ich fange gerade erst an." Leo senkte sich

zwischen ihre Oberschenkel, sein Mund nur einen Zentimeter von ihrem Schoß entfernt, sein Atem kitzelnd auf ihrer Haut. „Leg deine Beine um meine Schultern."

So schnell sie konnte tat sie, wie ihr geheißen in der Hoffnung, er würde sie nicht lange hinhalten und seine Zunge in ihrer Spalte versenken. Der erste Zungenschlag ließ sie sich aufbäumen und ihre Hände erneut an den Fesseln zerren. Mit einer langsamen, ausgiebigen Liebkosung nach der anderen kostete er sie, brachte er sie zum Keuchen und dazu, sich zu wünschen, sie könnte mit ihren Händen durch seine Haare fahren und ihn an Ort und Stelle halten.

„Mehr", bettelte sie. „Bitte." Sie schämte sich nicht länger für ihren Drang zu flehen. Sie würde winseln und kriechen, wenn sie musste, nur, damit er ihr endlich mehr gab. Verärgert riss sie an den Fesseln und scherte sich nicht länger um die Schmerzen an ihren Handgelenken. Es war eine dringend benötigte Linderung der Folter, die Leo ihrem Körper zuteilwerden ließ.

„Befreit ihre Hände", forderte Leo. „Sie tut sich nur weh."

Sie streckte sich erleichtert, begierig darauf, jeden harten Zentimeter seines Körpers zu berühren. T.J. und Brute taten, was ihnen auftragen worden war, doch die Bewegungsfreiheit ihrer Arme blieb weiter eingeschränkt. T.J. verschränkte seine Finger mit ihren und drückte ihre linke Hand nach unten, während Brute ihre rechte Hand festhielt. Sie kletterten an ihren Seiten auf das Bett und sahen schweigend zu, wie sich Leo wieder daran machte, ihre Pussy zu verschlingen.

Sie drückte T.J.s Finger fester, je näher sie dem Orgasmus kam. Nie hätte sie gedacht, dass sie erleichtert sein würde, alle drei Bosse um sich zu haben, um mit ihnen das sinnlichste Erlebnis ihres Lebens teilen zu können. Auch ohne sie wäre es etwas ganz Besonderes – schließlich ging sie ein hohes Risiko ein, sich Leo auf diese Weise hinzugeben –, doch mit ihnen war ihr Lustgefühl umso größer, und, was noch wichtiger war, sie fühlte sich in Gegenwart dieser Männer wohl.

Jedes Mal, wenn Leos Finger in sie eindrangen, wanderte

ihr Blick von einem Mann zum anderen. Ihr ganzer Fokus war auf ihren Körper gerichtet, darauf, wie sie ihre Hüften kreiste. Ihre Aufmerksamkeit machte sie süchtig. Sie wand sich immer zügelloser, stöhnte jedes Mal etwas lauter, wenn Leo die perfekte Stelle traf, und genoss den berauschenden Kick, den jedes Nasenflügelbeben, jedes zusammengekniffene Auge und jeder angespannte Kiefer ihr gab.

Brute kam näher und beugte sich zu ihr hinunter. Der leichte Kontakt seiner Bartstoppeln mit ihrer Haut reichte aus, ihre Lust weiter zu intensivieren und sie dem Höhepunkt näher zu bringen.

„Ich wusste, dass du so sein würdest", murmelte er ihr ins Ohr. „Empfänglich. Empfindsam. Ein unvergesslicher Anblick."

Oh Gott. Sie keuchte. Dirty Talk würde ihr den Rest geben und sie wollte noch nicht loslassen. Leos Berührung allein war bereits gefährlich genug, das Streicheln seiner Finger, die sich in ihr bewegten, das Saugen seines Mundes, der sich über ihrem Kitzler niedergelassen hatte. Mit der zusätzlichen Stimulation der köstlichen Worte, die in ihren Verstand drangen, und Brutes Atem, der sie am Hals kitzelte, konnte sie kaum noch atmen.

„Was ich nicht dafür geben würde, zwischen diesen Schenkeln zu sein, dich zu lecken und an deiner Haut zu knabbern." Mit seiner Nasenspitze liebkoste er die empfindliche Haut unter ihrem Ohr. „Leo ist ein verdammter Glückpilz."

Sie wimmerte. Nicht Leo war der Glückliche. Mit ihren vor Lust angespannten Schenkeln, ihren Handgelenken, die von zwei anbetungswürdigen Männern festgehalten wurden, und ihrem Geschlecht, das kurz vor der Detonation stand, hatte definitiv sie den besseren Deal gemacht.

„Ich will sehen, wie du in seinem Mund kommst."

Fuck ... Die Welt verschwamm, hell wurde zu dunkel, und sie schrie, als sie ein heftiger Orgasmus überkam. Sie hielten sie fest, Leo an ihren Hüften, und T.J. und Brute an ihren Handgelenken. Ihre Beine fest um Leo geschlungen, ihre

Augen zusammengekniffen, bäumte sie sich auf, als ihr Innerstes völlig außer Kontrolle geriet.

Auch als ihr Lustgefühl nachließ und die starken Wellen ihres Höhepunkts zu einem leichten Prickeln abebbten, hörte Leo nicht auf. Erst nachdem ihre Beine geplättet von seinen Schultern fielen und ihre Arme nicht länger mit ihren Fesseln kämpften, wich er langsam zurück. Mit einem trägen Lächeln auf den Lippen öffnete sie die Augen und sah, dass er vor ihr hockte und sie anstarrte. Er sagte nichts, bewegte sich nicht, starrte sie lediglich weiter an mit einer Miene, die sie nicht genau bestimmen konnte.

Der Druck auf ihren Handgelenken verschwand, was ihr erlaubte, sich auf ihre Ellenbogen zu stützen. „Was ist?"

Er atmete tief ein, schwieg aber weiterhin.

„Petrova sprachlos", feixte Brute. „Es muss Liebe sein."

Überrascht sah Shay zu Brute und dann sofort wieder zu Leo. Sein Kinn war gereckt, seine Schultern gerade, während sie ihn ungläubig anstarrte.

„Nein." Sie schüttelte den Kopf. Er liebte sie nicht. Er hatte Gefühle für sie, begehrte sie, aber er liebte sie nicht. Zumindest noch nicht.

Leo hob eine Braue und leckte sich über seine glänzenden Lippen.

Sprich mit mir. Sie brauchte eine Antwort, würde nicht atmen, bis sie eine hatte. „Tust du nicht." *Oder doch?*

Er beugte sich zu ihr, umfasste ihre Taille und zog sie auf seinen Schoß. Sie ignorierte die Härte, die gegen ihr Schambein drückte, und studierte seine intensiven Augen. „Leo?"

„Hmm?" Er blinzelte benommen. „Was, meine Schöne?"

„Du liebst mich nicht."

Einer seiner Mundwinkel hob sich. „Ist das eine Frage oder eine Feststellung?"

„Ich weiß es nicht."

Er leckte sich die Lippen, strich beiläufig eine Locke ihres Haars hinter ihr Ohr und lächelte. „Wieso macht dich der Gedanke, dass ich dich lieben könnte, so nervös?"

Weil du Leo Petrova bist, der Mann meiner Träume und Schöpfer aller meiner Fantasien.

„Shay?"

Sie wandte ihren Blick zu der sich schließenden Tür. Jetzt waren sie allein. T.J. und Brute hatten ihnen wortlos Privatsphäre gewährt.

„Shay?" Leo nahm ihr Kinn und drehte sie zu seinen durchdringenden blaugrünen Augen zurück. „Fürchtest du dich, weil ich dich liebe?"

Sie schlug sich die Hand vor den Mund und unterdrückte ein Keuchen. Nie zuvor hatte sie so etwas erlebt. Sie hatte sich nicht nur im Privatzimmer eines Sexclubs allein mit drei Männern vergnügt, außerdem wurden auch ihre Gefühle erwidert. Bisher war es immer irgendein klammernder Kerl gewesen, oder sie hatte sich in jemanden außerhalb ihrer Liga verguckt. Nun lag sie in den Armen des Mannes, dem sie vor langer Zeit ihr Herz geschenkt hatte, und er schenkte ihr im Gegenzug sein eigenes.

„Hey." Er schob sanft ihre Hand zur Seite und fuhr zart mit dem Daumen über ihre Oberlippe. „Die Shay, die ich kenne, würde nicht wegen eines Mannes weinen."

„Ich weine nicht." Sie versuchte bloß, ihre hyperventilierenden Atemzüge zu verbergen.

Sein Lächeln wurde breiter, je länger er in ihre Augen sah. „Ich glaube dir."

Lange saßen sie in behaglicher Stille und schauten einander an, und jede verstreichende Sekunde ließ ihr Herz weiter anschwellen. Sie hatte immer gewusst, dass Leo Petrova ein besonderer Mann war. Jetzt wusste sie, warum. Er gehörte ihr.

Er nahm seine Hände von ihrem Gesicht und packte sie um die Taille. In dem Augenblick, in dem seine Schwanzspitze ihren Eingang berührte, verwandelte sich die Wärme der Liebe, die sie durchdrang, in brennendes Verlangen.

„Jetzt bist du an der Reihe." Sie schenkte ihm ein verruchtes Lächeln.

„Ich werde immer hart für dich sein, aber hier geht es nicht darum, wer an der Reihe ist." Er griff hinter sich, um eines der Kondome von der Matratze zu nehmen, und zog es sich über. „Ich wäre glücklich, dir den Rest meines Lebens Vergnügen zu bereiten, ohne dafür eine Gegenleistung zu erhalten."

Ihre Lippen schwebten einen knappen Zentimeter über seinen. „Als ob."

Er gluckste. „Okay. Ist vielleicht ein wenig übertrieben. Aber das ist deine Schuld. Du verursachst in mir dieses verrückte Bedürfnis, dich glücklich machen zu wollen."

„Ich bin zu lange verrückt nach dir, ich kenne es schon nicht mehr anders."

„Eine sture Frau wie du?" Er hob eine Braue. „Du wolltest mir nur an die Wäsche."

Er legte sie sanft aufs Bett.

„Und an dein Herz", flüsterte sie und biss sich dann in Erwartung seiner Reaktion auf die Lippe. Selbst nach seiner Liebesbekundung fühlte sie sich immer noch nicht wohl dabei, ihre Gefühle auszusprechen. Er schien zu gut, um wahr zu sein. Wie eine Fata Morgana, die zu verschwinden drohte, je näher sie sich kamen.

Er rollte sie auf die Seite und legte sich hinter sie, die Härte seines Körpers berührte ihren Rücken. Eine Hand fand ihre Hüfte und streichelte zärtlich über die empfindliche Haut, während er sein Gesicht in ihren Haaren vergrub.

„Es gehört dir, Shay. Und du gehörst mir. Egal, wie groß deine Angst ist, wir werden das gemeinsam durchstehen." Sein Schaft glitt durch ihre feuchte Erregung und stieß in winzigen, neckenden Bewegungen in sie hinein.

„Ich lasse nicht zu, dass einer von uns davonläuft." Mit einem harten, tiefen Stoß versenkte er sich ganz in ihr.

Sie stöhnten beide, und Shay drehte ihren Kopf, damit Leo ihren Mund in einem ebenso harten Kuss erobern konnte. Diesmal war ihre Vereinigung träge und romantisch, ihr Vergnügen angeheizt durch Hingabe und Zuneigung. Er verehrte sie, küsste ihre Schulter und streichelte bedächtig ihre Klitoris. Sie liebten sich wie ein Paar mit einer Zukunft, nicht wie zwei Menschen, die erwarteten, im nächsten Moment auseinandergerissen zu werden.

„Ich kann nicht glauben, dass das hier passiert." Ihr Herz flatterte, von einer dankbaren Erleichterung durchströmt, dass sich der frühe Morgen so entwickelt hatte. Sie war von der Klippe gesprungen und hatte Flügel erhalten.

„Glaub es, meine Schöne." Er liebkoste ihren Nacken, ohne seine himmlischen Hüftbewegungen zu unterbrechen. „Denn ich lasse nie los, was mir gehört."

KAPITEL NEUNZEHN

*L*eo nahm Shays Hand, als sie das Badezimmer verließen und in den Hauptraum des *Vault of Sin* schlenderten. T.J. und Brute saßen wartend an der Bar und sahen zu, wie sie sich näherten. Sie waren nicht für ein Schwätzchen geblieben, sondern wegen Shay. Sie wollten sichergehen, dass es ihr gutging. Und Leo war froh, dass sie die Eier dazu hatten. Es fiel jedem von ihnen schwer, einer Frau gegenüber Schwäche zu zeigen, denn genau das taten sie – sie zeigten Shay, dass sie sich um sie sorgten.

„Alles okay zwischen uns?" Brute nahm einen Schluck aus seinem Scotchglas.

Leo warf Shay einen fragenden Blick zu.

„Was?", flüsterte sie.

„Er fragt dich, meine Schöne."

„Oh."

Ihre Wangenspitzen erröteten, und schon erwachte sein Glied zu neuem Leben. Shay war nicht der verlegene Typ, und sie nervös zu sehen, war wie ein Adrenalinschub für seinen Schwanz.

„Ja", sagte sie mit einem nervösen Kichern. „Alles gut."

„Du warst sehr gut, Shay", meinte Brute.

„Oh, danke." Sie stieß ein verächtliches Lachen aus. „Mir war nicht klar, dass das eben Teil eines Castings war."

„Kein Grund, sich aufzuregen. Ich meine damit nur, dass ich mich für euch beide freue." Brute ging um den Tresen herum und stellte sein leeres Glas in die Spülmaschine. „Nun, ich mache mich auf den Weg. Ich brauche mein Bett. Brauchst du eine Mitfahrgelegenheit, T?"

T.J. starrte weiter auf das Glas in seinen Händen, und das Eis klirrte, während er es vor und zurück schwenkte. „Nein. Ich genehmige mir noch einen." Er griff nach der *Grey Goose*-Flasche auf der Theke und goss sich einen weiteren fingerbreit ein.

„Dann sieh zu, dass du mit Leo mitfährst. Du bist schon über dem Limit."

„Ich komme schon klar."

Brute sah Leo an und bat ihn schweigend, ein Auge auf T.J. zu haben.

„Ich bleib gerne noch was hier und schließe ab", verkündete Leo. „Wenn er eine Mitfahrgelegenheit nach Hause braucht, fahre ich ihn."

Brute kam zu ihnen zurück und blieb neben Shay stehen. „Ruf mich an, wenn du irgendetwas brauchst."

Leo konnte die Bewunderung in den Augen seines Freundes sehen und ignorierte den Anflug von Eifersucht, der sich in seiner Brust ausbreitete. „Sie hat mich, wenn sie etwas braucht." Er versuchte, die leichte Verärgerung in seinem Tonfall im Zaum zu halten.

„Ja, aber manchmal bist du ein Arsch." Brute schlang einen Arm um ihren Hals und küsste ihre Schläfe.

„Glashaus. Steine." Shay kicherte. „Aber danke. Ich weiß das Angebot zu schätzen."

Brute zuckte mit den Schultern und ging zur Tür. „Ich habe Grund, so zu sein, wie ich bin. Leo hat keinen mehr." Er tippte sich zum Abschied mit zwei Fingern an die Schläfe und verschwand hinter der Bar. „Wir sehen uns nächste Woche."

Schwere Schritte entfernten sich, gefolgt vom Öffnen und Schließen der hinteren Eingangstür. Dann war es still. Zu still. Leo wollte Shay nach Hause bringen, kuscheln, reden, mit ihr in seinen Armen einschlafen. Allerdings stimmte mit

T.J. etwas nicht, und Leo würde ihn in diesem Zustand nicht zurücklassen.

„Alles okay?" Shay glitt auf den Hocker neben seinem Freund und neigte den Kopf, um sein niedergeschlagenes Gesicht sehen zu können.

„Ja, Süße, ich bin nur müde."

Es war mehr als Erschöpfung, die T.J.s Tonfall dämpfte. Monatelang hatte Leo ihm zugesehen, wie er tiefer und tiefer im Selbstmitleid versank. Jeder Tag getrennt von seiner Ehefrau zehrte etwas mehr an dem Mann, der sein Herz auf der Zunge trug.

„Bist du sicher?" Shay begegnete besorgt Leos Blick. „Habe ich etwas falsch gemacht?"

„Nein", sagten Leo und T.J. gleichzeitig.

„Es ist nur wegen einer Familienangelegenheit", fügte T.J. hinzu. „Wegen des unendlichen Mists, der mit meiner Ehe einhergeht."

Shays Augen wurden groß. „Du bist verheiratet? Wie konnte ich das nicht wissen?"

„Wir haben alle unsere Geheimnisse", murmelte Leo in dem Versuch, etwas ihres Ärgers abzufangen. T.J.s Dämonen hingen alle mit seiner Frau zusammen. Er liebte sie mit jedem Atemzug und jedem Herzschlag. Doch ihre Ehe hatte sich im Laufe der Jahre verändert, was zu ihrer Trennung führte. Jeder Tag getrennt von der Frau seiner Träume erforderte höheren Tribut, und Leo war sich nicht sicher, ob die beiden die Beziehung, die sie einmal hatten, je wiederaufbauen konnten.

„Wirklich?", fragte sie gedehnt. „Und welche Geheimnisse hast du?"

Leo verengte seine Augen zu Schlitzen und wollte ihr für ihre Frechheit einen Klaps auf den Hintern geben. „Meines kennst du schon, also hör auf, mich so anzusehen."

Sie neigte den Kopf, als wollte sie sagen *Touché* und drehte sich dann wieder zu T.J. „Kann ich irgendetwas tun?"

„Nee." T.J. kippte den Rest seines Wodkas hinunter und knallte das Glas auf die Bar. „Mach einfach den Kerl hier glücklich." Er rutschte vom Hocker, holte tief Luft und setzte ein falsches Lächeln auf. „Wünscht mir Glück bei der Übermittlung der Scheidungspapiere."

Leo öffnete den Mund, doch nichts kam heraus. Ihm fiel nichts ein – keine Ratschläge, keine Worte des Trostes. Sein Freund war seit sechs Jahren verheiratet. Sechs glückliche Jahre. Und nun wollte er dem Ganzen ein Ende setzen. Er hatte nicht einmal gewusst, dass T.J. mit einem Scheidungsanwalt gesprochen hatte.

„So kannst du nicht fahren." Shay glitt vom Hocker und hastete um die Bar, um ihre Handtasche zu holen.

„Mir geht es gut." T.J. kopierte Brute und schlurfte zu Shay, bevor er ihr einen Arm um den Hals legte und ihr einen Kuss auf die Schläfe gab.

Diesmal war da keine Eifersucht. Alles, was Leo fühlte, war ein klaffendes Loch in seiner Brust für den Mann, der ein größeres Herz hatte als Leo und Brute zusammen. Eine Scheidung war nicht die Lösung. Es konnte einfach nicht die Lösung sein. T.J. liebte seine Frau, und ihren bisherigen Gesprächen nach zu urteilen, liebte ihn seine Frau auch.

„Bist du sicher?" Leo schnappte sich seine Schlüssel, zum Aufbruch bereit.

„Lass es. Ich hatte nur ein paar Drinks. Ich kann fahren."

„Nein." Leo schüttelte den Kopf. „Ich spreche von der Scheidung. Warum versucht ihr es nicht mal mit einer Eheberatung?"

T.J. lachte auf. „Ja, genau, Kumpel, Eheberatung. Das wäre ein Brüller."

„Ich meine es ernst."

„Und ich bin fertig." T.J. hob die Schultern. „Ich kann nicht jede Nacht damit verbringen, an sie zu denken und zu wissen, dass ich sie davon abhalte, den Rest ihres Lebens zu leben. Mein eigener Egoismus hat es überhaupt erst so weit kommen lassen. Ich konnte den Gedanken nicht ertragen, dass sie mit jemand anderes zusammen sein könnte. Aber ich muss sie gehen lassen. Sie hat etwas Besseres verdient."

„Etwas Besseres als dich?", fragte Shay mit brüchiger

Stimme. Sie kletterte zurück auf einen Hocker und dann noch höher, um sich auf die Bar zu setzen. „Das verstehe ich nicht."

„Das brauchst du nicht, Süße." T.J. klopfte ihr auf den Oberschenkel und machte sich auf den Weg. „Wir sehen uns nächste Woche."

„Warte." Leo bedeutete Shay mit dem Kopf, ihnen zu folgen. „Ich setze dich ab." T.J. war nicht betrunken, aber extrem emotional. Und zusammen mit ein paar Drinks war das eine gefährliche Mischung.

„Lasst es." T.J. schwang sich zu ihm herum und hielt eine Hand hoch, damit Shay nicht von der Bar kletterte. „Heute Abend geht es um euch beide. Lasst mich gehen. Ich kann problemlos selbst fahren."

Leo musterte die Verzweiflungslinien auf dem Gesicht seines Freundes und die Besorgnis in Shays Augen. Er saß in der Klemme. Männer hatten keine schwachsinnigen emotionalen Ausbrüche. Wenn T.J. allein sein wollte, dann sollte es so sein. Er würde nicht T.J.s Hand halten oder ihn bevormunden. „Bist du sicher?"

T.J. rollte mit den Augen. „Verdammt nochmal, ja." Müde winkte er Shay zu und ging in Richtung der Hintertür. „Macht in den nächsten zwei Tagen nicht zu viel Unfug."

Shay begegnete Leos Blick, während sich ihre Mundwinkel langsam hoben. „Machen wir nicht", rief sie über ihre Schulter und wartete, bis sich die Hintertür schloss. „Ist er wirklich in der Lage zu fahren?"

„Er kennt seine Grenzen. Es wird schon gutgehen." T.J. war der Verantwortungsbewusste von ihnen, und die Straßen waren zu dieser frühen Morgenstunde menschenleer. Leo machte sich mehr Gedanken über den zusätzlichen Alkohol, den T.J. zu sich nehmen würde, sobald er einen Fuß in sein Apartment setzte.

„Das ist alles? Du bist sein bester Freund und alles, was du von dir gibst, ist ein *es wird schon gutgehen?*"

Leo zuckte die Achseln. Nichts, was er tat, würde den Scheiß, den T.J. durchmachte, zum Besseren wenden. Der

Mann war robust und hatte sich bisher immer wieder erholt. Er hatte einfach ein größeres Herz als die meisten. „So ziemlich. Und außerdem ist das nicht deine Sache." Er stolzierte auf sie zu und spreizte mit einem groben Handgriff ihre Beine.

„Oh." Sie hob trotzig den Kopf. „Und was geht mich etwas an?"

„Ich", knurrte er und hob sie von der Bar. Ihre Beine umschlangen seine Taille und klammerten sich daran fest, während er auf den Ausgang zuging. „Ich und nur ich, für den Rest der Ewigkeit."

„Wie poetisch von einem Mann, dem Monogamie bisher wahrscheinlich ein Fremdwort war."

Er grinste sie an, denn er wusste, sie würde ihn für eine verdammt lange Zeit auf Zack halten. „Nicht poetisch, meine Schöne." Er platzierte einen langanhaltenden Kuss auf ihren Lippen, bevor er seine Augen öffnete und in ihre leidenschaftlichen braunen Iriden blickte. „Ich habe nur darauf gewartet, von der richtigen Frau vom Markt genommen zu werden. Und jetzt, da ich sie gefunden habe, wird es keine andere Frau mehr geben."

"*D*u heckst irgendwas aus, das kann ich spüren."

Shay grinste zu Leo hinunter und ignorierte seine zutreffende Vermutung. Sie saß auf der Bar vom *Vault of Sin*, ihrem Lieblingsplatz, von dem aus sie jeden Zentimeter des jetzt leeren Hauptraums sehen und einen Blick durch die offenen Türen der privateren Bereiche werfen konnte. „Ich denke nach."

Brute stöhnte und ging um die Bar herum zum Spülbecken. „Halt sie auf, Leo. Du weißt, wie abenteuerlich die meisten ihrer Einfälle sind."

„Was?" Sie schnappte gespielt empört nach Luft und warf ihm über die Schulter einen missbilligenden Blick zu. „Meine Ideen für oben waren einfach fabelhaft."

„Eher gewagt", konterte er.

Sie schüttelte den Kopf und wandte sich wieder an Leo, der von seiner Position zwischen ihren Schenkeln aus gluckste. Er saß auf dem Hocker vor ihr und sah mit seinen durchdringenden ozeanblauen Augen zu ihr auf. „Ich weiß nicht. Ich glaube, ich würde gerne hören, was sie zu sagen hat."

Schmetterlinge flatterten in ihrem Magen. Nach einigen gemeinsamen Wochen hatte sie den Schock, mit einem so umwerfenden Mann zusammen zu sein, immer noch nicht überwunden. Er war perfekt. Aufmerksam. Eingespielt auf ihre Bedürfnisse und Begierden. Der einzige Wermutstropfen war seine Zurückhaltung, sie als seine Partnerin zurück mit ins *Vault* zu nehmen. Er hatte ihr gesagt, er wolle warten, bis sie sich ein vollständiges Bild davon machen konnte, worum es im Club ging.

Irgendwie verständlich. Doch das minderte nicht die Erregung, die sie jedes Mal durchströmte, wenn sie an die Möglichkeiten dachte. Sie hatte jede verfügbare Schicht hinter der Bar des Sexclubs gearbeitet, und so ihre Wertschätzung für den Lifestyle entwickelt. Je mehr sie zuschaute, desto mehr genoss sie es. Und nun war sie an einem Punkt angelangt, an dem sie nicht mehr glaubte, das sexuelle Umfeld noch viel mehr schätzen zu lernen, ohne sich Leo vor aller Augen zu schnappen.

Aus diesem Grund hatte sie ihre Konzentration auf Verbesserungen des Clubs gelegt. Das *Vault of Sin* brauchte eine weibliche Note, die alles etwas aufmischte. Die Möglichkeiten waren endlos. Sie musste nur drei dickköpfige Männer davon überzeugen, ihr eine Chance zu geben.

„Ich habe darüber nachgedacht, wie wir das *Vault* noch spannender für Gäste machen könnten.“

„Shay“, warnte Brute. „Wenn die Männer noch erregter werden, haben die Frauen keinen Spaß mehr.“

Wenn Mr. Grumpy glaubte, er sei lustig, hatte er sich leider getäuscht. Sie ignorierte ihn und konzentrierte sich auf das männliche Prachtexemplar vor sich. „Warum organisiert ihr keine Themenabende? Oder sogar eine Kostümparty?“

Leo verzog das Gesicht, und auch das versuchte sie zu ignorieren.

„Vielleicht, weil dies ein Sexclub für Erwachsene ist“, sagte Brute gedehnt. „Keine Geburtstagsparty für Fünfjährige.“

Shay zeigte ihm über ihre Schulter den Stinkefinger. „Ich meine es ernst.“ Sie benutzte ihre besten Rehaugen, um Leo anzuflehen. Der Trick funktionierte im Schlafzimmer, bestimmt tat er das auch hier. „Ihr könntet eine

Maskeradenparty veranstalten. Newbies sind bestimmt eher bereit teilzunehmen, wenn sie wissen, dass sie ihre erste Erfahrung hinter einer Maske versteckt machen können. Es wäre weniger abschreckend."

Leos Brauen zogen sich zusammen. „Irgendwie gefällt mir die Idee."

Treffer.

„Jede ihrer Ideen gefällt dir *irgendwie*", grummelte Brute. „Weil du eine verdammte Pussy bist."

Leo belächelte die Beleidigung. „Apropos Pussy ..." Er beugte sich vor, legte die Hände auf ihre Knie und spreizte ihre Beine weiter. Ihr kurzer Rock ermöglichte ihm einen ungehinderten Blick auf ihre Unterwäsche, und er bemühte sich erst gar nicht, seine Sichtprüfung zu verstecken.

„Leo, ich meine es ernst." Ihre Kehle war plötzlich trocken. Sie schluckte schwer. „Ich denke, eine Maskerade würde gut ankommen."

Er schob seine Handflächen an ihren Oberschenkeln hoch und öffnete damit die Schleusen ihrer Erregung. Sie umklammerte die Barkante, nicht für Stabilität, sondern um sich selbst davon abzuhalten, ihn zu bespringen und ihm die Kleider vom Leib zu reißen. Brute hin oder her.

„Das weiß ich." Seine Berührung wanderte höher, unter ihren Rock und zu ihrem Slip. „Ein Maskeradenabend könnte funktionieren. Es würde helfen, die Anonymität derjenigen zu wahren, die sich nicht ganz sicher sind, ob sie den Spr ..."

„Ein kleiner Hinweis", unterbrach Brute, der sich über ihre Schulter beugte. „Ich habe es satt, euch beiden zuzusehen. Von jetzt an werde ich vollberechtigt mitspielen, wenn ihr es vor meinen Augen miteinander treibt."

Shay biss sich auf die Lippe und wartete auf Leos Reaktion, bereit, seiner Entscheidung Folge zu leisten, egal, welchen Weg er wählte. Sie vertraute ihm und den Entscheidungen, die er in Bezug auf ihre sexuelle Beziehung traf. *Sharing is caring* war definitiv nicht ihr Motto geworden, doch Leo wusste, dass sie bereit war, ihn bei ihren Besuchen im Keller die Führung übernehmen zu lassen.

Leo starrte unter dichten Wimpern hervor zu ihr hoch. „Sorry, Kumpel. Ich bin etwas besessen davon, diese reizende Dame für mich zu behalten."

Sie grinste, ihr Ego wuchs ins Unermessliche. Dieser Mann wusste, wie er ihren Puls auf köstlichste Weise zum Rasen bringen konnte. Er hakte einen Finger in den Schritt ihres Slips, fand ihre feuchte Erregung und entfachte so erneut das Feuer in ihr. Sie wimmerte, rutsche hin und her, versuchte, nicht die Kontrolle zu verlieren. Er spielte mit ihr, hielt ihren Blick die ganze Zeit gefangen, während er mit seinem Finger ihren Eingang auf und ab fuhr.

„Du bist ungezogen", formte sie mit den Lippen und kämpfte darum, ihre Atmung unter Kontrolle zu halten. Sie war stets scharf auf ihn. Stets bereit. Stets wartend. Ihr Appetit war unersättlich, und sie rechnete nicht damit, dass sich das jemals ändern würde. Ganz gleich, wer in ihrer Nähe war.

Sie kickte sich einen Schuh von den Füßen, dann legte sie sanft ihre Zehen auf den Schritt seiner Hose und zeichnete den Umriss der Härte darunter nach, glitt weiter nach unten und über seine Hoden. Er schien immun zu sein. Kontrolliert. Das liebte sie am meisten an ihm – obwohl die Länge seiner Erektion hart unter ihr war, reagierte er nicht. Ganz gleich, wo sie waren, was sie taten, er behielt immer einen kühlen Kopf. Zumindest nach außen hin.

Er wurde stärker, je mehr Zeit sie miteinander verbrachten. Er wusste, wie er die Orgasmen am besten hinauszögern konnte. Wie er sie zum Schreien, Keuchen oder Kichern bringen konnte. Sie passten perfekt zusammen – seine sexuelle Kompetenz und ihre unbändige Lust.

„Nimm deine Hand aus ihrem Honigtopf", fuhr Brute ihn an. „Denn ich schwöre, wenn du mich noch einmal dazu nötigst, mit einem Steifen nach Hause zu gehen, bringe ich dich verdammt nochmal um."

Leo grinste ohne Gewissensbisse und zog seine Finger aus ihrer Unterwäsche. „Ich kann Gewalt nicht gutheißen."

Nein. Nein, nein, nein.

Sie seufzte bei dem Verlust seiner Berührung und scherte sich nicht um den versöhnlichen Kuss auf die Innenseite ihres Knies, der ihren Verdruss ein wenig abmildern sollte. Ihre Pussy wollte ihm in die Eier treten. In Brutes ebenfalls. Leo konnte jeden Standpunkt zu Gewalt vertreten, den er wollte, doch sie konnte ganz sicher Sexbremsen nicht gutheißen.

„Wir beenden das später", flüsterte er gegen ihre Haut.

Verdammt, ja. Sie würde sich definitiv revanchieren. Es würde damit beginnen, ihn endlos lang zu necken. Sein Vergnügen so lange hinauszuzögern, bis er hart und scharf war und bereit, das dringende Bedürfnis nach Erlösung in die Welt hinauszuschreien. Dann würde sie sich einen Kaffee machen und herausfinden, ob es ihm gefiel, hingehalten zu werden.

Sie presste die Beine zusammen und rammte dabei fast Leos Nase. Und trotzdem fing der Bastard an zu lachen. Das war nicht lustig. Die Feuchtigkeit zwischen ihren Schenkeln war kein Grund zum Lachen, und nach Hause zu fahren würde auch kein lustiger Zeitvertreib werden. Sie war sich nicht sicher, wie zum Teufel sie fahren sollte, wenn ihr Verstand davon besessen war, von Leo geritten zu werden.

„Na dann." Sie rutschte von der Bar und landete auf ihrem nackten Fuß. „Ich will eine Maskerade planen." Sie hob ihren Schuh vom Boden und zeigte mit ihm auf Brute. „Es muss nicht an einem regulären Abend sein, es könnte auch donnerstags oder sogar sonntags sein."

„Nun, ich möchte, dass du deine hübschen pinken Lippen um meinen Schwanz legst und mir einen bläst. Aber keiner von uns wird das bekommen, was er will. Oder etwa doch?" Brute kam um die Bar herum, eine finstere Miene im Gesicht. Die Ausbuchtung, die den Reißverschluss seiner Jeans strapazierte, verriet, dass er auch bezüglich des Blowjobs nicht gelogen hatte. „Wir können solche Pläne nicht ohne T.J. machen."

Shays Herz zog sich zusammen beim Gedanken an das dritte Mitglied des männlichen Trios. T.J. war nicht mehr zur Arbeit gekommen, seitdem er die Bombe über seine bevorstehende Scheidung hatte platzen lassen. Und doch hatte er bei allem, was er durchmachte, immer noch die Zeit gefunden, ihr eine Nachricht zu senden und sie zu fragen, ob bei ihr nach ihrem Besuch im *Vault of Sin* alles in Ordnung war.

Ihre Gefühle für Leo schienen ihn zu ermutigen. Doch als sie nach seinem Befinden fragte, hatte er sie ignoriert. Sie hatte sogar versucht, ihn anzurufen, aber er nahm nicht ab.

„Ich glaube nicht, dass T.J. etwas dagegen einzuwenden hat, wenn wir Nachforschungen anstellen und Details zusammentragen." Leo stand auf, stellte sich an ihre Seite und wagte es, eine Hand um ihre Taille zu legen.

Sie versteifte sich neben ihm. Ihre Nippel prickelten, als sie gegen das feine Material ihres BHs rieben, und ihr verfluchter Slip war immer noch pitschnass. Mehr Aufmerksamkeiten ohne die Hoffnung auf Erlösung waren das Letzte, was sie brauchte.

„Noch besser, mach einen offiziellen Vorschlag." Brute ging zum Lichtschalter an der Seite der Bar und schaltete die Beleuchtung im Haus ein. „So können wir, sobald T.J. zurückkommt, in einem Managementmeeting darüber diskutieren, ohne dass Romeos Schwanz sich an der Entscheidungsfindung beteiligt."

Leo lehnte sich zu ihrem Ohr hinunter und fasste sie enger um die Taille. „Was er nicht weiß", flüsterte er, „ist, dass mein Schwanz bei jeder Entscheidung, die dich betrifft, eine große Rolle spielt."

„Nein, heute Abend nicht." Sie stieß ihm zur Untermalung ihrer Abweisung in die Rippen.

Sein Lachen erhitzte ihren Hals, und sein beschützender Griff stärkte sie, obwohl ihr Körper eine Schwäche für ihn hatte. Sie konnte sich sein Lächeln in ihrem Kopf vorstellen, jenes, welches seine Wangen anhob und seine Augen erhellte. Sie hatte keine Chance, sich ihm zu verweigern. Keine Chance, die Anziehung abzustreiten, die ihr Herz anschwellen ließ.

Sie vertraute ihm, respektierte und verehrte ihn. Ihre Lust

kannte keine Grenzen. Ihre Zeit abseits von *Shot of Sin* war erfüllt von Lachen, und ihre Zeit auf der Arbeit war noch besser. Obwohl sie mit ihrer Beziehung gegen den Strom der Normalität schwammen, hatten sie ihr Glück gefunden, und das konnte ihnen niemand nehmen.

Sie liebte diesen Mann, inklusive seiner schmutzigen Fantasien. Und keine Hürde, ob groß, klein, versaut oder zahm würde daran etwas ändern ... es sei denn, er beeilte sich nicht langsam und schenkte ihr einen verdammten Orgasmus.

„Okay", nickte sie. „Ein Maskeradenplan, kommt sofort."

Ich hoffe, Erwacht hat euch gefallen!

Ich weiß es so sehr zu schätzen, wie ihr das Buch anderen Lesern empfehlt, unter anderem, wenn ihr euren Freunden davon erzählt. Rezensionen helfen Lesern, Bücher zu finden. Bitte schreibe eine Rezension auf deiner bevorzugten Seite, wo Bücher gekauft und rezensiert werden können.

ÜBER DIE AUTORIN

Eden Summers ist eine Bestsellerautorin von zeitgenössischen Liebesromanen, die sich durch eine gehörige Portion Knistern und Sarkasmus auszeichnen.

Sie lebt in Australien mit ihrer jungen Familie, die sich durchaus bewusst ist, dass sie langsam aber sicher dem Wahnsinn verfällt.
Eden hat ein Faible für extrem dominante, dunkelhaarige und sarkastische Romanhelden; ihre Heldinnen sind starke Frauen, die ein Gespür dafür haben, wann sie sich auf die Zunge beißen oder mit einem lieblichen Lächeln Rache nehmen sollten.

Weitere Informationen:
www.edensummers.com
eden@edensummers.com

9 781925 551243